소설 독도

황인경 장편소설

소설

독도

황인경 장편소설

북치는마을

독도.

그 이름만으로도 가슴이 저려온다.

독도에 첫발을 내딛었던 그 순간의 감동을 지금도 잊을 수가 없다. 울릉도를 9번, 독도를 8번 다녀왔는데, 그때마다 늘 같은 무게로 아니 더욱 큰 감동으로 울컥하곤 했던 기억이 난다. 봄에는 수많은 괭이갈매기들이 까만 돌섬을 거의 뒤덮다시피 날아다니고, 가을에는 철새들이 다 떠나고 망망대해에 고독하게 서있는 모습.

독도는 그 자체만으로도 존재감이 어마어마하다.

독도는 안용복이 1696년, 숙종 22년에 왜에 가서 막부로부터 '독도는 조선의 땅'이라는 서계를 받아온 엄연한 대한민국의 영토이다.

한국과 일본은 가장 가까운 이웃인 아시아의 동반자로서 시장경제의 협력관계로 발전할 수 있도록 서로 노력해야한다고 생각한다.

세계 각지에 흩어져있는 독도에 관련된 자료들을 수집하면서,

역사적 사실을 정확히 알고 널리 알려야한다는 생각에, 역사소설가로서 책임감을 떨칠수가 없어서 이 소설을 쓰게되었다.

미국, 일본을 비롯한 전 세계의 여러 나라들이 영토를 지키기 위해 가장 변방에 있는 땅이나 작은 섬이라도 그곳에 공항을 만들어 국경을 확고히 했다.

좀 늦은 감이 있지만 우리도 지금 울릉도에 공항과 활주로를 공사중이다. 오년 쯤 후면 온종일 걸리는 울릉, 독도의 여정이 한시간 안에 도착할수 있게 된다.

우리나라 국민이라면 누구나 한번쯤은 울릉과 독도에 가봐야한다고 생각한다.

이 소설을 통해 국민 모두가 독도가 섬 하나 정도의 무게가 아니라 우리나라 국경의 가장 중요한 곳이라는 것에 대해 지대한 관심을 갖고, 나 대신 누군가 하겠지 하는 안이한 생각을 넘어 나부터 나서자 하는 독도지킴이가 되길 간절히 바라는 마음이다.

2020년 10월

목 차

1

사
무
친

원
한

초승달빛조차 없는 칠흑의 밤.

불 꺼진 작은 주막. 장사도 마친 터인데 자꾸만 검은 인영들이 모여들었다. 처음엔 조선인 몇이 봉놋방으로 드는가 싶더니 곧이어 일정한 시차를 두고 왜인 몇이 당도했다. 마지막 남은 유일한 방에 객이 하나 둘 모여드는 것으로 생각할 수도 있었다. 그러나 조선인과 왜인이 같은 방에 드는 일은 극히 드물었다. 여전히 주막에 불은 없었고, 음식을 준비하는 주모도 보이지 않았다. 꽤 많은 사람들이 작은 봉놋방에 모여들었음에도 밤은 고요했다.

사람들로 들어찬 봉놋방엔 그제야 작은 호롱이 밝혀졌다. 그마저도 침침하여 눈을 거푸 바로 뜨지 않으면 형상이 흐릿할 지경이었다. 그렇게 모여든 이들은 조선인이 절반, 왜인이 절반 정도였다. 왜관이 있는 부산 동래부엔 왜인이 흔했다. 그러나 이렇게 왜관 밖에서 움직이는 왜인은 없었다. 엄연한 불법이었다. 일본도를 몸에 지난 왜인 하나는 수시로 싸리문 밖의 동태를 살폈다.

봉놋방에 모인 그들은 서로 비장한 눈빛이 오가더니 이윽고 가운데 앉은 조선인이 먼저 봇짐을 끌렀다. 정갈하게 묶인 매듭을 힘주어 풀어내니 순식간에 향긋한 내음이 작은 방안을 가득 매웠다. 순간 왜인들의 시선이 모조리 봇짐으로 향했다. 다들 잔뜩 기대감에 들뜬 얼굴이었다.

"왜관에도 들어가지 않는 최상품 인삼이오."

조선인의 설명과 함께 봇짐이 완전히 펼쳐졌다. 모두가 눈이 휘둥그레진 상황에 왜인 하나는 미처 참지 못하고 탄성을 내질렀다. 주변의 저지가 없었더라면 더 큰 소리를 냈을지도 몰랐다. 족히 30근은 넘을 듯한 많은 양의 최상품 인삼이었다. 봇짐 곁에 앉은 조선인 역관이 낮게 깔린 목소리로 천천히 그의 말을 왜어로 번역해 전했다. 최상품의 인삼을 보고난 왜인들은 그 말을 인정하며 연거푸 고개를 끄덕였다. 당시 왜에서는 조선에서 나는 인삼의 효력에 빠져 닥치는 데로 인삼을 사가느라 왜의 은이 동이 날 지경이었다. 타국의 그 어느 것보다도 조선의 인삼이 모든 병에 특효일 뿐만 아니라, 몸이 아프지 않은 자들도 인삼을 먹기만 하면 마법 같은 효능을 지녀 기운이 불끈해진다는 소문이 자자한 터였다. 병인양요 때는 프랑스에서도 조선의 인삼을 가져갔다는 기록이 있다. 당시 1866년에 조선의 천주교 박해를 명분으로 로즈제독이 이끄는 프랑스군대가 조선을 침략했었다. 그때 프랑스군들이 만병통치약일 뿐만 아니라 불로장생의 묘약이라는 소문을 듣고 상당량의 인삼을 가져갔다. 또한 조미수호통상조약(1882년)으로 당시 조선에서는 홍삼 수출을 엄히 금하여 홍삼을 몰래 사서 미국으로 가져가는 미국인들을 조사하고 체포한 뒤 몰수하고 처벌했다. 당시 왜에서도 조선 조정에 인삼 종씨를 간곡히 부탁했지만 일언지하에 거절을 당하게 되자 그것을 몰래 구해 가져다 심어 길러보았으나, 어찌된 영문인지 삼의 향기가 거의 없는데다 효험이 현저히 떨어지는 것을 알고는 왜에서는 더욱 조선의 인삼을 쓸어가는 것에 목숨을 걸었다. 이렇게 그 당시에도 조선의 인삼의 효험은 전 세계에 소문이 파다하게 퍼져 있었다.

뒤에 궤짝을 차고 앉아있던 왜인이 자신도 모르게 손을 뻗어 인삼을 만져보려 했다. 귀한 인삼의 자태에 저도 모르게 이끌린 것이었다. 이에 봇짐 주인이 난색을 표하며 급히 봇짐을 덮었다. 손을 뻗은 왜인은 그제야 민망해하며 얼른 손을 거두었다. 그들 사이에 잠시 팽팽한 긴장감이 감돌았다.

이번엔 왜인이 물건을 보일 차례였다. 별다른 말이 없이도 거래는 척척 진행되었다. 왜인이 뒤에 놓았던 궤짝을 앞으로 끌어와 열었다. 고운 자개로 꾸며진 궤짝엔 은화가 가득했다. 한쪽엔 최고급 비단과 향료도 보였다. 조선인들이 재빠르게 서로 눈빛을 교환했다. 봇짐 주인과 역관이 동시에 고개를 끄덕이는 것으로 거래는 성사되었다.

왜인들이 자개궤짝과 비단꾸러미를 조선인들에게 선뜻 넘겼다. 이에 조선인들도 인삼 봇짐을 왜인들에게 건넸다. 그들은 서둘러 각자 받은 물건을 챙겼다. 망을 보는 이가 더욱 긴장한 눈빛으로 주변을 살폈다. 왜관을 통하지 않은 무역은 모두 밀무역으로, 불법이었다. 이런 거래를 몰래 행하는 이들을 잠상潛商이라 불렀다. 거래를 마치기 무섭게 잠상들은 서로 다른 방향으로 총총히 사라져갔다.

바다와 인접한 동래부엔 어부가 많았다. 가업은 아니어도 집안 대대로 어부가 되는 경우가 태반이었다. 너나 할 것 없이 나이가 들어도 육신만 건강하면 배에 올랐다. 오히려 나이만큼 경력이 더해져 급작스럽게 변하곤 하는 바다날씨에 새내기 어부보다 의연하게 대처하는 것이 사실이었다. 그 때문에 보통 한 배에 힘이 넘치는 젊은 어부부터 관록이 붙은 늙은 어부까지 다양한 선원들이 함께 오르곤 했다.

쉰 살이 다 되어 가는 어부 안씨 또한 자주 배에 올랐다. 특히 밤배가 그의 주 일터였다. 해가 떨어지기 직전에 나루터를 떠난 배는 동이 틀 무렵에야 다시 뭍으로 돌아왔다.

밤일은 밤에 주로 활동하는 야행성 어류를 낚을 수 있는 장점이 있었다. 그러나 새내기 어부들은 밤바다의 공포를 이기지 못해 밤일을 퍽이나 힘들어했다. 때문에 이미 바닷일에 이골이 난 경력자들이 주로 밤배에 올랐다. 안씨도 그중 하나였다. 그는 나이에 비해 노동으로 단련된 근육이 탄탄했다.

안씨가 탄 배는 그날도 어김없이 고기를 잔뜩 싣고 뭍에 닿았다. 칠흑 같은 밤바다를 헤치고 오늘도 무사히 돌아온 것이었다. 선원들은 잡아온 고기를 정리하고, 각자의 몫을 챙겨 집으로 돌아갔다. 안씨 또한 기분 좋게 커다란 잡어들을 챙겨 어깨에 들쳐 맨 채 잰걸음을 옮겼다. 이제 갓 세상 빛을 본 귀여운 손자의 얼굴이 그의 눈앞에 거푸 떠올랐다. 아이를 낳느라 고생한 며느리에게 좋은 생선을 먹이면 넉넉하게 젖이 나와 손자 녀석 볼 살이 통통하게 오를 것을 생각하니 벌써 신바람이 났다. 아들 역시 어부라 생선이 귀한 집은 아니었으나 시아버지의 마음이란 것이 그랬다. 집으로 향하는 안씨의 발걸음이 오늘따라 한껏 가벼웠다.

그는 몸에 익은 대로 어두운 밤길을 걸었다. 허름하지만 정겨운 집으로 향하는 익숙한 길이었다. 열 걸음 앞에 길모퉁이가 어슴푸레 보였다. 저 모퉁이만 지나면 며느리가 있을 것이다. 그렇게 만류해도 며느리는 꼭 아이를 둘러업고 늘 시아버지의 마중을 나서곤 했다. 야단을 치기도 하고 얼러도 봤지만 막무가내였다. 주변에선 시아버지와 며느리 사이가 이토록 좋으니 복이 넘친다며 칭찬이 자자했다. 그 고운 심성에 감복해 안씨도 며느리를 끔찍이 아꼈다. 눈앞에 어른거리는 손자 생각에 그의 입가에 절로 웃음이 새었다.

그가 기분 좋게 모퉁이를 돌아서는 찰나, 갑자기 무언가에 쿵하고 부딪쳐 나동그라진 채 땅바닥에 엉덩방아를 찧었다. 그가 소쿠리에 담아 들고 있던 생선들이 흙바닥에 떨어져 엉망이 되었다.

바로 그때 번쩍 빛이 들었다. 놀란 안씨가 정신을 차려보니 잘 벼려진 일본도가 그의 코앞에 겨누어져 있었다. 그는 순간 당황하여 아무 말도 나오지 않았다. 다만 간신히 눈알을 굴려 사태를 파악하려 애썼다. 눈앞에 왜인들이 보였다. 그들 중 한 명이 바닥에 내동댕이쳐진 봇짐을 허겁지겁 챙기고 있었다. 내용물을 보지 않아도 알 만큼 진한 인삼향이 코를 찔렀다. 잔뜩 놀란 안씨는 마른 침을 삼켰다. 흉악하고 용의주도하다던 잠상패임이 분명했다. 잠상은 나라에서 엄금하는 일이었기에 발고가 되는 즉시 큰 벌을 받게 되어 있었다.

"저, 저는 아무 것도 보지 못했습니다요."

벌벌 떨며 안씨가 더듬대었다. 그러나 자비 없는 일본도는 조금도 주저함이 없이 허공을 갈랐다. 그대로 안씨는 비명 한 번 내지르지 못하고 바닥에 거꾸러졌다. 흙바닥에 널브러져있던 생선들이 그의 피로 붉게 물들어갔다.

"아이고 아부지!"

머지않은 곳에서 여인의 비명이 터졌다. 그곳에 있던 왜인들이 일제히 한 곳을 돌아보았다. 사색이 된 아낙이 갓난쟁이 아이를 업고 서 있었다. 안씨의 며느리였다. 제일 앞에 섰던 왜인이 짜증스럽게 미간을 찌푸렸다. 일이 번거롭게 된 탓이었다. 그가 짧게 턱짓을 하자 일본도를 들고 선 이가 잽싸게 몸을 돌려 그쪽으로 내달렸다. 놀란 그녀가 걸음을 돌려 도망하려했지만 그뿐이었다. 갓 몸을 푼 여인의 걸음으로 훈련된 사무라이의 것을 이길 재간이 없었다.

멀리서 둔탁한 소리와 함께 아이의 울음이 터졌다. 그리고 얼마 안 가 아이의 울음마저 자취를 감추고 말았다. 왜인들은 다시 봇짐을 견고히 묶어 잰걸음으로 바람처럼 사라져버렸다.

동이 트기가 무섭게 이 소식은 안씨의 초가로 전해졌다. 아침 배를 타기 위해 잠을 청했던 아들은 밤새 일어난 일을 믿을 수가 없었다. 평범하게 함께 나눈 조촐한 저녁식사, 잠들 때까지만 해도 곁에 있던 온기, 꿰매다 만 옷가지들. 아직 모든 것이 그대로인데 아들은 돌연 어머니와 단둘만이 남게 되었다는 것이 믿어지지 않았다. 아버지, 아내, 그리고 핏덩이 어린자식. 그는 가족의 시신들을 눈으로 확인하고서도 울지 않았다. 너무나 갑작스런 사고로 가족을 잃게 된 그로서는 본인보다 넋이 나가 있는 어머니를 챙겨야 한다는 생각 때문이었다.

왜인의 짓일 거라는 관아의 말에 그는 주먹을 틀어쥐었다. 다만 왜관에 상주하는 이들 중엔 밤에 나선 이가 없어 이미 도망쳤다는 것이 결론이었다. 불끈 쥔 그의 주먹이 파르르 떨렸다. 결코 이 일을 죽어서도 잊지 않으리라. 왜에게 더 이상 그 무엇도 빼앗기지 않으리라. 그의 가슴에서 뜨거운 무언가가 마구 솟구쳤다. 그는 고개를 내리깔고 치밀어 오르는 분노로 치를 떨었다.

2

악연의 시작

거센 풍랑이 일었다. 검푸른 파도가 너울댈 때마다 어선이 함께 넘실댔다. 그리 크지 않은 목조 어선이다 보니 거센 파도를 이겨내기엔 너무나 위태로워보였다. 어부들이 발을 딛을 때마다 바닥에 이리저리 덧대어진 판자들이 삐걱거렸다. 파도소리와 바람소리가 제멋대로 뒤섞이어 소란하게 귓전을 때렸다. 그 소음 위로 선장의 우렁찬 목소리가 터져 나왔다. 굉장한 자연의 소리도 이길 만큼 크고 강인한 소리였다.

"땡기라!"

그의 힘찬 기합 소리가 파도를 가를 기세로 이어졌다. 선원들이 힘을 합쳐 어망을 당겼다. 그러나 장정 여섯이 붙어 작업을 하는데도 그물은 쉽게 올라오지 않았다. 그 중 맨 뒤에 서서 큰 힘을 쓰는 이가 선장이었다. 커다란 키 다부진 체격이 유난히 눈에 띄었다.

그물을 잡은 선원들 모두가 허리에 뻐근하게 힘이 들어가고 팔뚝이 아릿해왔다. 그러나 누구도 그물 당기기를 멈추지 않았다. 몸이 고단해질수록 그들의 마음은 뿌듯하게 차올랐다. 그물이 무거운 만큼 고기가 많이 걸려들어 있을 것이기 때문이었다.

한참동안 그물과 실랑이를 벌인 끝에 갑판에 거대한 그물이 부려졌다. 수확은 기대 이상이었다. 곰치부터 가자미까지 그 어종 또한 다양했다. 펄떡이는 생선들을 바라보는 선장의 입가에 저도 모르게 미소가 번져들었다. 모두에게 적절히 제 몫을 챙겨줄 수 있으리라는 안도감 덕이었다. 선원들 모두 아무렇게나 엉덩이 부리고 앉아 고기를 골라내고 있었다. 멋대로 그물에 엉킨 고기들을 골라내는 일 역시 쉽지 않은 작업이었다.

한동안 작업에 몰두하던 선원들은 영 힘이 들었던지 볼멘소리가 여기저기서 터져 나왔다. 그러나 그들 모두 싱글벙글한 낯빛을 감출 수는 없었다.

"저짝 서해에서는 어전으로 고길 잡는다카데. 앉아만 있으모 막 괴기가 들어찬다 안카나."

어전은 고기가 잘 다니는 길에 대나무로 기둥을 심어 만든 일종의 덫을 말하는 것이었다. 뭍에서 가까운 곳에 설치해두었다가, 밀물 때 밀려들어온 고기들이 썰물 때 빠져나가지 못하고 갇히는 원리를 이용한 것이었다. 조수간만의 차가 큰 서해안에

선 가능한 방법이었다. 그러나 수심이 깊은 동해안에선 불가능했다. 툴툴대며 수다를 멈추지 않는 선원들 틈으로 선장이 주저앉으며 말했다.

"그래도 이번엔 큰맘 묵고 면사 그물을 구해왔다 안카나. 이 정도면 이 동네서 밥은 안 굶을 끼라."

이에 선원들은 펄떡거리는 고기를 골라내느라 손놀림을 바삐 움직이며 고개를 주억거렸다.

"허기사 아직도 칡 그물 쓰는 아들도 있다카데. 다 터져가 그기 괴기가 잽히긋나."

선장이 그 말에 피식 웃었다. 입가로 덥수룩하게 자란 새카만 수염과 얽은 곰보 자국이 더러 있었으나 지저분한 인상은 아니었다. 도리어 까무잡잡한 피부에 오똑한 콧대가 그를 더욱 강인해 보이게 했다.

그는 입을 꾹 다물고 앉아 부지런히 움직였다. 생선을 골라내는 능숙한 손놀림이 오랜 바다생활을 짐작케 했다. 선장이라는 명목 하에 선원들을 거저 부려먹을 수도 있었지만 그는 아니었다. 도리어 선원들보다도 더 능숙하게 바삐 손을 움직였다. 선원들도 그런 그의 모습이 익숙한지 아무렇지도 않게 연이어 입방아를 찧어댔다.

"하모. 우리도 칡 그물 쓸 적에는 이만치 잡을 수 있을 끼라고 어데 상상이나 했나."

　물고기 지나는 길을 알더라도 도구가 좋지 않으면 만선은 어려운 일이었다. 게다가 칡을 얽어 만든 그물이란 것이 본디 터지기 일쑤여서 고기를 잔뜩 몰아 놓고도 배로 끌어 올리지를 못하는 경우가 비일비재했다. 그렇게 허탕을 치고 나면 모두들 허탈한 마음에 도무지 사기가 오르지 않는 것 또한 문제가 되곤 했다.

　"그라믄 뭐하노. 이렇게 물꾀기나 잡아가 대체 언제나 내 배를 부리 보겠노."

　면사 그물을 도입한 이후, 배를 채울 만큼 많은 고기를 잡아 올리게 되었다. 그러나 배가 가득 찬다고 하여 어부들의 삶이 마냥 좋아지는 것만도 아니었다. 대부분 천민 출신인 그들은 암만 일을 해 봐야 값비싼 고깃배를 소유할 능력이 생길 수는 없었다. 당장 식구들을 배곯지 않게 하는 것만으로도 늘 벅찼다. 고기 때가 되면 배를 빌리려는 어부들은 줄을 서 배를 빌렸다. 어업이 잘 되면 될수록 들어차는 곳은 선주船主의 곳간뿐이었다.

　때문에 어부들은 선주에게 잘 보이려 늘 굽실거려야 했다. 괜히 선주의 눈 밖에 났다가 다음 어업부터 제외된다면 당장 다음날 땟거리가 막막해지기 때문이었다. 이러한 사실을 잘 아는 선주들의 횡포는 날이 갈수록 심해졌다. 부당한 이익을 조금이라도 더 챙기려고 어부들을 괴롭히기 일쑤였다.

그래도 이들의 배는 형편이 나은 편이었다. 그것은 선장 덕이었다. 선원들은 저들보다 나이 어린 선장을 누구보다도 깍듯이 모셨다. 결코 누가 시킨 것도, 요구한 것도 아니었다. 그저 선원들 중 누구 하나 선장의 도움을 받지 않은 이가 없는 탓이었다.

"곧 날이 저물것소. 퍼뜩 서두르자고."

"하모요!"

"알게씹니더"

선장은 날카로운 눈으로 망망대해를 바라보았다. 풍랑이 잦아들어 잔잔해진 바다가 검푸른 빛으로 숨을 죽이고 있었다. 그러나 언제 또 폭풍우가 밀려들지 알 수 없는 곳이 바다였다. 선장은 갑자기 닥칠 위험을 점치려 날씨를 가늠했다. 두려움은 없었다. 어려서부터 능로군으로 일하며 잠시도 바다를 떠나본 적이 없는 탓이었다. 때문에 그는 어두운 밤에도 뱃길에 능통했다.

그토록 능숙하고 용맹한 이가 선장으로 버티고 있는 덕에 선주는 안심하고 배를 그에게 맡기곤 했다. 미숙한 선장이 이끄는 배는 어김없이 사고가 나거나 어업을 망쳤다. 그러나 그는 단 한 번도 그런 실수를 한 적이 없었다. 그래서 동네 선주들은 은근히 그가 자신의 배를 타주길 원했다. 그만큼 젊은 선장에 대한 신뢰가 깊기 때문이었다. 그렇게 은연중에 선장의 몸값이 뛰자 선주는 그를 잡아두기 위해 최대한 편의를 봐주었다. 그 덕에 선장은 비교적 여유롭게 면사 그물을 구비할 수 있었다.

그리 쪼들리지 않는 살림에도 그의 옷은 누렇게 때가 끼고 해진 곳이 많았다. 짚신은 바닥이 다 닳아 맨땅이 닿을 때까지 신었으며 식사도 늘 풀뿌리와 보리밥이 전부였다. 초가도 이엉을 얹은 지 오래되어 지붕이 썩어 있곤 했지만 그는 아랑곳하지 않았다. 챙겨주는 안사람이 없는데다가 스스로 그런 일에 초연한 까닭이었다. 선장은 홀어머니를 잘 모시는 것이 오직 할 일이라 생각했다. 주로 바다에 나가있는 날이 집에 머무는 날보다 많다보니 홀로 계신 어머니가 늘 걱정이 되긴 했지만 자신이 얻은 여유를 주변의 불쌍한 사람들을 위해 썼다. 그가 베풀 곳은 홀어머니와 이웃뿐이었다.

"선장님요! 벌써 울릉도에 당도했네예!"

소리를 따라 고개를 돌리니 익숙한 섬이 눈에 들었다. 푸르른 나무로 울창하게 뒤덮인 울릉도였다. 평지는 거의 없고 절벽으로 이뤄진 해안을 뽐내는 그 섬을 바라보며 선장은 안도의 숨을 내쉬었다. 그는 울릉도가 눈앞에 보이면 비로소 평안이 찾아오는 기분이 들곤 했다. 이곳에 올 때마다 여유를 갖고 며칠간 머

무르며 어업을 하곤 하는데, 이곳에 정박하여 지내는 동안만큼
은 가슴이 뻥 뚫리고 모든 걱정이 사라지곤 했다. 제아무리 자
신이 넘치는 항해라지만 그도 항해를 나설 때마다 초조하고 두
렵긴 마찬가지였다. 그 역시 인간이었다. 그런 그의 마음을 달
래주는 곳이 바로 동해 바다 한가운데 떠있는 푸른 심장 울릉도
였다.

선장이 고개를 끄덕이며 대꾸했다.

"정박하입시더. 며칠 신세를 좀 져야겠네예."

높게 단 두 돛이 순풍을 만나 배를 이끌었다. 배가 물살을 가
르며 힘차게 나아갔다. 아직은 서늘한 바다공기가 뺨을 에었
다. 추위로 어느덧 선원들 뺨이 붉게 달아올라있었다. 그들은
저마다의 방법으로 추위를 견디느라 몸을 옹송거렸다. 모자를
둘러쓰기도 하고, 옷깃을 올려 뺨을 최대한 가리기도 하였다.
그러나 뱃머리에 자리한 선장은 차가운 바람을 고스란히 맞고
서있었다. 갑자기 떠오른 아버지의 잔상을 잊기 위해서였다.
괜한 상념에 빠질 여유가 없었다.

어느덧 뱃머리가 간이 나루터에 닿았다. 낡고 부실한 나무판
자가 이리저리 덧대어진 엉성한 나루터였다. 풍랑이 워낙 거센
곳이라 잦은 바람으로 늘 부서지곤 하는 이유에서였다. 그나마
오가는 어부들이 올 때마다 각자 힘닿는데까지 조금씩 손질을

해 지금껏 이렇게나마 유지되고 있었다. 그러다 보니 나루터라고 하기엔 누더기처럼 볼품없었고 안전도 보장되지 않았지만 동해 바다를 휘젓는 어부들에겐 정겹고 고마운 쉼터이자 휴식처였다. 묵직한 닻이 내려지고 어선이 울릉도 절벽에 바투 정박했다. 저쪽 바위 위에 새까만 강치들이 달콤한 휴식을 즐기고 있었고, 더러는 실컷 물놀이를 끝내고 방금 바위로 올라왔는지 미끈한 젖은 몸을 뒤뚱대며 움직이는 모습이 보였다.

선장이 제일 먼저 섬에 발을 디뎠다. 사람들이 오가며 길을 낸 풀밭이 부드럽고 폭신하게 느껴졌다. 그는 나무가 빼곡하게 우거진 섬을 휘 둘러 보았다. 숱한 해풍을 맞으며 단련이 된 싱그러운 나무들이 울울창창 들어차 있었다. 그의 뒤를 따라 선원들이 일제히 배에서 내려섰다. 그들은 곧바로 능숙한 솜씨로 참을 준비하느라 바쁘게 손을 움직였다. 선장은 주위를 둘러보며 깊은 숨을 들이마셨다. 바다 냄새와 풀포기가 만들어내는 상쾌한 향기가 동시에 그의 가슴 깊숙이 밀려들어왔다.

그는 이곳의 냄새를 퍽 좋아했다. 바다와 육지가 만나 만들어내는 이곳만의 독특한 향을 뿜어내고 있기 때문이었다. 그뿐만이 아니었다. 남쪽에서 올라오는 따뜻한 조류와 북쪽에서 내려오는 차가운 조류가 만나 다양한 어종을 품고 있는 것 또한 이곳만의 특색이었다. 전혀 다른 두 가지가 만나 서로의 영역을 인정하며 부드럽게 녹아들어 풍요롭게 서로 화합하고 아우르는 이곳 동해를 올 때마다 비로소 그가 마음에 평안을 얻곤 했다. 험한 일을 당해 황망히 가족을 잃은 그가 울릉과 독도를 아끼는 것도 바로 그런 이유에서였다. 이곳 동해바다가 그의 모든 상처를 싸매어주고 위로해주는 기분이 들곤 했다.

때문에 계절마다 능로군으로 수군 해양 훈련에 동원될 때도 크게 괴롭지 않았다. 그는 선천적으로 바다와 잘 맞는 바다 사나이였다. 어부였던 아버지를 보며 자라온 덕에 바다가 두렵지 않았다. 바다 너머에 있는 왜倭는 어부들에겐 풍랑 못지않게 두려운 대상이었으나 그는 그것 또한 두렵지 않았다. 그는 언젠가는 아비와 처자식을 앗아간 그 빚을 꼭 갚아 주리라는 차디찬 분노가 가슴 가득 들끓고 있었다. 그것은 가족을 앗아간 원수에게 갖는 당연한 감정이었다.

"행님요, 참 드이소."

선장은 그제야 선원들 곁에 둘러앉았다. 갓 잡은 생선들을 잘 손질 해 커다란 솥에 넣고 바글바글 끓이는 중이었다. 생선살이 야들야들하게 다 익었을 쯤, 필득이가 바지춤에서 동여맨 주머니 하나를 꺼내 들었다. 그가 야릇한 미소를 지으며 주머니를 열자 매운 냄새가 순식간에 퍼져 나왔다. 바로 곁에 앉았던 이는 그 냄새에 연방 기침을 해대었다.

"그기 뭐꼬?"

"고춧가루 아이가. 안즉도 몬 묵어 봤나? 촌시럽구로."

필득이 펼쳐 보인 주머니 안엔 새빨간 고운 가루가 들어있었다. 선원들이 관심을 보이며 주머니를 들여다보다 말고 연신 기침을 해대었다. 고춧가루가 조선에 전래된 지 얼마 되지 않았을 무렵이었다. 그는 으스대며 잘난 체를 하였다.

"국밥 잘 마는 강산이 어메 안있나. 쩌그 왜관 앞에서 주막 하는. 내가 잘 구실려가 쪼매 얻었지."

"우찌 구실렀는데?"

"말 하모 입 아프다 안 하나. 샅이 뻐근하도록 밤새 흔들어줬디만 냉큼 떠 안기대."

필득의 너스레에 선원들이 실없는 웃음을 터뜨렸다. 필득은 선장에게 호기롭게 말했다.

"행님도 함 자셔보이소. 이기 칼칼하니 먹을 만 해집디더. 생선국에다 이거 콱 부으모…."

필득이 고춧가루를 생선국에 막 쏟아 부으려하자 선장이 황급히 일어나 그를 저지했다. 당황한 필득이 넘어지며 그만 고춧가루 주머니를 놓치고 말았다. 그 바람에 푸르른 울릉도 풀밭에 새빨간 고춧가루가 몽땅 쏟아져버렸다. 필득의 안타까운 탄식이 터져 나왔으나 선장은 어쩐지 잔뜩 화가 나 보였다.

나동그라져있던 필득이 당황하여 선장의 눈치를 살피기에 바빴다.

"니 이기 으데서 온 건지 몰라 이러나?"

필득이 입을 꾹 다물었다. 어디서 전래된 음식인지 이미 잘 아는 탓이었다.

고춧가루는 임진왜란 때 왜에서 전래되었다. 붉은 색이 곱고 맛도 좋아 인기가 많았지만 왜에서 전래되었다는 사실엔 변함이 없었다. 포르투칼 상인이 왜에 전한 고춧가루는 임진왜란 때 무기로도 사용되었을 만큼 조선에선 생소한 것이었다. 맛이 좋다는 소문이 퍼지면서 점점 민가에서도 사용이 확대되던 때였다. 선장은 바글바글 끓는 생선국 앞에서 선원들에게 소릴 질렀다.

"우리캉 왜놈이가? 우리는 조선사람 아이가! 그깟 맛 하나에 현혹돼서 어무이 손맛을 잊어서야 되것느냔 말이다."

선장은 보란 듯이 생선국을 떠먹어 보였다. 담백한 국물 맛이 일품이었다. 그제야 선원들도 주춤대며 생선국을 떠먹기 시작했다. 울상이 된 필득도 슬그머니 솥 앞으로 달려들었다. 엎질러진 고춧가루는 울릉도의 바닷바람에 흩날려 허공에 흩어지고 없었다.

선장은 언젠가부터 조금씩 조선의 땅으로 야금야금 스미는 왜의 자취를 느끼며 안타까운 마음이 들었다. 백성들의 팍팍한 살림살이는 쉽사리 적의 표적이 되곤 했다. 그런 와중에 조정에선 당파싸움에만 정신이 팔려있고, 왕이란 자는 여색만을 밝히니 나라꼴이 말이 아니었다. 선장은 먹던 국그릇을 밀치고 슬며시 자리를 털고 일어났다.

벌써 해가 뉘엿뉘엿 넘어가고 있었다. 붉게 물든 서쪽 하늘이 퍽 아름답게 물들어 있었다. 동해의 밤은 다른 곳보다 빨리 찾아왔다. 그는 조금씩 흐려지는 노을을 망연히 바라보고 있었다. 서둘러 참을 마친 선원들 두엇이 낚시로 오징어를 낚을 준비를 하고 있었다. 오징어는 그물보다 낚시가 신통했다.

오징어를 낚기 위해 몇몇이 배에 올랐다. 울릉도 지척에 있는 독도나 죽도 주변까지 나가볼 참이었다. 선장은 울릉도에 남았다.

200리가 조금 더 되는 길을 동쪽으로 달리면 새카만 돌섬이 나왔다. 크게 동쪽과 서쪽에 우뚝 서 있는 큰 섬을 중심으로 수십 개의 자잘한 바위가 솟아있는 형국이었다. 처음엔 '돌섬'이라 부르던 말이 점점 변형되어 '독도'로 이름이 굳어진 섬이었다.

선원들은 독도 근해까지 가기 위해 배를 몰았다. 그런데 그들은 천천히 노를 저어 가다 이상한 현상을 발견했다. 바로 연기였다. 사람 하나 살지 않는 독도 어귀에서 연기가 피어오르고 있었다. 이를 발견한 필득이 소스라치게 놀라 다른 선원들에게 이 사실을 알렸다. 행여 잘못 본 것인가 했으나 모두의 눈에 모락모락 피어오르는 연기가 선명하게 보였다. 그들은 마른 침을 삼켰다. 어찌된 영문인지 알 것 같았다. 선원들은 서둘러 배를 돌려 다시 울릉도로 돌아갔다. 섣불리 다가갔다간 괜한 화를 입을 수 있을지도 모른다는 생각 때문이었다. 그들은 서둘러 선장에게 보고해야 할 중요한 사항이었다.

그들은 배를 울릉도 나루터에 급히 들이댔다. 배를 뭍에 대기가 무섭게 필득은 발이 보이지 않을 정도로 달려 선장을 찾았다.

"행님예, 지금 독도에 우리 말고 다른 배가 있십니더. 이짝에서 보이지 않는 어귀에 숨듯 정박한 것을 보니께네 아무래도…."

"뭐꼬, 왜놈들이재?"

선장은 단박에 그들이 왜인들이라는 것을 예상했다. 선장은 잠시 생각에 잠기더니 혼잣말을 중얼거렸다.

'불법어획을 금지하니께네 이젠 자산도에 몰래 숨어든다카드만 소문이 사실인갑네.'

독도는 울릉도의 아들 섬이란 뜻으로 '자산도'라 부르기도 했다. 선장은 복잡한 생각에 빠진 채 저물어가는 해를 바라보았다. 본래 이쯤에 배를 몰아 뭍으로 돌아가야 맞았다. 그러나 왜인들이 독도에 도사리고 있는 것을 알게 된 이상 그냥 돌아갈 수는 없었다. 그는 주먹을 틀어쥔 채 선원들을 향해 말했다.

"이대로는 기냥 지나칠 수는 없는 일인기라. 우리캉 직접 가가 눈으로 확인해가 왜놈이라면 꾸짖어 보낼 일이고, 조선인이라믄 인사라도 나누면 될 일 아이가."

선장의 결정에 남은 선원들이 주저 없이 일제히 배에 올랐다. 그대로 독도로 노를 저어가니 필득의 말대로 동도 저편에서 아직도 연기가 피어오르고 있었다. 그것을 목격한 그들은 천천히 배의 방향을 틀었다. 섣불리 가까이 다가갔다가는 괜히 세력을 파악하지 못해 화를 입을 수도 있기 때문이었다. 멀찌감치 떨어져서 상대의 규모와 동태를 파악하며 조심히 다가가야 했다.

그들은 배를 몰아 독도 쪽으로 천천히 다가갔다. 멀리서 사람들의 형상이 보이기 시작했다. 이마를 넓게 드러내어 상투를 뉘여 튼 것이 영락없는 촘마게(왜인상투)였다. 그것을 목격한 선장과 선원들은 저마다 긴장한 나머지 눈을 둥그렇게 뜬 채 애써 가쁜 숨을 쉬었다.

일찍부터 조선에서는 왜인들의 울릉도 근해 어업을 금지시켰다. 그럼에도 그들은 끊임없이 불법 어업을 자행했다. 동해와 인접한 마을들은 노상 왜구의 노략질에 시달리던 시절이었다.

선장은 왜인들의 파렴치함에 이를 갈아 물었다. 한두 번 묵과해주다 보면 아예 권리를 주장하고 나설 것이 자명하다는 생각에서였다.

그자들이 왜인임을 분명히 확인했으니 이제는 방법을 모색할 때였다. 잠시 생각에 잠겨있던 선장은 다시 배를 돌리라 명했다. 무엇보다 왜인들의 눈에 띄지 않게 접근하는 것이 중요하기 때문이었다. 지금은 아직 어업을 시작하지 않고 식사를 하고 있는 중이니 그들이 오리발을 내민다면 곤란한 일이 일어날 수도 있었다.

"우리캉 서도에 정박하입시더. 동도에 있는 저짝들을 쪼매 보고 있다가 어업을 시작할라치믄, 그때 덮치는 것으로 하입시더."

선원들 모두가 그의 명에 마치 한 몸처럼 일사천리로 움직였다. 나루터도 없는 울퉁불퉁한 서도에 그들은 능숙하게 배를 빗겨 대었다. 필득은 서도 정상에 조심히 올라 동도 쪽의 동태를 살폈다. 왜인들이 강치를 마구 때려잡는 것이 보였다. 행동이 굼뜬 강치들이 위기를 느끼고 이리저리 도망치려 했지만, 날쌘 그들이 마구 휘두르는 갈퀴를 벗어나기엔 어림도 없어 보였다. 그들의 사냥감으로 잡힌 강치들의 애절한 비명소리가 마치 어린아이의 울음소리 같아서 듣는 이의 머리끝을 곤두서게 했다.

얼마 지나지 않아 컴컴한 어둠이 순식간에 바다를 덮쳐왔다. 그러나 계속 동도만을 살피며 어둠에 익숙해져 있던 필득의 눈은 왜인들의 일거수일투족을 놓치지 않고 지켜보고 있었다. 제법 규모가 있는 왜선이 파도 위에 넘실대고 있었다. 왜인들의 두런대는 소리도 들려왔다. 더는 망설일 필요가 없다고 판단한 그는 서둘러 걸음을 옮겼다.

필득이 가파른 절벽을 타고 내려오는 모습을 보며 선장이 짧게 턱짓을 했다. 그의 신호에 대기하던 선원들이 어선의 닻을 올렸다. 왜선에 바투 다가가 제대로 그들을 꾸짖을 요량이었다. 정탐을 마치고 내려온 필득을 태우고 나서야 선장도 배에 올랐다. 그의 표정에 사뭇 비장함이 감돌고 있었다. 뱃머리가 힘차게 파도를 갈랐다. 캄캄한 밤의 바다에서 그렇게 빠르게 항해를 하는 이는 드물었다. 선장은 흔들림 없이 바다를 내다보며 배의 방향을 가늠했다.

숙련된 왜인들이 구령도 없이 능숙하게 합을 맞추어 어망을 걷어 올리고 있었다. 적지 않은 해물이 어망에 걸려들어 있었다. 그때 선장 오오야 시게무네의 쭉 찢어진 눈이 갑자기 일그러졌다. 누군가 접근하고 있다는 낌새를 알아챈 때문이었다. 오오야는 서둘러 횃불을 바닷물에 던져 꺼버렸다. 이내 칠흑 같은 어둠이 찾아들었다. 캄캄한 밤바다에서 오오야가 씨근대며 주위를 살폈다.

"예가 어딘 줄 알고 멋대로 어획을 일삼느냐!"

바로 그때 선장의 우렁찬 목소리가 매섭게 그를 향해 들이닥쳤다. 능숙한 왜어倭語였다. 아주 미세한 발음 차이를 알아채지 못했다면 그가 왜인이라고 철썩 같이 믿었을 정도의 능숙한 왜어였다. 오오야는 소리 나는 쪽으로 고개를 휙 돌렸다. 이미 가까이 다가온 조선의 어선이 어렴풋이 윤곽을 드러냈다. 왜선보다 규모는 작았으나 바투 다가온 모양새에서 선장의 패기가 고스란히 드러났다. 거대한 왜선도 전혀 두렵지 않다는 듯 맹렬히 다가온 탓이었다. 오오야는 공연히 책잡히지 않으려고 말을 아꼈다. 그는 대신 소리 나는 쪽을 향해 곧추섰다. 그러자 쩌렁쩌렁한 사내의 목소리가 다시 터져 나왔다.

"어둠을 틈타 숨죽여 일을 하는 것을 보니 너희들도 죄라는 것을 알기는 아는 모양이로구나! 너희가 알다시피 이곳은 조선의 땅이고 왜인들에겐 어업이 금지되어 있거늘. 너희 나라는 이리도 경우가 없단 말이냐!"

오오야는 선원들에게 조용히 중단을 명했다. 힘차게 당겨 올리던 어망은 힘없이 뱃전에 늘어졌다. 그물에 얽혀 퍼덕대던 생선들이 하나둘씩 바다로 떨어져 자유를 되찾아갔다. 오오야는 조용히 돛을 펼쳐 귀항을 준비했다. 왜선의 노를 쥔 이들이 어깨에 바짝 힘을 주었다. 그러자 왜선이 천천히 움직이기 시작했다. 배가 움직이는 것을 확인한 오오야는 그제서야 입을 열었다.

"귀공의 존함이 알고 싶습니다."

오오야가 한껏 공손한 어투로 선장에게 예를 갖추는 태도는 차후에 있을 골칫거리를 미연에 방지하기 위함이었다. 기세로 보아 평범한 인물이 아닐지도 모른다는 불길한 예감이 들어서였다.

"너희 같이 예우를 모르는 이들에게 내 부모가 주신 귀한 이름 석 자를 알려줄 필요가 있겠느냐!"

"왜에 돌아가 많은 이들에게 귀공의 이야길 전하고 앞으로 이와 같은 실수를 줄이기 위함입니다."

"동래부에 사는 안용복이다! 똑똑히 기억하고 썩 꺼지거라."

처음부터 끝까지 용복의 하대를 하는 투에 자존심이 상한 오오야는 어금니를 지그시 깨물었다. 그는 매섭게 다문 입 속으론 용복의 이름을 굴리고 있었다.

안용복.

뱃머리에 서서 자신들을 험상궂게 을러대던 이름이었다. 오오야는 이를 바득바득 갈아 물었다. 이번 출항을 위해 들인 돈이 엄청났기 때문이었다. 그도 불법인 것을 알고는 있었으나 다양한 어종이 넘치는 동해바다를 포기할 수 없었다. 오래 전에 오오야 가문이 발급받은 죽도도해면허가 있으니 나름대로 명분도 있었다. 이렇게 수시로 어업을 해 간 수확으로 오오야大谷와 무라카와村川 두 가문이 먹고살았다. 그런데 어획은 커녕 허탕을 치게 생겼으니 그로서는 분통이 터질 수밖에 없는 노릇이었다.

임진왜란 이후, 통일된 왜를 다스리던 막부는 조선과의 관계를 우호적으로 유지하고자 했다. 그러나 아직도 많은 왜인들이 인근의 조선 땅을 무차별적으로 약탈을 하고 있었다. 왜인들의 어업을 금지한 동해에서의 마찰도 빈번했다. 아무리 법으로 막아도 소용이 없었다. 막부의 입장만큼 매서운 처벌이 뒷받침해 주지 않은 탓이었다. 그래도 왜인들이 먼저 조선인을 도발하기는 어려웠다. 어디까지나 불법을 자행한 것은 그쪽이었고 막부의 입장은 온건한 탓이었다.

오오야가 이끄는 왜선은 별 다른 저항도 해보지 못한 채로 물살에 밀려갔다. 용복은 왜선이 시야에서 완전히 사라질 때까지 매섭게 그쪽을 노려보고 있었다. 그것을 눈앞에서 목격한 선원들이 용복의 주위를 에워싸며 하나같이 감탄했다.

"역시 행님이십니더. 겁도 안납니꺼? 피도 눈물도 없는 왜놈들이라예."

"맞십니더. 저놈들은 만날 몸에다 지~다란 칼을 차고 댕기매가 눈에 뵈는 것 없이 휘두른다 안 캅니꺼."

용복이 차분하게 답했다.

"내사마 딱 보이까네 여가 조선 땅인데 조선땅에서 조선인에게 어찌 지들이 저항한단 말인교. 즈그들도 죄를 인정하니까네 서둘러 돌아간 것 아인교? 필득이 니캉도 어디서든 왜놈 앞에서 절대로 주눅 들지 말그래이? 니캉 겁을 먹고 밀리므는 업신여기는기 저놈들 심보데이. 알았제? 퍼뜩 돌아가자꾸마. 밤이 깊었데이."

"야!!"

선원들이 한 목소리로 크게 대답했다. 그들은 출항 때보다 내 젓는 노에 더욱 단단하게 힘이 들어가 있었다.

오오야 시게무네는 멀어져 가는 용복의 어선을 오래도록 바라보았다. 바닷바람에 그의 하오리 자락이 마구 나부끼고 있었다. 풍성하고 화려한 비단 하오리는 그의 재력을 엿볼 수 있는 상징적 의복이기도 했다. 오래도록 호키주오늘날의 돗토리현의 지주로 살아온 그의 가문은 큰 부를 누리고 있었다. 게다가 1618년부터 무라카와 가문과 더불어 '울릉도 도해면허'를 발급할 수 있는 유일한 가문이었다. 이는 조선의 허가와는 상관없이 자체적으로 발급하는 면허였다.

그들이 도해면허까지 발급해가며 울릉도를 오가는 데에는 그만한 이유가 있었다. 동해가 그야말로 다양한 어종을 풍족하게 잡을 수 있는 천혜의 보고인 탓이었다. 다양한 어류 외에도 오오야 가문은 전복과 강치를 포획해가는 데 주력했다. 독도부터 울릉도에 걸쳐 그 근방에 넓게 분포한 전복은 크기도 했지만 쫄깃한 맛이 으뜸이다 보니 인기가 많아 가격이 높아도 수요가 줄지 않았다. 강치 또한 풍부한 기름을 얻을 목적으로 닥치는 대로 잡아갔다. 때문에 무리를 해서라도 출항을 했건만 빈손으로 돌아가게 되었으니 분통이 터질 만도 했다. 오오야는 연신 씩씩대며 주먹을 불끈 틀어쥐었다.

"모처럼 무라카와 대신 출항을 했건만…. 분하다."

매우 절친한 집안인 오오야 가문과 무라카와 가문은 비슷한 세력으로 함께 성장해왔다. 그만큼 은연중에 싹트는 경쟁심도 무시할 수가 없었다. 본디 무라카와 가문의 출항 기회였던 것을 우연히 대신하게 된 오오야는 큰 꿈에 부풀어 있었다. 누구보다 전복과 강치를 많이 잡아, 보란 듯이 귀항할 계획이었다. 그러나 예고 없이 만난 조선인 안용복에게 밀려 쫓기듯 물러난 탓에 모든 계획이 무산되고 말았다.

"쓰시마에 당도했습니다."

"배를 붙여라. 내 직접 하선하겠다."

오오야의 말에 선원들이 어리둥절한 표정을 지었다. 왜인들은 본디 조선 인근으로 출항할 때마다 쓰시마를 거치도록 정해져 있었다. 그때마다 선박에서 선장이 내리는 일은 드물었다. 그런데 어찌된 일인지 선장인 오오야가 배에서 직접 내려 상황을 보고하겠다고 나선 것이었다. 그가 성난 걸음을 크게 옮겼다.

그는 곧장 쓰시마 도주를 만나겠다고 청했다. 간단한 절차를 거친 뒤에 그는 쓰시마 도주의 집무실로 안내를 받았다. 정갈하고 고풍스러운 전통방식의 왜관이었다. 그는 시종을 따라 복도를 따라 걷다가 집무실 앞에 멈추어 섰다. 안내하던 시종이 또박또박 말을 전했다.

"도주님, 호키주의 오오야 시게무네께서 뵙길 청합니다."

"드시라 하라."

낮고 탁한 음성이 되돌아왔다. 시종이 손수 문을 열어주자 도주의 집무실의 다다미가 드러났다. 매끈하게 잘 짜인 다다미의 촉감이 좋았다. 스치듯 시게무네를 올려다본 도주는 서신을 읽고 있던 중이었다. 오오야는 조용히 문 앞에 서서 고개를 숙였다. 한참만에야 서신을 내려놓은 도주는 그제야 미안함을 표했다.

"미안하오. 동래에 가 있는 골칫덩이 여식이 서신을 보내왔기에."

그의 말을 신호로 오오야가 절도 있게 인사를 올렸다. 그의 커다란 목청과 깍듯한 행동에 도주는 뿌듯한 듯 미소를 지었다.

"내 그 댁 얘기를 많이 들었소. 내가 쓰시마 도주 소우 요시쓰구요."

"뵙게 되어 영광입니다, 도주님."

도주가 탁한 음성으로 껄껄 웃었다. 칭송하고 떠받들어주면 좋아하는 성미라는 것을 미리 파악하고 행동한 오오야는 속으로 웃음을 삼켰다. 오오야가 무릎을 꿇고 멀찍이 앉았다. 그러자 도주는 그에게 가까이 올 것을 권했다. 여시종이 전해주는 따뜻한 찻잔이 그의 앞에 놓여졌다. 차 문화가 왜에 전래된 지는 오래되었지만 이렇게 아름다운 다기茶器를 갖춘 것은 임진왜란 이후였다. 아름다운 매화꽃 무늬가 인상적인 찻잔이었다. 오오야가 차를 한 모금 입에 머금었다. 달큰한 여운이 있는 향긋한 작설차였다.

"그래, 무슨 일로 나를 직접 찾으시었소?"

오오야가 찻잔을 내려놓고 공손히 머리를 조아렸다.

"면허를 가지고 울릉도에 다녀오는 길입니다. 하오나 그곳에서 불미스러운 일이 발생하여 빈손으로 돌아오게 되었습니다. 분한 마음에 체면을 무릅쓰고 직접 이렇게 도주님을 찾아뵙게 되었습니다. 듣자하니 도주님께서는 일찍이 울릉도를 왜의 소유로 돌리기 위해 애쓰신다 들었습니다. 그러니 저의 이 분한 마음을 가장 잘 헤아려주실 분 또한 도주님인 듯하여…."

그 말을 들은 도주의 얼굴이 갑자기 싸늘하게 굳어졌다. 그의 가늘게 쭉 찢어진 눈이 순식간에 탐욕으로 빛났다. 오오야는 티 나지 않게 도주의 얼굴을 살폈다. 오오야는 오래 전부터 울릉도를 왜의 땅으로 찬탈하려 무던히 애쓰고 있던 쓰시마현의 계략을 잘 알고 있었다. 울릉도 근해의 어업으로 생활을 꾸려 가는 오오야 가문으로서는 쓰시마 도주가 울릉도 근방을 왜의 것으로 만들어만 준다면 고마울 따름이었다. 그래서 그는 손 안대고 코를 풀 요량으로 일부러 그를 찾은 것이었다. 그는 도주가 그 서슬이 퍼렇던 조선인에게 복수를 대신해줄 수 있으리라 믿고 찾아온 것이었다.

오오야의 예상대로 도주가 단번에 얼굴을 씰룩였다. 그의 길고 검은 눈썹이 유난히 꿈틀거렸다.

"내 일찍이 울릉을 삼키자고 그렇게 주장하고 있건만. 에잇! 물러터진 막부 같으니라고. 조선이 버린 섬을 무에 그리 중요하다고 비켜서선…. 그래, 무슨 일이 있었는지 자세히 일러주시오."

답답한 듯 도주가 침을 튀기며 혼잣말을 토해냈다. 그는 공도정책으로 조선이 비워둔 섬을 버려둔 것이라 멋대로 해석하고는 분통해했다. 오오야는 속으로 쾌재를 부르며 정황을 소상히 읊었다. 안용복의 이름과 어선의 규모, 그의 용맹한 말투와 당찬 태도 등을 설명하느라 호들갑을 보탰다. 도주는 잠시 생각에 잠겼다. 그가 눈을 감고 이리저리 생각을 굴리는 동안 그의 미간에는 주름이 깊게 패였다가 풀렸다가를 연신 반복했다. 그가 진중하게 고민하는 것을 보며 오오야는 비로소 마음이 평안해짐을 느꼈다. 도주가 확실하게 이번 일을 해결해주기만 한다면, 당분간은 별 탈 없이 어업을 행할 수 있을 거라는 생각뿐이었다.

급기야 오랫동안 굳게 닫혔던 도주의 입이 열렸다. 도주는 다시 여유로운 표정으로 미지근해진 차를 마셨다. 확실한 해결책을 생각해낸 모양이었다.

"서른여명쯤 되는 선원들을 보았다고 했소?"

"그렇습니다."

"그리고 그들 맨 앞에 안용복이란 자가 나섰다고 했소?"

"예, 분명합니다."

도주는 이미 승리에 도취된 듯 조소를 머금었다. 그가 말끔히 빈 찻잔을 내려놓고 말을 이었다.

"다음 출항 때는 꼭 내가 일러준 대로 행동하시오. 그 후엔 내가 다 책임을 지겠소."

서슬이 퍼런 그의 말에 오오야는 무언가가 잘못되어가고 있음을 느꼈다. 쓰시마도주는 자신이 생각한 것 이상의 야심가였다. 그런데 이 작은 계기가 어떤 결과를 가져올지를 계산하지는 않는 것 같았다. 오오야가 노파심에 조심히 말을 얹었다.

"제 작은 청에 이리도 다정히 답을 주시니 감사하기 이를 데 없습니다. 그러나 크게 도발했다간 또 전쟁이 일어날지 모르는 일인데… 임진년의 전쟁은 저희 왜에도 막대한 손해를…."

"장부가 그깟 일로 겁을 내서야 되겠소? 울릉을 손에 넣을 수만 있다면야 전쟁 따위는 불사해도 좋을 것이오. 보시오, 분명 후대에선 나를 칭송할 테니. 오오야 가문도 보기보단 졸장부인 모양이오."

그의 비웃음에 오오야가 마른 침을 삼켰다. 도무지 그의 속을 알아챌 수 없는 말이었다. 순식간에 방안공기가 얼어붙었다. 그는 생각 이상으로 치밀한 계획을 세우고 있는 것이 분명하게 느껴졌다. 오오야는 더 이상 차를 마시지 못하고 찻잔을 내려놓았다. 그는 가슴이 꽉 막힌 듯 답답해졌다. 마주 앉은 도주의 탐욕이 숨통을 조여 오는 듯해서였다. 지금은 울릉만을 향한 탐욕일지라도 차후에 언제든 왜 전역을 조여 올지도 모른다는 엄청난 두려움이 순식간에 밀려들었다.

오늘따라 근래에 드물게 바다가 잔잔했다. 배의 울렁임도 적었고 맑고 푸른 물속엔 숱한 어류가 헤엄쳐 다니고 있었다. 용복은 선원들과 한 마음으로 어망을 던졌다. 어망이 수면에 부딪치는 소리가 경쾌했다.

"땡기라!"

용복의 명에 선원들이 우렁찬 기합과 함께 어망을 당겼다. 쉬이 당겨지지 않는 모양새를 보아하니 이번에도 물고기들이 적잖이 걸려든 모양이었다. 하나같이 어망을 붙든 손과 허리에 뻐근하게 힘이 들어갔다. 비록 힘은 들었지만 바로 그런 것이 어부들이 배를 타는 크나큰 기쁨이고 이유였다. 진종일 묵직한 어망과 씨름해도 만선으로 돌아갈 수만 있다면 족했다. 아픈 허리는 줄줄이 늘어선 자식들이 고사리 손으로 주물러주면 되었다. 고단한 몸보다 마음이 한껏 부풀어 오르니 묵은 피로까지 몽땅 사라지는 것 같았다.

"이기 뭐꼬?"

누군가의 탄식 섞인 소리가 튀어나왔다. 힘겹게 끌어 올려 뱃전에 부려놓은 어망을 보고는 다들 볼멘소리를 해댔다. 분명 퍼덕대는 생선이 한가득이었으나 전혀 기쁘지 않은 것은 온통 양미리와 도루묵뿐이었다. 크기도 잔챙이처럼 작은 데다 너무 흔한 생선들이라 어물전에선 생선 취급도 못 받는 시시한 것들이었다. 아무리 싱싱한 것이라 하더라도 사또에겐 진상도 하지 않는 하급 어종이었다. 간간히 다른 어종들이 섞여있긴 했지만 상품가치라고는 도무지 없는 것들뿐이었다. 늦겨울의 바다는 황량했다.

필득이 쭈그리고 앉아 어망에 눌어붙은 곰치를 들어올렸다. 커다란 크기와 흐물대는 몸체가 흉물스러웠다.

"오늘 참은 요놈으로 하시지예."

용복이 짐짓 아무렇지 않은 듯 고개를 끄덕였다. 곰치는 아예 좌판에 내놓지도 않는 생선이었다. 흉물스러운 모양과 독특한 식감 때문에 먹고살기 어려운 때에도 인기가 없었다. 가끔 어부들만 먹는 별미 취급이 고작이었다. 사계절을 막론하고 어망에 걸려드는 어종이었지만 겨울 곰치가 개중에 가장 맛이 좋았으니 그것이 그나마 위안이 되었다.

그들은 잔챙이들은 다시 바다에 놓아주고 그래도 내다 팔만한 크기의 생선들만 골라내었다. 비싼 값을 치러 싣고 온 소금과 얼음으로 그것들을 싱싱하게 보관했다. 그 사이 배는 천천히 울릉도를 향해 가고 있었다. 동해 바다에 나오면 어김없이 들러 한 김 쉬어가는 곳이었다. 최소한의 인력이 노를 저었다.

자주 들르는 나루터 근처엔 아예 화덕이 갖춰져 있었다. 근처에서 큰 돌들을 주워 마련해놓은 간이 화덕이었다. 나무는 도처에 널려 있으니 떨어진 나뭇가지를 주어다 때면 그만이었다. 필득이 솥을 걸고 곰치국을 끓이기 시작했다. 이번엔 누구도 고춧가루 얘기는 꺼내지 않았다.

시원하고 담백한 곰치국이 담긴 뚝배기가 선원들 앞에 하나씩 놓였다. 모두 살코기가 듬뿍 든 뚝배기가 푸짐해 보였다. 용복이 가장 먼저 곰치뚝배기를 들어 후루룩 마셨다. 그러자 선원들도 연이어 여기저기서 수저를 달그락대었다. 하얗게 절여진 김치가 시원한 맛을 더했다. 오늘따라 어쩐지 선원들 모두 말이 없었다. 어획 결과가 만족스럽지 못한 탓이었다. 마땅히 건넬 위안이 없다보니 용복도 입을 굳게 다문 채 곰치국만 연신 들이마시고 있었다. 모든 것을 하늘에 맡겨야만 하는 것이 어부들의 숙명이었다. 다가올 봄을 기약하는 수밖에 도리가 없었다.

그때였다.

"안녕하십니까! 귀 안용복 선생께 용무가 있습니다."

틀림없는 왜어倭語였다. 예기치 못한 곳에서 들려온 소리에 퍼뜩 놀란 선원들이 순식간에 자세를 고쳐 앉았다. 행동이 날랜 용복은 어느덧 자리에서 일어나 경계 태세를 갖추었다. 말을 건네 온 것은 이마를 높게 드러내고 촘마게를 튼 왜인이었다. 역시 고급 하오리를 잘 갖춰 입은 모양을 보아하니 천출은 아닌 모양이었다. 왜인은 용복 앞에 무릎을 꿇고 머리를 조아려 공손한 태도를 유지했다.

용복은 끓어오르는 분노를 간신히 억눌렀다. 지난 번 오오야가의 어선을 만났을 때 그렇게 잘 타일러 보냈거늘 또다시 몰래 울릉도에 들어와 있다니 분통이 터질 노릇이었다. 그는 이번에 야말로 제대로 혼쭐을 내버려야겠다는 생각뿐이었다. 그러나 분명 일개 가신에 불과할 것이 뻔한 이에게 분노를 터트려봐야 소용없는 일이라는 생각이 들었다. 용복은 치미는 화를 간신히 억누른 채 용건을 물었다. 그의 낮은 목소리에 무게감이 실려 있었다.

"무슨 일인가."

"저는 지난번 귀공을 뵌 적이 있는 오오야가 어선의 선원입니다. 지난 일로 귀공께, 나아가 조선에 심려를 끼쳐 드린 것이 죄송하여 이렇게 다시 찾아뵈었습니다."

왜인은 더욱 고개를 조아려 경의를 표했다. 당장이라도 앞장을 서게 해 그쪽 선장을 박살내고 싶었지만 일단은 용건을 들어보기로 했다. 그가 말을 이었다.

"지난번처럼 줄행랑 놓듯 떠나는 것은 예의가 아닌 듯하여 조촐한 연회를 마련하였습니다. 울릉 근해의 해산물이 아닌 오키섬 근해의 해산물들로 성찬을 준비했으니 부디 와서 함께 즐겨주시면 좋겠습니다."

"다신 오지 말라고 했으면 그냥 그리 하면 될 것을 왜 굳이 번거로운 일을 만들어 조선의 뜻을 또다시 어긴단 말이오!"

"마지막입니다. 그간 조선의 눈을 피해 불법으로 어획했던 것들을 속죄하고 다시는 오지 않으리라는 약조를 하려는 것입니다. 부디 노여워 마시고 이 순수한 마음을 받아주시지요."

그들이 서로 왜어로 대화를 하다 보니 선원들은 도무지 무슨 말을 주고받고 있는지 알아듣지 못하여 눈만 끔뻑이고 있었다. 그에 비해 용복은 자못 긴장할 수밖에 없는 것이 갑작스런 왜인들의 호의가 낯설기 때문이었다. 그러나 당장 눈앞에서 머리를 조아리는 왜인의 깍듯한 행동을 보면서 용복은 혼란스러워졌다.

"선장, 왜놈이 뭐라 씨부리는 거라예?"

그제야 용복이 선원들에게 정황을 전했다. 간단히 말하면 사죄의 의미가 담긴 연회 초대였다. 그 말이 떨어지기가 무섭게 선원들은 기쁜 속내를 여과 없이 드러냈다. 가뜩이나 기분도 꿀꿀하던 차에 잘 됐다는 생각이 만연했다. 기름진 음식은 물론이거니와 술과 음악에 기생까지 준비되어 있지 않을까 하며 모두 들뜨기 시작했다. 그때 늘 조용히 선원들을 챙기는 이가 용복에게 가까이 다가섰다. 우직하고 성실하여 용복이 출어 때마다 부르는 박어둔이었다. 울산에서 소금을 팔아 큰 부를 쌓은 염간鹽干인 그였지만 용복이 부르는 곳엔 어김없이 나타나곤 했다. 그는 인간적으로 용복을 믿고 지원하는 든든한 후원자이기도 했다.

"선장, 이거 쪼매 이상한거 아입니꺼? 우리캉 억수로 말할때는 안 들어 쳐 묵든 것들이 일부러 와가 이리 호의를 베풀 이유가 없다 말입니더. 우리가 뭐 나랏님 소속도 아이고."

어둔이 부러 목소리를 낮춰 귀에다 속삭였다. 용복도 그의 말에 공감했다. 잠시간 말이 없던 용복은 왜인과 멀찍이 떨어진 곳에 선원들을 불러 모았다. 그들은 촘촘하게 원을 그리며 둘러섰다. 맞닿은 체온이 원 안을 후끈하게 데웠다. 용복은 조심스레 선원들에게 입을 떼었다.

"우리는 왜와 인접해 살믄서 항시 조선의 대표란 마음으로 왜인을 대해야 헌다 이말이다. 설불리 사소한 일이라도 잘못처리하모 왜란으로 번져불 수도 있다 카는 것도 항시 염두에 두어야 한단기지. 이번 연회 초대도 분명 석연치 않은 부분이 있것지만서도 그들이 참말로 순수한 마음으로 우릴 초대한 것이라믄 지금의 이 의심들이 모두 쫄장부 같은 마음이 되고 마는 기라. 그러니까네 일단 초대에는 응하도록 하꾸마. 다만, 다들 긴장을 늦추지 말고 단디 하재이."

어둔도 용복의 결정에 고개를 끄덕였다. 가장 합리적이고 확실한 결론이었다. 호랑이에게 물려가도 정신만 차리면 될 것이다. 그 길로 용복은 왜인에게 의사를 전하고 그를 따라 나섰다. 해가 뉘엿뉘엿 지고 있었으니 그들이 울릉도 동쪽에 다다랐을 때 이미 해는 다 넘어간 후였다. 어둑한 샛길을 따라 선원들이 걸음을 옮겼다.

드디어 불빛이 보였다. 지난번에 보았던 오오야가의 어선이 맞았다. 도처에 밝힌 횃불로 사위가 낮처럼 환했다. 배 근처에 연회 자리를 호화롭게 마련해 둔 것이 보였다. 용복의 뒤로 늘어선 선원들이 숨죽여 환호했다. 그러나 용복은 더욱 긴장을 한 채 주위를 살폈다.

뱃전에서 이쪽을 살피고 있던 오오야 시게무네가 용복을 발견하고는 한달음에 다가왔다. 그의 환대에 용복은 당황한 기색을 숨길 수가 없었다. 오오야는 그런 용복 앞에 깍듯하게 인사하며 환영의 뜻을 전했다.

"오셨습니까. 오매불망 기다리고 있었습니다."

"환대를 해주니 고맙소."

용복도 일단 경계를 안으로 감추고 부드럽게 답을 했다. 오오야 너머로 곱게 기모노를 차려입은 아가씨들이 보였다. 새하얀 분칠에 빨갛고 자그마한 입술연지를 찍은 유녀遊女였다. 예술의 영역을 담당하는 게이샤와 달리 사내에게 웃음과 몸을 파는 유녀였다. 노골적인 접대의 의사였다. 조선인들에겐 익숙지 않은 모습이었으나 왜인들이 많은 동래부에서는 흔히 봐온 용복은 별로 놀랄 일도 아니었다.

오오야의 지시로 유녀들은 너나 할 것 없이 선원들 곁으로 다가와 갖은 아양을 떨어댔다. 오랜만에 코를 간지럽히는 향긋한 분 냄새에 사내들 살이 뻐근하게 부풀어 올랐다. 배 앞에 마련된 연회석으로 각각 유녀들이 하나씩 끼고 둘러앉았다. 용복에게도 유녀 하나가 다가왔다. 그러나 바짝 긴장하고 있는 용복은 그녀의 아양을 받아줄 여유가 없었다. 그는 손짓으로 가볍게 그녀를 물리치고 빈자리를 향해 이동했다. 그러자 오오야가 막아서듯 말했다.

"안공은 이쪽으로 드시지요. *귀공을 위해 좀 더 신경을 써 따로 마련해두었습니다.*"

용복이 돌아보았다. 오오야가 가리킨 곳은 배 위였다. 왜선 위에도 휘황하게 횃불을 밝힌 것이 이상하다 했더니 그 위에도 연회석을 마련해둔 모양이었다. 직감적으로 불안함을 느낀 용복은 부러 몸을 뒤로 빼며 거절의 뜻을 밝혔다.

"*아니오. 나도 같은 어부에 불과한데 무슨 호사를 누린다고 따로 상을 받겠소. 이정도면 충분하오.*"

그러자 이번에는 유녀가 용복의 팔에 매달렸다. 손짓으로 뿌리쳤을 때와는 달리 그녀는 제법 완강하게 매달려 그의 품으로 파고들었다. 짐짓 당황한 용복이 다시 유녀의 손을 풀어내었다. 순식간에 끼쳐오는 분 냄새가 너무 역겨웠다. 오오야도 물러서지 않고 고집스레 그의 앞을 지키고 서 있었다. 용복이 배에 오르지 않는다면 결코 비켜서지 않을 모양이었다.

"알겠소. 다만, 한 사람을 더 대동해야겠소. 미천한 나보다 훨씬 높으신 양반님이 계시니."

용복이 막 연회석에 앉으려던 어둔을 향해 손짓을 했다. 어딘가 결연한 눈빛으로 당장 상황을 파악한 어둔이 파뜩 자리를 밀치고 일어섰다. 오오야는 짐짓 의연한 모양으로 용복과 어둔을 안내했다. 상황을 설명하지 않아도 어둔은 눈치껏 용복의 긴장감을 파악했다.

오오야가 안내한 어선은 용복이 타고 온 배와는 비교도 되지 않는 큰 어선이었다. 평생 염간으로 부를 모아 어둔이 장만한 배도, 그들이 타고 온 동래부에선 꽤 큰 편에 속하는 배인데도 어림없을 정도였다.

갑판 위엔 산해진미가 놓인 연회석이 마련되어 있었다. 다양한 해산물부터 듣도 보도 못한 왜의 진귀한 음식들이 가득했다. 늘 조촐하게 끼니를 때우며 근근이 살아가는 어부들의 삶으로서는 상상도 할 수 없는 성찬이었다. 오오야의 지시로 용복과 어둔은 각각 자리를 안내받았다. 붙어선 유녀들 또한 그들 곁에 자리했다. 수많은 왜인 선원들과 유녀들 틈에서 엉겁결에 자리 안내를 받게 된 용복과 어둔은 서로 꽤 먼 자리에 앉게 되었다. 오오야는 그들이 아직 얼떨떨한 틈을 타 서둘러 음악 연주를 지시했다. 왜의 전통 음악이 간드러지게 뱃전에 울려 퍼졌다.

왜인들은 너도나도 기쁜 표정으로 용복과 어둔을 환대했다. 금세 술잔을 비우고 채워지길 반복했다. 바투 붙어 앉은 유녀들은 성실하게 그들을 보필했다. 쌀쌀한 밤공기에 차게 얼었던 몸이 뜨끈한 청주 몇 잔에 사르르 녹아내렸다. 그 와중에도 용복과 어둔은 서로 눈길을 교환하며 긴장을 늦추지 않으려 애를 썼다.

어느덧 분위기에 녹아든 오오야가 몸을 휘청이며 용복에게 다가왔다. 이미 주량을 넘은 듯 그는 몸을 잘 가누지 못했다.

"안공! 지난번 안공의 말씀은 잊지 않고 있습니다. 그간 안공 같은 분을 뵙지 못해 저희가 지금껏 잘못을 저지르며 살았습니다. 용서하십시오."

용복은 휘청대는 그를 보며 매서운 목소리로 말했다.

"이번이 정녕 마지막 경고가 될 것이오. 나는 조선인으로서 그대들을 꾸짖고 추방할 권리가 있소. 다시는 울릉 근해에 얼쩡대지 마시오. 혹여 자산도에 그대들의 쉼터를 마련해두었다면 마땅히 철거해야할 것이오. 무단으로 조선의 땅을 침범한다는 것은 또 한 번 난을 일으키는 것이라 생각하고 강경대응도 불사할 것이오."

용복의 단호한 꾸짖음이 다시 떨어졌다. 오오야는 휘청이던 몸을 간신히 추스리면서 공손하게 그의 불호령을 들었다. 잘 알아들었으니 다시는 이런 일이 없을 것이라는 확답도 잊지 않았다.

그 때 저 쪽에서 쿵하는 소리와 함께 소란이 일었다. 어둔이 쓰러진 것이었다. 깜짝 놀란 용복이 자리를 박차고 일어섰다. 어둔 곁에 앉았던 유녀가 생긋이 의미있는 웃음을 짓고 있었다.

"기분이 좋으신지 빠르게 약주를 드시더니, 금세 쓰러지시네요."

분명 조금 전까지 용복과 긴장한 눈빛을 주고받았던 어둔이었다. 그런데 갑자기 취기가 올라 쓰러졌다니 이상했다. 용복이 어둔의 상태를 직접 살피려 걸음을 옮겼다. 그러자 갑자기 선원들이 도처에서 일어서며 용복을 막아섰다. 부디 자신들에게 술을 한잔씩 하사해 달라는 것이었다. 갑작스러운 반응에 용복은 당황했다. 용복은 멀리서 보기에도 어둔의 얼굴이 붉은 것이 심히 걱정스러웠다.

그때 언뜻 용복의 시야를 스치는 것이 있었다. 바로 제 곁에 바투 붙어 있던 유녀가 품에서 꺼낸 작은 병이었다. 그녀가 병에든 정체불명의 물을 용복의 술잔에 따르고 있었다. 용복은 빠르게 상황을 파악했다. 어둔이 왜 쓰러졌는지 바로 짐작이 되었다. 갑자기 그의 정수리가 찌릿해오는 통증이 느껴졌다. 독을 탄 모양이었다. 분개한 용복이 곧장 달려들어 오오야의 멱살을 틀어쥐었다.

"이 무슨 경솔한 수작인가! 지금 저 여인이 내 술잔에 넣은 것이 무언지 당장 말하라! 그 때문에 내 동료가 쓰러졌다. 이는 필경 새

로운 난을 일으키려는 것이냔 말이다!"

오오야가 여전히 몸을 휘청거리며 낄낄 웃어댔다. 용복의 곁에 앉았던 유녀는 자신이 방금 한 행동을 들킨 것을 알고는 잔뜩 겁먹은 표정으로 떨고 있었다. 오오야는 상기된 얼굴로 용복을 똑바로 쳐다보았다.

"초오라는 약초요. 건강에 좋은 약초지만 잎과 뿌리로 낸 즙은 독성이 나와 금수를 사냥하는 데 쓰이곤 하지."

오오야의 말투가 어느덧 거만하게 변해있었다. 용복은 틀어쥔 주먹에 더욱 힘을 주었다. 잔뜩 목이 졸린 오오야가 바튼 기침을 토해내었다. 그러나 여전히 거만한 눈빛은 변함이 없었다.

"동료처럼 조용히 쓰러져 줬으면 별 일 없었을 것 아니오. 아니지, 애당초 혼자 배에 올랐다면 동료까지 험한 꼴을 당하게는 안 했을 테지. 걱정 마시오. 죽은 것은 아니니."

용복이 그에게 바로 주먹을 내질렀다. 그러나 그의 주먹은 오오야에게 닿기도 전에 저지를 당하고 말았다. 수많은 왜인들이 한 번에 우르르 달려든 까닭이었다. 용복이 단단한 몸으로 저항을 해 보았으나 소용이 없었다. 혼자서 그 많은 적을 감당하기엔 무리였다. 어느덧 결박된 용복은 쓰러진 어둔과 함께 창문도 하나 없는 선실에 갇히고 말았다. 있는 힘껏 줄을 끊어보려 애썼지만 소용이 없었다.

그런 그의 앞으로 오오야가 걸어왔다. 이번엔 또박또박 바른 걸음걸이였다. 낯빛 또한 창백한 것이 전혀 술을 마시지 않은 사람 같았다. 용복의 얼굴이 분노로 벌겋게 달아올랐다. 이런 계략을 꾸미느라 부러 취한 체 연기를 한 것이었다.

"일개 어부 따위가 도해면허를 가진 나에게 감히 훈계를 늘어놓다니. 건방진 조선놈 같으니라구."

용복이 무어라 반박하기도 전에 선실의 문이 굳게 닫혀 버렸다. 용복은 큰 소리로 저항을 해보았으나 돌아오는 건 침묵뿐이었다. 간간히 오오야의 간드러지는 비웃음 소리가 들려올 뿐이었다. 용복은 처참한 기분이 들었다. 여전히 어둔은 미동도 없이 붉은 얼굴로 쓰러져 있었다. 가쁜 호흡이 걱정스러웠다.

두 사람은 출항하고 며칠간 물 한 모금 마시지 못한 채 계속 선실에 갇혀있었다. 용복은 정신을 놓지 않으려고 온 신경을 곤추세우고 있는 동안에도 어둔은 좀체 깨어날 기미를 보이지 않았다. 금수를 사냥하는 데 쓴다는 독초 즙 효능은 꽤나 독했다.

지독한 두통이 밀려들었다. 용복은 연신 신음소리를 토해내었다. 차가운 바닥에 뉘인 몸이 제대로 말을 듣지 않았다.

"선장! 정신이 좀 드능교?"

다급한 목소리가 들렸다. 어둔이었다. 용복은 간신히 눈을 뜨고 어둔의 얼굴을 응시했다. 염려했던 어둔은 다행히 문제가 없는 듯 보였다.

배는 하루가 지나도록 발 아래로 느껴지는 파도의 움직임이 없었다. 분명 어디엔가 정박한 모양인데도 용복과 어둔을 풀어주지 않았다. 두 사람이 목청을 돋워 고함을 쳐봐도 아무도 오지 않았다. 그렇게 가물가물 기억을 잃어갈 쯤 건장한 사내 둘이 들어왔다. 복식과 상투를 보니 왜인임이 틀림없었다. 그들은 용복에게 무자비하게 몽둥이를 휘둘렀다. 기력이 소진된 데다 묶인 몸으로는 아무런 대응을 할 수가 없었다. 그는 순간 뒤통수가 뜨끔 하더니 아득한 어둠이 찾아들었다. 그대로 의식을 잃고만 것이었다.

얼마나 지났을까. 용복이 간신히 몸을 일으켰다. 어둔이 서둘러 다가와 몸을 지탱해주었다. 그는 뒤통수가 욱신대며 어지럼증이 밀려들어 어둔이 부축해주지 않았더라면 그대로 거꾸러졌을지도 몰랐다. 둘러보니 옥사인 듯했다. 굵은 나무로 된 창살이 굳게 닫혀 있었다.

"정신이 좀 드는교? 내도 아래께 깨어났으니까네 정신을 차리고도 이틀 가량 지났십더. 일어나니까네 왜놈들이 죽지 말라고 이걸 주데."

어둔이 용복 앞으로 주먹밥을 내밀었다. 차게 식은 데다 흙먼지가 묻어있는 듯 보였지만 그것을 보는 순간 금세 허기가 찾아 들었다. 어둔이 제 몫은 이미 먹었다는 말을 하기가 무섭게 그는 순식간에 주먹밥을 먹어치웠다. 무슨 맛인지도 알 수 없었다. 주린 배를 채워 목숨만 부지 할 수 있다면 그만이었다.

인기척이 들렸다. 간수들인 모양이었다. 용복은 본능적으로 횃불이 닿지 않는 구석에 몸을 밀어 넣었다. 말소리가 두런두런 들려왔다.

"귀찮게 왜 이리로 와서 일을 만들어. 난 조선인이 싫어. 악바리 근성 때문에 여간 귀찮은 게 아니거든."

"풍랑만 거세지 않았다면 쓰시마로 갔을 거라잖아. 망할 놈의 겨울 바다."

용복의 짙은 눈썹이 씰룩였다. 당연히 쓰시마라고 예상했던 것이 빗나가는 순간이었다. 모든 왜의 선박은 무조건 쓰시마를 거쳐 조선으로 닿게 되어 있었다. 되돌아갈 때도 마찬가지였다. 때문에 이곳이 왜인 이상 당연히 쓰시마인 것으로 착각했던 것이다. 그러나 사실이 아니라면 이곳은 어디란 말인가. 그는 머릿속이 복잡해졌다. 순간 눈앞이 핑 돌았다. 중심을 잃은 용복이 앞으로 거꾸러졌다. 곁에 있던 어둔이 놀라며 용복을 붙들고 섰다.

"선장!"

"누구냐!"

어둔의 목소리에 간수들이 반응했다. 그들은 서둘러 옥사로 달려왔다. 용복이 정신을 차린 것을 알아챈 간수들이 서로 시선을 교환했다. 한 명이 서둘러 상황을 알리려는 듯 달려갔다. 용복이 깨어나길 기다린 모양이었다. 용복은 다가올 일에 의연히 대처하리라 다짐했다. 그는 간신히 어지럼증을 견디며 다리에 힘을 주었다. 꼿꼿이 허리를 곧추세워보려 애를 썼지만 잘 되지 않았다. 옥문이 열리더니 이내 사람들이 들이닥쳤다. 그들은 용복과 어둔을 연행하여 어딘가로 끌고 갔다. 어둔이 당황하여 저항하였으나 용복은 순순히 걸음을 옮겼다. 그는 굳게 다문 입과 맹렬한 눈빛에서 결연함이 엿보였다. 그를 붙잡고 있는 간수들의 팔에도 자연스레 힘이 들어갔다.

용복은 죄인처럼 흙바닥에 밀쳐졌다. 용복과 어둔은 바닥에 팽개쳐진 채로 다시 줄로 꽁꽁 묶인 죄인 신세가 되었다. 그들은 분한 마음에 눈을 똑바로 치어 뜨자 상석에 앉아 있는 이가 보였다. 아마 이 중 가장 높은 사람인 모양이었으나 누군지는 가늠이 되지 않았다. 코 밑에 난 얇고 긴 수염이 퍽 졸렬해 보였다.

"네 죄를 아느냐!"

그가 물었다. 용복은 여전히 눈을 똑바로 뜨고 답했다. 이번엔 왜어가 아닌 조선말이었다.

"니들은 누꼬? 내캉 무슨 죄가 있다는 기가!"

갑작스런 조선어가 되돌아오자 그는 짐짓 당황한 모양이었다. 그는 잠시 머뭇대는가 싶더니 곁에 선 측근이 대신 으름장을 놓았다.

"감히 어느 안전이라고 조선어를 지껄이느냐! 네가 우리말에 능한 것을 알고 있다."

"어느 안전인지 내 알바 아이고! 초면에 지가 누군지 밝히지도 않는 몬난 예절을 요래보이 왜놈들이 틀림없구마."

한 마디도 지지 않고 용복이 답했다. 역시 조선말이었다. 둘러선 왜인들 중 몇은 알아듣고 나머지는 못 알아듣는 모양새였다. 곁에 앉은 어둔은 초조한지 용복에게 바투 다가앉았다. 당황한 왜인이 이번엔 어르듯 말을 꺼냈다.

"여기는 오키도島이고 이분은 오키의 도주이시다. 이래서는 그 어떤 정황도 파악할 수가 없으니 왜어를 사용해주길 바란다."

오키도島는 동해의 끝자락에 있는 왜의 섬이었다. 오키 해협을 건너면 그대로 왜의 본토에 닿는 가까운 거리였다. 크고 작은 섬으로 이루어진 군도였는데, 도주가 있는 것을 보니 그 중 가장 큰 섬인 도고섬인 모양이었다. 울릉도에서 곧장 오기엔 쓰시마보다 훨씬 가까운 곳에 위치했다. 풍랑이 거세어 쓰시마까지 가지 못하고 이곳에 정박했다는 것이 그제서야 이해가 되었다.

용복은 주변을 둘러보았다. 둘러선 왜인들 틈에 오오야 시게무네도 보였다. 오키도주의 바로 뒤에 바짝 붙어선 것으로 이미 정황을 파악 할 수 있었다. 온갖 감언이설로 도주를 설득해 두었을 것이다. 그는 절로 꽉 문 어금니에 더욱 힘이 들어갔다. 배짱만 튕겨서는 해결될 상황이 아니었다. 결국 용복은 다시 능숙한 왜어로 말을 꺼냈다.

"나는 조선인 안용복이오. 나는 조선의 땅인 울릉도에서 어업을 한 것 외엔 행한 일이 없는데 사기로 사람을 농간하고 폭력으로 다스려 이곳까지 연행한 까닭을 모르겠소."

간결하게 자신의 의견을 말한 용복은 도주의 표정을 살폈다. 이제 그가 어떻게 나오는가에 따라 앞으로의 행보가 결정될 것이기 때문이었다. 그는 티 나지 않게 마른 침을 삼켰다. 바투 붙어 앉은 어둔도 긴장을 감추지 못한 채 잔뜩 겁에 질린 표정으로 거친 숨을 몰아쉬고 있었다.

"그 곳이 조선땅이라는 것부터가 이미 네 죄가 성립된다. 다케시마는 왜의 영토다."

다케시마는 조선말로 죽도竹島, 즉 울릉도를 의미하는 것이었다. 갑작스럽게 울릉도를 자신들의 영토라 주장했다. 용복은 드디어 올 것이 왔다고 생각하며 자세를 바로 잡았다. 기가 막힐 노릇이었다.

"울릉도는 조선으로부터 하루거리이나, 일본으로부터는 닷새 거리이니 우리나라에 속한 것이 맞소. 얼토당토않은 주장은 삼가해 주시오."

당장 매질을 당할 수 있는 살벌한 분위기 속에서도 용복은 꿋꿋이 본인의 의견을 피력했다. 강단에 모여 있던 왜인들도 적잖이 놀라는 눈치였다. 오오야는 용복이 그렇게 나올 것을 이미 알기라도 한 듯, 도주에게 다가가 귀엣말을 속삭였다. 이에 도주가 다시 답했다.

"이미 조선은 공도정책으로 섬을 비운 지 오래다. 버려진 섬에 주인이 어디 있단 말이냐."

당시 조선에서는 쇄환정책을 시행 중이었다. 섬에 살고 있던 백성들을 모두 뭍으로 이주시키고 섬을 비워두는 정책이었다. 이는 말 그대로 쇄환刷還이 목적이었으나 왜에선 편의대로 공도空島라 일컬으며 섬을 비웠으니 곧 버린 것이라 주장하고 있었다. 조선 조정은 왜구의 잦은 약탈에서 백성들을 지키고자 관리가 어려운 변방 섬 대신 내륙으로 백성들을 모두 이주시키는 정책을 진행한 지 오래였다. 그런 틈을 타 왜에선 호시탐탐 섬을 노리곤 했다. 용복은 두 눈을 부릅뜨고 그들을 노려보았다.

"백성들을 보호하기 위한 정책일 뿐이지 결코 섬을 버린것이 아니오. 분명 조선의 땅이라는 것은 왜에서도 잘 알고 있다고 들었소. 그렇지 않다면 왜 군이 타국을 넘나들 때 발행하는 도해면허를 내주는 것이오? 본래 왜인들은 자국령에 갈 때도 일일이 면허를 받소?"

맞는 말이었다. 자국령을 벗어나 타국에 갈 때에 발급하는 항해 면허가 바로 '도해면허'였다. 물론 이도 조선과의 상호 협약이 빠진 일방적인 방법이었다. 불법 도해를 스스로 허가해주는 말도 안 되는 법이었다. 이것은 막부가 울릉도와 독도를 분명한 타국으로 인식하고 있다는 확고한 증거였다.

용복의 논리적인 반박에 도주와 오오야는 입을 다물어버렸다. 긴장한 오오야의 등에서 식은땀이 흘렀다. 일개 어부가 용맹할 수는 있어도 이토록 체계적인 생각을 하고 있을 줄은 뜻밖이었다. 그는 용복을 공연히 얕잡아 보았다가 도리어 일을 크게 만들지도 모른다는 생각이 들었다. 역시 쓰시마 도주에게 갔어야 했다. 그는 앞뒤를 생각하지도 않고, 원하는 바를 이루기 위해선 온갖 비열한 일도 서슴없이 자행할 수 있는 자이기 때문이었다. 쓰시마 도주라면 쥐도 새도 모르게 용복을 죽여 없애줄지도 모를 일이었다. 그랬다면 오히려 일이 깔끔하게 마무리 될 수 있을 것이라는 생각마저 들었다.

말문이 막힌 오키 도주는 연신 오오야의 눈치를 살폈다. 어서 다른 반박 안을 내어주었으면 싶어서였다. 그러나 할 말이 없는 오오야는 입을 열지 않았다. 하지만 오키 도주는 자존심이 강했다. 그는 쉽게 패배를 인정하고 허무하게 용복을 놓아줄 수는 없었다. 울릉도와 독도 약탈을 일삼는 왜구들의 대부분이 오키 도민들인 것도 이유라면 이유였다. 울릉도가 자국 영토가 된다면 오키 도주에겐 득이 많았다.

"*시끄럽다! 감히 목숨이 아까운 줄도 모르고 막말을 하는구나. 말이 통하지 않으니 더 이상 못해먹겠다. 멍청한 조선인 같으니. 너는 네게 준 마지막 목숨 줄을 발로 차버렸다.*"

오키 도주가 화가 나 자리를 박차고 일어섰다. 패배할지도 모르는 이곳에서 더 이상 실랑이를 벌이고 싶지 않은 모양이었다. 곁에 선 무관 하나가 도주에게 물었다.

"*도주님, 하오면 이놈들을 어찌 해야할런지요?*"

"*옥에 가두어 실컷 굶기다가 가로家老님께 보내라. 막부의 두려움을 똑똑히 보고 목숨을 구걸케 될 것이니.*"

그대로 도주는 자리를 피하듯 자리를 떠버렸다. 오오야가 사색이 되어 도주를 뒤쫓았으나 이미 상황은 종료된 뒤였다. 그의 입에서 명령은 떨어졌고 이는 번복되지 않을 것이다. 자존심이 센 그에게 번복은 패배를 인정하고 비열해지는 길이었다. 오오야는 호키주 가로家老를 잘 알고 있었다. 그의 손으로 넘어간 이상 앞으로의 일은 자명했다. 절망적이었다.

용복과 어둔은 그대로 동아줄에 묶인 채 다시 개처럼 끌려 갔다. 도주가 적대적인 감정을 드러낸 마당에 작은 호의도 바랄 수는 없었다. 용복은 족쇄로 묶여 있어 제대로 걸음을 내딛기 어려운 발을 미처 옮기기도 전에 머리채를 붙잡혀 끌려갔다. 흙바닥에 나뒹굴 때마다 살갗이 쓸려 피가 맺혔다. 어둔의 신음소리가 간헐적으로 터졌다. 용복은 어금니를 다시 꽉 물었다. 결코 그들에게 약한 모습을 보이고 싶지 않아서였다. 행여 이곳에서 개죽음을 당한다 하더라도 그것이 억울하게 돌아가신 아버지께 드리는 효라고 생각했다. 상처투성이가 된 발이 꼬여 흙바닥으로 거꾸러지고 그대로 콧잔등이 바닥에 처박혔다. 비릿하게 엉긴 검은 피가 처참히 입 속으로 흘러들었다.

며칠이 지났는지 알 수 없었다. 처음엔 해가 뜨고 지는 것을 꼼꼼히 기억해 두었다. 그러나 끼니를 제대로 먹지도 못하고 고된 문초에 시달리는 동안 진종일 기절해있는 때도 더러 있다 보니 밤에 눈을 감았는데 눈 뜨니 또 밤이었다. 며칠이 지난 건지, 아니면 당일인지조차 알 수 없었다. 그는 오키섬에서 그렇게 고된 나날을 보내다가 요나고로 보내졌다. 그러나 요나고라고 사정이 나아지진 않았다. 혀를 깨물어가며 정신력으로 버텨보려 했으나 한계였다. 왜로 납치된 지 수 일 만에 그들은 입은 옷이 헐렁해질 정도로 수척해졌다.

"안용복! 박어둔!"

갑작스런 호명에 두 사람은 정신이 번쩍 들었다. 먹은 것도 없이 며칠을 걸어 당도한 관아였다. 주변 왜인들의 말로 미루어 호키주에 도달했다는 것만 어렴풋이 알 수 있었다. 아마도 이곳이 호키주의 관아일 터였다.

용복과 어둔이 고개를 들자 그 앞엔 풍채가 좋은 왜인이 서 있었다. 복식을 보아하니 관료인 듯 보였다. 두 사람은 며칠간의 고생으로 시야가 부옇게 흐려져 초점이 잘 잡히지 않았다. 관료가 두 사람에게 가까이 다가와 용복과 어둔의 얼굴을 면면히 살펴보았다.

"꽤 고생한 몰골이군. 그러게 왜 공연히 반발하여 일을 어렵게 만드는가?"

"공연한 반발이 아니다. 나는 조선인으로서 정당한 권리를 말했을 뿐이다. 정당한 권리에 부당한 대응을 한 건 너희 왜인들 아닌가. 너희도 알다시피 울릉도와 자산도는 엄연히 조선의 영토이다."

용복은 기다렸다는 듯 또다시 같은 말을 토해내었다. 이에 관료는 짐짓 놀랐다. 분명 몸도 제대로 가누지 못할 정도로 지쳐 있는데도 거침없이 본인의 주장을 펼치는 것이 놀라울 정도였다. 풀린 동공은 초점을 잃고 흔들리는데 그 안에 자리한 생각엔 흔들림이 없다는 것이 신기할 정도였다. 관료는 비아냥거리는 눈초리로 용복을 쳐다보았다.

"엄연한 조선의 땅? 그렇다면 그곳에 드나드는 왜인들은 어떻게 설명할 것인가?"

"바로 그것이 내가 이곳에 온 이유이다. 처음엔 점잖게 말로써 타일렀으나 그들이 간사한 꾀를 내어 나를 여기까지 데려온 바, 이왕 온 것 확실히 땅의 주인을 바로 알리고 다시는 이런 일이 없게 하기 위함이다."

또다시 차오르는 분노로 용복의 몸이 파르르 떨렸다. 관료는 그런 그의 얼굴에 침이라도 뱉을 듯이 입을 오물거리나 했더니 공손한 말투로 정중하게 인사를 건넸다.

"호키주 가로家老 아라오 슈리荒尾修理라 합니다. 인사가 늦었습니다."

아라오는 알수 없는 낯으로 곁에 선 이들에게 명했다.

"여기 이 조선인들에게 깨끗한 의복과 거처를 마련해 주고 따뜻한 식사를 대접하라."

둘러선 왜인들은 아라오의 말이 믿어지지 않는 듯 멈춰 선 채로 서로 눈치만 살폈다. 그 때 가장 늙은 시종이 큰 소리로 말했다.

"가로님의 명이시다! 즉각 이행토록 하라!"

그제야 왜인들이 명을 받들어 일사분란하게 움직였다. 시종 넷이 동시에 용복과 어둔을 부축하여 옮겼다. 그 때 가로의 명에 불만을 품은 듯한 이가 뒤로 다가서며 조심히 물었다.

"오키 도주가 호되게 다뤄달라 청한 조선인들이옵니다. 어찌 이런 호의를….."

"진심으로 조국을 생각하는 마음이 느껴지지 않던가?"

가로가 감복한 듯 말했다.

"우리 왜에도 저런 장수가 필요한데 말이야. 어떤 고난과 역경 속에서도 조국을 위해 헌신할 마음의 준비가 된 자 말일세. 저런 인재는 드물지. 나라도 이런 힘든 상황이라면 저렇게 행동하긴 어렵겠지. 자네라면 할 수 있을 것 같은가? 심지어 나라의 녹을 먹는 장수도 아니고 일개 어부라면 말이야."

가로의 부하는 더 이상 반박할 말이 없었다. 실로 용복의 용기는 대단한 것이었다. 목숨을 내던질 각오가 아니라면 타국에서 그렇게 자신에게 불리한 말만 늘어놓을 수는 없는 노릇이었다. 목숨만이라도 부지하기 위해 없던 말도 만들어내는 이가 태반일 것이다. 그것은 바로 용복의 대쪽 같은 애국심이 만들어낸 일이었다. 가로는 용복의 얼굴을 다시금 떠올렸다. 비록 살이 많이 내리고 낯빛이 좋지는 않았으나 그의 용맹한 기개와 절개를 충분히 느낄 수 있었다. 가로는 만약 용복이 왜인이었다면 당장 무장으로 기용하고 싶을 만큼 탐나는 인재라고 생각했다.

"이대로 저자를 조선에 돌려보내면 또 다시 오오야 가문 어민들과 충돌하여 부스럼을 만들 것입니다!"

가로의 부하는 여전히 불만을 접지 못하고 또 다시 중얼거렸다. 가로는 걸음을 멈추어 그런 그를 돌아보았다. 그리고는 그를 똑바로 응시하며 말했다. 잔뜩 짜증이 치민 얼굴이었다.

"조선인들과 왜 충돌한다고 생각하지?"

"그건….

"오오야가家와 무라카와가家의 탐욕 때문이잖나. 두 가문은 오키 섬 주변의 산물로도 충분히 부를 누리는 큰 상단이 아닌가. 그런 그들이 더 많은 부를 위해 조선의 뜻 없이 막부에서 도해면허를 발행 받았잖나. 막부 또한 잘못이 아주 없다고는 할 수 없지. 저자는 처음부터 끝까지 옳은 말만 하고 있는데 그런데도 문초를 해야할 이유가 있는가?"

그의 부하는 더할 말이 없었다. 가로는 분노가 치밀어 오르는지 씨근대며 다시 걸음을 옮겼다. 그는 오오야가와 무라카와가를 별로 달갑게 여기지 않았다. 공명정대하고 청렴하게 백성들을 다스려야 한다고 믿는 진정한 사무라이 정신을 가진 탓이었다. 큰 부를 누리는 두 가문은 겉으론 가로에게 헌신하는 체하였다. 그러나 가문의 세력이 강해질수록 그들의 야욕은 더욱 커져만 갔다. 위세 높은 가문이라고 해서 특별대우를 해주지 않는 가로에게 그들은 불만이 많았다. 값비싼 진상품도 받지 않는 것이 더 마음에 걸렸다. 가로는 가난한 백성들의 노동으로 자꾸만 부를 불려가는 두 가문에 편승할 마음이 조금도 없었다. 그렇게 가로와 두 가문은 팽팽한 줄다리기를 이어왔다.

물론 가로가 용복과 어둔을 후하게 대접하라고 이른 건 그 때문이 아니었다. 순수한 용복의 애국심에 감복한 것이었다. 그러나 이 얘기가 오오야 가문까지 흘러들어간다면 어떻게 될지 장담할 수 없었다. 분명 그의 본뜻을 곡해할 가능성이 컸다. 그럼에도 가로는 아랑곳하지 않았다. 그는 오직 옳다고 생각하는 길로만 가는 사무라이였다. 그는 곧장 막부로 연통을 넣었다. 서둘러 절차를 밟아 용복과 어둔이 조국으로 무사히 돌아가길 바라는 마음에서였다.

목욕을 마치고 난 용복과 어둔 앞에 깨끗한 새 옷이 들어왔다. 다만 왜의 복식이었다. 용복은 알몸으로 버티고 앉아 있었다. 시중을 들기 위해 들어온 시녀들이 몇 번이나 권했지만 그는 흔들리지 않았다.

"내 옷을 주시오."

그는 계속 같은 말만 반복할 따름이었다. 알몸인 것이 내심 부끄러운 어둔은 두 팔로 몸을 가리고 있었지만 용복은 그마저도 하지 않았다. 당당하게 가부좌를 틀고 앉아 본인의 옷을 내놓으라고 고집하고 있었다. 결국 그의 고집을 꺾지 못하고 시녀들이 떼에 전 그의 옷을 가지고 나왔다. 그대로 입는다면 애써 목욕한 보람이 없어질 것처럼 보였다. 그러나 용복은 아무렇지도 않게 냄새나고 더럽혀진 자신의 옷을 끼워 입었다. 조선인이라면 당연히 조선의 옷을 입어야한다고 생각한 탓이었다.

지저분하긴 했으나 다시 복색을 갖춘 용복과 어둔 앞으로 이번엔 밥상이 들어왔다. 정갈한 흰 죽과 간단한 찬이 곁들여진 소박한 상이었다. 속이 허하던 차에 목욕까지 하고난 그들은 눈앞에 음식을 보고 절로 침이 넘어갔다. 제대로 된 상을 받아본 것이 까마득했다.

그러나 어둔은 덜컥 두려움이 앞섰다. 눈앞에 놓인 음식이 믿을만한 음식인지 알 수가 없어서였다. 그는 겉으로는 후한 체했지만 음식에 독을 탔을지도 모른다는 생각으로 선뜻 손을 대지 못하고 머뭇대었다. 그러나 용복은 이미 상에 바투 다가앉아 죽을 양껏 입에 퍼 넣는 중이었다. 깜짝 놀란 어둔이 말리고 들었지만 이미 목구멍을 넘어간 뒤였다.

"선장, 독이라도 탔으믄 우짤라고 그라는교?"

"걱정말고 묵으요 내캉 보니까네 무뢰배 같은 짓을 할 사람은 아입디더!"

이미 가로의 그릇을 파악한 용복은 한 치의 의심도 없이 맛있게 그릇을 싹싹 비웠다. 그러고도 멀쩡한 꼴을 보고 나니 어둔도 조심히 죽을 떠먹었다. 입술에 뜨끈한 쌀알이 닿기가 무섭게 식욕이 폭풍처럼 몰아쳤다. 허겁지겁 수저를 밀어 넣으며 어둔이 툴툴댔다.

"아이 명색이 가로라는 자가, 높은 양반인가본데 손님한테 이런 풀떼기 밥상을 대접하는 법이 어딨는교? 쫄장부가 따로 없네, 에이 쫄장부. 내 사마 괴기까진 안 바래도 찬거리가 밑개는 차려와야 하는거 아인교? 이래갖고 무신…."

그 때 상을 들고 들어왔던 시녀가 고개를 조아리며 말했다.

"며칠 끼니를 거른 채 급히 기름진 음식을 드시면 탈이 나신다고 가로님이 직접 명하신 식단입니다. 마음에 들지 않으시더라도 가로님의 정성을 보아…."

어둔이 조선어로 툴툴댄 것을 눈치껏 알아들은 모양이었다. 어둔은 시녀의 왜어를 알아듣지 못하고 어리둥절해 하였다. 용복은 피식 웃으며 어둔에게 마저 먹길 권했다. 반가에서 태어나 배 한 번 곯아본 적이 없던 어둔으로선 소박한 밥상이 성에 차지 않을 만도 했다. 그러나 일본에선 잘 자라지도 않는 쌀이었다. 물론 조선에서 역시 흰 쌀밥만으로도 귀한 식사 대접이 되었다. 부유하게 자라 쌀알이 귀하지 않은 어둔에게나 가벼운 밥상이었다. 용복은 가로의 마음 씀씀이를 다시 한 번 생각하며 고개를 끄덕였다. 예상치 못한 곳에서 귀인을 만나게 된 것이 그저 고마울 따름이었다.

며칠간 가로의 도움으로 몸조리를 한 용복과 어둔은 금세 체력을 회복했다. 가로는 자주 용복과 어둔을 찾아 대화를 나누었다. 그는 결코 자신의 주장을 상대에게 주입하려 애쓰지도 않았고 상대의 말을 잘 경청해주었다. 가끔 보이는 미소에서 그가 얼마나 용복을 마음에 들어하는지 알 수 있었다.

"도대체 조선과 합의도 되지 않은 도해면허는 왜 내어준 것이오?"

아라오가 찻잔을 내려놓으며 쓰게 웃었다.

"손바닥으로 하늘을 가릴 수 있다고 여긴 게요."

쓸쓸한 아라오의 표정에서 용복은 그의 마음을 읽을 수 있었다. 그는 지금 이 상황을 진심으로 미안해 하다못해 부끄럽고 수치스럽게 생각하고 있는 것이 역력해 보였다. 아라오는 차근차근 막부의 요즘 분위기에 대해 설명했다.

현 쇼군인 도쿠가와 쓰나요시德川綱吉는 학문과 문화에 관심이 많은 쇼군이었다. 막부 초기 강력한 군권軍權에 의지하던 분위기는 타파된 지 오래였다. 막부 또한 더 이상 전쟁을 원하지 않았다. 임진왜란 이후로 왜를 통일하여 막부를 세운 도쿠가와

이에야스 때와는 많이 달라진 상태였다. 그 대신 조선과의 국교를 회복하여 함께 성장하고자 하는 꿈을 갖고 있었다. 조선과의 원활한 무역으로 대륙의 선진 문화를 받아들이려는 마음이 큰 것도 바로 그런 이유에서였다.

비록 조선이 무관심한 틈을 타 수 년 전 죽도 도해면허를 발급하였지만, 이렇게 문제가 일어났다는 사실을 안다면 즉시 철회할 것이 분명했다.

아라오의 말을 들으니 단순하고도 분명한 답이 떠올랐다.

"울릉도와 그 아들 섬, 자산도가 조선의 영토라고 인정하는 서계를 써주시오."

생각지 못한 답에 아라오가 용복을 쳐다보았다. 용복의 거침없는 제안에 어둔도 놀라 그에게 시선을 주었다.

"막부가 그리 생각한다면 당연히 써드려야지요. 막부의 명이라면 도해면허가 무용지물이 될 것이고, 그렇다면 더 이상 부스럼도 생기지 않을 터이니 말입니다."

아라오는 곧장 막부로 사람을 보냈다. 안용복이 왜에 당도한 경위와 그를 심문하면서 알게 된 그의 요구사항까지 소상히 적은 서신을 보내기 위함이었다. 아라오 역시 이런 잡음이 자주 일어난다면 득 볼 것이 없는 형편이었다. 호키주는 조선과 가장 가까이 있는 왜의 영토였다. 모든 교역이 쓰시마를 통한

다지만 문제를 일으킨 것은 어디까지나 호키주 사람들이었다. 아라오는 책임을 면키 어려운 자리임을 통감하며 가능하다면 빨리 갈등을 끝내고 정돈하는 것이 좋을 것이라는 결론을 내렸다.

막부 감정두勘定頭 마쓰다이라 미노노카미松平美濃守는 보고를 받은 즉시 다시 호키주로 답신을 보냈다. 보다 분명한 울릉도와 자산도 근해의 어업에 관한 입장을 묻는 것이었다. 그렇게 몇 차례에 걸쳐 서신이 오갔고, 용복이 청한 대로 조선의 권리가 담긴 서계가 차근차근 완성되어갔다.

6월에 접어든 쯤 막부에서 작성한 최종 서계가 호키주에 닿았다. 아라오는 모든 갈등이 원만히 마무리 되어가자 마음이 흡족해졌다. 그는 뿌듯한 마음으로 용복과 어둔을 불렀다. 더불어 호키주의 중대한 문제였던 만큼, 고위 관료들도 모두 불러 자리를 마련하였다.

그들 모두를 불러 모은 자리에서 아라오는 기쁘게 용복에게 서계를 전달했다. 그것을 받아든 용복의 가슴이 뻐근하게 차올랐다. 불가능할 것이라는 생각을 애써 지우며 싸워온 여정이었다. 아라오는 용복과 어둔의 손을 직접 맞잡으며 웃어주었다.

"고생 많았소. 이제 본래 절차를 지켜 쓰시마를 통해 귀국할 일만 남았소."

장장 두 달 남짓 걸린 여정이었다. 잠시 울릉도에 어업을 하러 떠난 길이 이렇게 멀고 길어질 것이라곤 생각지도 못했다.

아라오는 최선을 다해 그들을 환송했다. 쓰시마에 인계되기 전인 나가사키까지 가는 길까지도 일일이 챙길 정도였다. 성대한 호송대를 붙여준 것은 물론이고, 가는 길이 평안하도록 교자轎子라 불리는 가마까지 마련해주었다. 말이 더 편하겠다고 용복이 한사코 사양했으나 그의 고집 또한 보통이 아니었다.

"내 그대들과 같은 좋은 사람을 만난 보답이오."

머쓱해진 용복이 뒤통수를 긁었다.

"나 역시 진정 장수다운 장수를 만나 기쁜데, 달리 보답할 것이 없어 송구하오."

"그저 앞으로도 그 마음 변치 말고 굳건히 지내주시오. 그거면 족하오."

진심 어린 아라오의 말에 용복은 콧등이 시큰해짐을 느꼈다. 가마에 오르는 것이 새롭지 않은 어둔은 세상을 다 갖은 듯한 평온한 표정으로 벌써 교자에 올라 있었다.

"선장! 안 가는교? 퍼뜩 가입시데이!"

용복도 교자에 올랐다. 이제야 비로소 조국으로 돌아간다 생각하니 두 사람은 만감이 교차했다.

용복과 어둔은 모처럼 미소를 머금고 두런두런 이야기를 나넜다. 그간 몸에 났던 상흔들은 아물어 사라지고 고통스럽던 상처의 기억도 많이 지워진 뒤였다.

"그 날 우리캉 술만 안 마셨으모 이런 고초를 안 겪었을 낀데."

어둔의 말에 용복이 보일 듯 말 듯한 미소를 입가에 머금었다.

"덕분에 우리 밥줄 울릉도를 지켰다는거에 만족하소마. 우리 캉 잠깐 괴로웠지만서도 그 덕에 우리 후손들까지 동해바다를 마음 편히 누릴 수 있다하모 이보다 더한 득이 어디 있겠는교!"

"선장처럼 배짱이 없으모 이렇게 못했을 거구마. 우리 후손들은 복 받은 기지 복 받은 기다."

두 사람은 서로 몇 마디 주고받은 말에 금세 마음이 훈훈하게 더워지는 듯했다. 이제 조선과 왜를 통하는 거점인 쓰시마만 거치면 모든 일이 끝이었다. 다녀간다는 간단한 장부만 작성하고 곧장 동래부로 가면 되었다. 용복은 벌써부터 허름한 제 집 온돌방이 그리워졌다. 얄팍하지만 익숙한 냄새가 나는 이불도 생각났다. 이불의 감촉까지 생생하게 떠올랐다. 그 감촉의 끝엔 어머니가 떠올랐다. 어릴 적에 목소리를 잃은 뒤 벙어리로 살며 평생 많은 시름을 가슴 속에 쌓으며 살아오셨던 가여운 여인이었다. 남편과 며느리에 금쪽같은 손자까지 잃고 이제 홀로 남은 아들만을 의지해 살아가는 어머니. 그런 아들이 소식도 없이 사라졌으니 그 마음이 얼마나 헤졌을지 짐작이 되고도 남았다.

어서 이 여정을 마치고 편안하게 내 집 방바닥에 대자로 드러누워, 어머니가 살갑게 챙겨주던 찐 감자를 베어 물며 오침에 빠지고 싶다는 생각이 들었다. 막부에서 써준 서계가 그의 품 안에서 바스락대었다. 용복은 그제야 긴장이 풀렸다. 이제 다 된 것이라 생각하니 절로 졸음이 쏟아졌다.

나가사키에 다다라 교자가 멈춰섰다. 그 기척에 잠들었던 용복과 어둔이 파드득 깨어났다. 수 일간 이동하는 사이 교자에 익숙해져 곧잘 잠에 빠지곤 하였다.

"나가사키 봉행소에 당도하였습니다."

가마꾼의 말에 두 사람은 교자에서 내려섰다. 주변을 둘러보려는 찰나 갑자기 소란이 일었다. 수십 여의 발소리가 땅을 울리며 달려들었다. 무장한 왜인들이었다. 용복과 어둔은 수의 열세에 밀려 힘도 제대로 써보지 못하고 다시 결박되는 신세가 되었다. 호송대가 그에 맞서려 했으나 어리둥절한 틈을 타 공격을 해왔기에 저항할 여유도 없었다. 용복과 어둔은 고스란히 그들에게 끌려가게 되었다.

얼결에 끌려간 용복과 어둔은 곧장 날아드는 몽둥이세례에 정신을 차릴 수가 없었다. 무자비한 폭력이 이어졌고 그들은 이내 피 칠갑이 되었다. 간신히 아문 상흔들이 고스란히 다시 살갗 위로 드러났다. 용복은 이를 악물고 어둔에게 외쳤다.

"정신차리레이! 왜놈들이 무신 꿍꿍이가 이꾸마!!"

말이 채 끝나기도 전에 다시 몽둥이가 날아들었다. 정확히 명치 부근이었다. 억 소리를 내며 용복이 거꾸러졌다. 어둔도 최선을 다해 버티고 있었으나 역부족이었다. 장정 여럿이 달려들어 결박된 그들을 무자비하게 폭행하는 데에는 당해낼 재간이 없었다. 용복도 점점 정신이 아득히 멀어지는 것을 느꼈다. 자꾸만 시야가 부옇게 흐려지고 구토증이 밀려왔다. 견디기 어려운 고통이었다.

"네가 안용복인가?"

야유하듯 쏟아지는 목소리에 용복이 간신히 눈을 떴다. 의자에 단단히 묶인 채였다. 몸을 빼내려 애써 보았으나 단단히 동여매어져 쉽지 않았다. 그의 곁엔 같은 모양새로 어둔이 아직 정신을 차리지 못한 채 의자에 묶여 있었다. 왜인이 다가와 어둔의 얼굴에 찬물을 끼얹었다. 그 바람에 그가 경기를 하듯 깨어났다. 용복은 잘 풀려가던 귀국길에 웬 날벼락인지 가늠이 되지 않아 두리번거렸다. 그는 상석에 앉은 이를 쏘아 보았다. 정갈한 복식을 보아하니 오키 도주의 것과 비슷했다.

"내가 쓰시마 도주 소우 요시쓰구다. 설마 들어본 바 없지는 않을 터. 네 놈이 바다의 기강을 흐리고 홀로 날뛴다하기에 내 직접 매운 맛을 보여주고 정신을 바로 잡아 줄테다."

기가 막힌 소리였다. 용복은 포승을 풀기 위해 몸부림을 쳤다. 그렇게 한동안 몸을 움직이다 말고 깨달았다. 품속에서 바스락대는 쇼군의 서계가 없었다. 깜짝 놀란 용복이 아무리 이리저리 둘러보아도 서계는 간 곳이 없었다. 무언가 맹렬히 찾는 모습을 본 쓰시마 도주가 피식 실소를 터뜨렸다.

"이걸 찾느냐?"

용복의 품속에 있어야할 서계가 도주의 손에 들려있었다. 분노가 치밀어 올랐다.

"내 정당하게 막부에게 받아낸 서계다! 당장 내놓아라!"

용복이 이를 앙다문 채로 외쳤다. 그러자 도주는 기다렸다는 듯 하수인에게 서계를 건넸다. 용복이 목을 쭉 뺐다. 손이 묶였다면 입으로라도 받을 요량이었다. 그러나 하수인은 그런 용복을 비웃으며 화로로 다가갔다. 용복이 비명을 질렀지만 이미 서계는 화로 속에서 불길에 휩싸여 순식간에 타더니 재로 변해버렸다. 용복의 절규가 하늘을 갈랐다. 어둔도 망연하여 고개를 떨구었다.

"그간 높으신 분들께 환대를 받다보니 네 놈이 무어라도 되는 양 싶더냐? 너는 그냥 일개 어부이자 노잡이 일꾼이다. 어느 안전이라고 눈을 똑바로 뜨고 대드느냐."

도주의 모욕이 이어졌다. 용복은 똑바로 도주를 응시했다.

"명백히 막부에서 직접 작성해 준 서계이다! 엄벌이 두렵지도 않은가!"

도주는 지방의 관리에 지나지 않았다. 물론 영주들의 영토를 인정하며 지역별로 발달한 왜의 문화와 중앙집권체계인 조선의 통치체계와는 달랐으나 막부의 권력은 막강했다. 쇼군이 사실상 왜 전역을 다스리는 권력자였고 그의 기반이 막부인 탓이었다. 그의 말 한 마디면 당장에 척결될 일을 쓰시마 도주가 저지른 것이었다. 그럼에도 도주의 얼굴에 두려움이라고는 털끝만치도 찾아볼 수가 없었다. 도주는 상석에서 내려와 용복의 앞으로 바짝 다가왔다. 어차피 용복 주변엔 많은 무신들이 도사리고 있었고 단단히 결박된 상태였기에 도주는 두려울 것이 없었다. 오히려 아주 가까이 얼굴을 들이밀고 본격적으로 용복을 우롱하였다.

"본디 강자가 약자의 것을 취하는 것이 세상사의 도리이고 원칙이다. 조선은 왜보다 약하기 때문에 임진년의 왜란에서 크게 패하였고, 간신히 왜가 편의를 봐주어 이만큼 살아가고 있는 것이다. 조선 전역이 그럴진대, 하물며 너희가 버린 울릉도를 왜가 취한들 무슨 문제가 생기겠느냐? 쇼군 또한 조선과의 관계를 위해 적극적으로 나서지는 못하나, 분명 이 요시쓰구에게 고마워할 것이다. 이보다 왜를 위하는 가문은 어디에도 없지."

"조선은 결코 울릉도를 버린 적이 없다!"

용복이 거침없이 외치자 순식간에 다시 몽둥이가 그에게 날아들었다. 그의 옆구리 깊숙이 묵직한 고통이 파고들었다. 용복은 비명도 지르지 못한 채 가쁜 숨을 몰아쉬었다. 도주는 아주 노골적으로 실소했다. 용복이 몸을 추슬러보려고 안간힘을 쓰자 옆구리에서 강렬한 통증이 밀려왔다. 분명 뼈에 문제가 생긴 모양이었다. 도주는 용복의 귀에 바짝 제 얼굴을 들이밀었다. 그리곤 조롱하듯 조용히 읊조렸다.

"너의 얄팍한 영웅심이 울릉도를 구할 수 있을 것 같으냐? 소우 가문의 사명은 한두 해만에 이루어진 것이 아니다. 조선의 왕도 가만히 있는데 너 같이 미천한 자 하나의 힘으로 될 것 같으냐? 어림도 없는 소리. 이게 너의 한계다, 조선의 영웅이여. 어서 목숨을 구걸 해보거라. 내키면 살려줄지도 모르니."

그 때 용복이 도주의 얼굴에 침을 뱉었다. 도주의 낯빛에 싸늘한 불쾌감이 스쳤다. 그러자 둘러섰던 무관들이 동시에 달려들어 다시 용복에게 폭행을 시작했다. 도주는 다시 상석으로 올라앉아 그 광경을 모두 지켜보았다. 그는 벌써 울릉도를 정복하기라도 한 듯이 통쾌한 표정을 짓고 있었다. 용복이라는 잡음거리만 제거한다면 곧 울릉도를 한손에 넣을 수 있을 것이라는 생각에 도주가 큰 소리로 웃으며 명했다.

"죽지 않을 정도로만 다루어 동래부로 보내라! 왜관에서 상흔을 치료한 뒤에 조선 의금부로 넘길 것이야."

도주가 자리를 뜨고 난 뒤에도 한참이나 용복과 어둔은 흙바닥에 나뒹굴었다. 가혹한 매질에 비명조차 나오지 않은 지 오래였다. 그러나 용복은 정신을 잃지 않았다. 도주의 조롱이 계속 그의 머릿속을 헤집고 있었다. 조선이 울릉도를 버렸다는 말 또한 자꾸 신경이 쓰였다. 무엇보다 세계를 잃은 것이 사무치게 원통했다. 이대로 고국으로 돌아가느니 차라리 이곳에서 숨이 끊어지는 게 낫다는 생각이 들기도 했지만 말 못하는 홀어머니 얼굴이 떠올라 가슴이 메어왔다. 목숨을 부지해 조선에 돌아간들 고개를 들고 살아갈 자신이 없었다. 그는 생각을 하면 할수록 자신의 무력함이 한없이 초라하게 느껴졌다.

3

밀
양

요란한 갈매기 소리가 아침을 알렸다. 담벼락을 넘어 밀려드는 바닷바람이 퍽 익숙한 냄새를 풍겼다. 다만 지속된 이질감이 익숙해져가는 감상에 지나지 않았다. 바로 이곳이 왜인촌인 탓이었다. 조선 땅이라는 사실을 잊을 정도로 왜인이 많은 곳이었다. 왜인이 늘어갈수록 왜의 문물 또한 자꾸만 늘어갔다. 언뜻 봐서는 여기가 조선인지 왜인지 곧장 분간이 되지 않을 지경이었다.

뽀얀 살결이 유난히 도드라지는 이가 왜관 담벼락을 따라 걷고 있었다. 고급 의복과 정갈하게 틀어 올린 촘마게에서 그의 신분을 짐작할 수 있었다. 그는 현재 동래부 소속 초량 왜관 관수왜로 부임 중인 소우 요시히사였다. 쓰시마의 셋째 아들이라는 소문이 암암리에 퍼진 그였다.

나이에 비해 유난히 작은 체구가 특이했다. 솜털이 보송보송한 얼굴 하며, 수염 하나 자라지 않는 얼굴, 희고 뽀얀 살결, 가녀린 뼈대와 하늘하늘한 체형. 언뜻 보면 다 자란 청년이라 믿기지 않을 정도였다. 아직 아이 태를 벗지 못한 소년에 가까웠다.

그러나 왜관 안팎으로 그에 대한 평은 결코 가볍지 않았다. 외형만 보고 쉽게 생각했다가 그에게 당한 이가 한둘이 아니라는 것이었다. 불의를 보고 지나치는 법이 없었으며, 왜인이라고 봐주는 경우도 없어 빡빡한 원칙주의자라고 정평이 나 있었다. 조선인들은 그런 그를 지지하고 따랐다. 그의 공명정대한 성향 덕에 비리가 사라져 한층 살기가 편해진 덕이었다. 잠상을 엄격히 다스리는 조선의 법도에 따라 그 또한 잠상을 엄히 처벌하였다.

이처럼 결단력이 있고 공명정대한 그는 별다른 소란 없이 조용히 왜관을 지켰다. 임기가 2년인 관수왜를 거푸 이어 맡고 있었다. 동래부 사람들은 그가 쓰시마의 소우 가문이란 것을 알고는 너나 할 것 없이 수군대었다. 이렇게 좋은 인재를 도주 후계자로 삼지 않고 조선에 떼어놓는 것이 아무래도 수상한 탓이었다. 그는 마침내 현명하고 좋은 도주가 될 재목이었다. 그럼에도 어찌된 일인지 마치 벌을 내리듯 타국 땅에 외로이 떼어놓은 것이 이상했다.

요시히사는 짬이 날 때마다 왜관 안팎을 산책했다. 말이 산책
이지 일종의 순찰과 같은 것이었다. 보통 관수왜가 직접 순찰
을 도는 경우는 없었다. 그럼에도 그가 이렇게 직접 왜관 구석
구석을 살피는 데에는 작은 비리도 용납지 않겠다는 의지가 서
려 있었다. 실로 그는 시간과 장소를 정해두지 않고 급작스레
순찰을 돌았다. 그 탓에 그 어떤 잠상도 마음 놓고 활동을 할 수
가 없었고 매일같이 자잘한 비리들이 쓰시마로 보고가 되곤 했
다. 원칙에 어긋나는 것은 단 한 번도 사정을 봐주지 않는 엄격
한 관수왜인 탓이었다.

순찰을 제외한 시간에 그는 주로 서찰을 작성했다. 매일같이
쓰시마에 보내는 일종의 보고서였다. 그에 비해 답장은 가끔
돌아왔다. 현 쓰시마 도주인 형에게서 온 답장이었다. 요시히
사는 늘 차가운 낯으로 편지를 대했다. 그 어떤 감정적 동요도
보이지 않는 냉랭한 얼굴이었다. 그리곤 어김없이 일관된 서찰
을 작성해 되돌려 보냈다.

요시히사는 쓰던 서찰을 미뤄두곤 주변을 살폈다. 아무도 없
었다. 고요한 주변을 면밀히 확인하고 나자 그는 가만히 책상
을 두 번 두드렸다. 그러자 거짓말처럼 한사람이 그의 앞에 나
타났다. 언제 방에 들어왔는지, 언제 눈앞으로 걸음을 옮겼는
지도 눈치 채지 못할 만큼 민첩한 동작이었다.

"부르셨습니까, 아가씨."

그가 요시히사를 아가씨라 불렀다. 요시히사는 피식 실소를 흘렸다.

"그리 부르지 말라 일렀다."

"죄송합니다."

그는 단번에 깍듯하게 용서를 구했다. 요시히사가 그를 가만히 바라보았다. 눈도 마주치지 않았으나 최선의 경의를 다해선 그를 보니 마음이 놓였다. 그는 호위무사였다. 왜관 안에 있는 누구도 존재를 모르는 소우 요시히사의 호위무사. 그에겐 별달리 이름도 없었다.

"목욕물을 준비해두었습니다."

요시히사가 고개를 끄덕이며 일어섰다. 익숙한 일과인 듯 그는 누구의 안내도 없이 걸음을 옮겼다. 방 뒤쪽에 마련된 작은 쪽방. 그 안에 뜨거운 물이 담긴 나무 욕조가 보였다. 호위무사는 요시히사에게 목례로 인사를 건네곤 문 앞을 지키고 섰다. 요시히사는 그를 믿고 쪽방으로 들어섰다. 시녀도, 변변한 목욕 도구도 없는 조촐한 목욕이었다.

요시히사가 하오리를 벗어내었다. 겹겹이 입은 옷가지를 하나씩 벗어내니 더욱 작은 체구가 도드라졌다. 마지막 옷을 벗기 전에 그는 다시 한 번 주위를 살폈다. 문 앞을 지키고 선 호위무사 외엔 아무도 없었다. 혼자라는 것을 또다시 확인하고 나서야 요시히사가 마지막 옷가지를 벗어내었다. 넓진 않아도 판판한 가슴이 있어야 했다. 그러나 그의 가슴엔 천이 칭칭 동여져 있었다. 아무렇지 않은 듯 그가 천을 끌러내자 짓눌려 있던 젖가슴이 드러났다. 풍만하진 않아도 봉긋한 것이 분명 남성의 것이 아니었다. 아랫도리까지 모조리 벗어내고 나니 그는 분명 여인이었다.

요시히사는 가녀린 여인의 몸을 드러낸 채 천천히 욕조에 몸을 담갔다. 아주 뜨겁지 않은 물이 체중에 불어 목까지 차올랐다. 요시히사는 잠시 눈을 감고 고른 숨을 쉬었다. 순간, 바람에 나뭇잎이 소리를 내었다. 동시에 그의 평온도 깨어졌다. 그는 욕조 깊이 몸을 담근 채 사위를 살폈다. 다행히 어떤 인영도 보이지 않았다. 게다가 문 앞에는 든든한 호위무사가 지키고 있었다. 그는 이 왜관에서 유일하게 요시히사의 비밀을 아는 이었다. 때문에 그는 종종 '아가씨'라는 호칭을 쓰곤 했다.

그는 물을 조금씩 끼얹어 몸을 씻어내었다. 옷을 걸치지 않고 있으니 자꾸만 가슴이 뛰었다. 불안한 탓이었다. 누구라도 그의 실체를 안다면 조선과 쓰시마에 큰 화를 불러오게 될 것이기 때문이었다. 왜관엔 결코 여인이 들 수 없는 곳이었다. 왜관을 통제하기 위한 조선의 방책이었고 왜인들은 그 명을 어기면 안

되었다. 그럼에도 요시히사는 여인의 몸으로, 남성의 이름을
쓰며 왜관에 머물렀다. 그가 작게 한숨을 내쉬었다. 자신의 처
지가 너무도 처량하다는 생각이 들어서였다.

"아가씨."

호위무사의 목소리에 요시히사가 깜짝 놀라 몸을 웅크렸다.

*"입욕제를 곁에 두었습니다. 물에 풀어 쓰시면 피로가 가실 것
입니다."*

주변을 둘러보았다. 욕조 곁에 고운 비단주머니가 하나 놓여
있었다. 그녀가 젖은 손으로 그것을 집어 향을 맡아보니 향긋
한 온천의 기운이 느껴졌다. 그 안에 있는 고운 가루를 욕조에
붓자 그것이 순식간에 물에 녹아들어 사라졌다. 욕조 전체에서
향긋한 온천 내음이 풍겼다. 호위무사는 듬직한 등으로 모든
말을 대신했다. 요시히사의 유일한 친구나 다름없는 그는 늘
우직하게 그를 지켜주었다. 그리고 그가 자신의 정체성을 두고
서글퍼할 때마다 위로해주는 것 또한 그였다. 때문에 그는 '아
가씨'란 호칭을 조심스럽게 고집하곤 했다.

사실 요시히사는 없는 이름이었다. 그 자리엔 여성으로서의
이름이 있었다. 소우 나오코. 이름대로 그녀는 참으로 곧은 성
미의 여인이었다. 남성이 하늘인 왜의 문화 속에 성장하면서도
그녀는 곧잘 자신의 목소리를 내곤 했다. 아버지와 오라비의
탐욕스러운 정책 앞에 반기를 든 것도 그녀뿐이었다.

"다케시마와 마쓰시마를 쓰시마령領으로 만든다니, 그게 무슨 말씀이세요?"

"계집이 낄 데가 아니다."

"아버지, 그건 엄연한 침략이고 비겁한 계략이에요."

나오코는 절실하게 외쳤다.

"이미 비어있는 작은 섬 하나 갖겠다는데 무엇이 그리도 시끄럽단 말이냐! 썩 나가거라."

쓰시마 도주를 역임한 아버지와 오라비는 이미 마음을 굳힌 지 오래였다. 정당한 사고는 낄 자리가 없었고 오직 탐욕과 야망만이 그 자리를 대신하곤 했다. 나오코는 그때마다 강하게 저항했다. 가문을 더럽히는 일이 될 것이라는 확신 때문이었다. 이웃한 나라 조선을 욕보이는 일인 것 또한 자명한 것이기도 했다. 이렇게 가다가는 큰 국가적 충돌 또한 피할 수 없을 것이라는 확신이 들기도 한 때문이었다.

고명딸인 나오코의 저항이 계속 되자 쓰시마는 그녀에 대한 생각이 점차 싸늘하게 굳어갔다. 내부의 적을 간과했다가 대업을 그르칠 것이 우려된 때문이었다. 이에 쓰시마 도주이자 오라비인 소우 요시쓰구가 결단을 내렸다. 나오코를 쓰시마에서 내보내기로 한 것이다. 마침 조선 초량왜관의 관수왜 임기가 다되자 요시쓰구는 망설임 없이 나오코를 남장을 시켜 동래로 보내라 명했다.

조선을 옹호하는 그녀를 조선으로 보내는 일은 위험했다. 그러나 그런 그녀를 왜관으로 보내는 것은 이야기가 달랐다. 요시쓰구는 그녀의 성미를 누구보다 잘 알고 있었다. 치욕을 당하느니 그 자리에서 자결할 이였다. 그녀는 가문의 얼굴도, 쓰시마의 위상도, 조선의 권리도 중요시 여기는 원칙주의자였다. 이에 그녀를 남장을 시켜 왜관의 우두머리로 머무르게 한다는 것은 오히려 그녀에게 가장 큰 족쇄가 될 것이었다. 정당한 감옥인 셈이었다. 게다가 쓰시마 입장에서도 왜관의 크고 작은 잡음이 늘 골칫거리였다. 나오코 만큼 믿음직스러운 관수왜를 구하기도 어려웠다. 여러모로 최상의 결단이었다.

그렇게 나오코는 왜관에 오게 되었다. 요시히사로 살게 된 것은 바로 그런 연유였다. 그렇게 임기를 다 했음에도 그녀는 여전히 왜관에 있어야 했다. 쓰시마의 그 누구도 그녀의 귀환을 반기지 않았다. 나오코 스스로도 이곳이 창살 없는 감옥이라는 것을 잘 알고 있었다. 그럼에도 고향보다 이곳이 차라리 편하다는 생각이 들곤 하니 참으로 서글픈 일이었다. 쓰시마에 오래 머무르다간 가족에게 목숨을 부지할 수 없을 몹쓸 일을 당하게 될지도 모른다는 생각이 늘 그녀의 머릿속을 어지럽히곤 했다. 아버지와 오라비는 그런 사람들이었다.

때문에 나오코는 왜관에 오던 해에 곧장 호위무사를 고용했다. 쓰시마에서부터 작은 교류가 있던 집안의 사무라이였다. 그는 나오코를 전심을 다해 따라주었다. 그녀가 설명하지 않아도 처량한 그녀의 애틋한 삶의 애환을 안타깝게 여기는 자였다. 그는 그녀가 너무나도 불쌍하다고 생각했다. 어쩌면 이름 하나 없이 그림자로 지내는 자신보다도 불쌍한 인생이라는 생각에 그녀를 극진히 모셨다.

어느덧 물이 식어 한기가 들었다. 길지 않은 목욕이었음에도 오만가지 생각이 드는 휴식이었다. 이 시간 외에 나오코가 편히 보내는 때는 없었다. 그녀는 아쉬움을 뒤로 하고 욕조에서 빠져나왔다. 서둘러 물기를 훔쳐내고 다시 가슴팍을 단단히 복띠로 동여매었다. 처음엔 숨쉬기가 곤란하여 버겁던 것이 이제는 습관이 되어 그것을 풀어내면 외려 허전하곤 하였다.

용복은 초량 왜관의 높고 싸늘한 담벼락을 마주보고 섰다. 하루빨리 진짜 조선의 땅을 밟고 싶다는 마음뿐이었다. 그는 절로 긴 한숨이 새어나왔다. 밤새 수백 번을 쏟아낸 한탄이었다. 벌써 한 달 하고도 스무 날이 흘렀다. 이곳 왜관에 갇혀 지낸 시간이 어느덧 한 계절을 지나고 있었다. 그동안 이곳에 적응을 해보려고 무던히도 애를 써보았다. 그러나 그로서는 역부족이었다.

이곳 분위기가 지나치게 낯선 탓이었다. 이마가 훤한 왜 상투나, 옷차림, 말씨 하나까지 조선다운 것은 찾아볼 수가 없었다.

그 사이 몸을 할퀴고 간 상처는 새살이 돋아 흔적도 없이 아물어 있었다. 하지만 마음속 깊이 나 있는 모진 생채기는 지금까지도 붉은 선혈을 펑펑 쏟아내곤 했다. 용복의 얼굴은 하루가 다르게 말라가고 있었다. 본래 먹던 것보다 훨씬 잘 챙겨 먹어도 소용이 없었다. 마음이 편치 않은 탓이었다. 죽일 듯이 을러대며 매질을 해대더니 이제는 상처를 치료해주고 융숭히 대접해주는 것이 영 껄끄러운 탓에 그들의 호의가 거북하고 불편한 것이 당연했다.

걸음을 옮겨 다시 처소 앞으로 돌아온 용복은 곧장 들어가지 않고 우선 마음을 다잡았다. 처소 안에 있는 어둔 때문이었다. 그의 상태가 좋지 않았다. 지난 일들로 그는 아예 말을 잃은 듯 입을 열지 않았다. 용복이 부러 말을 붙여보아도 돌아오는 답은 침묵뿐이었다. 쓰시마에서부터 겪은 일들은 유복하고 무탈하게 평생을 자라온 어둔에게는 견디기 어려운 큰 상처이기 때문이었다.

"박형. 오늘 하늘이 참말로 맑고 곱지 않습니꺼?"

용복이 방에 들어서 어둔을 바라보다 건넨 말이었다. 그의 망연한 눈빛을 보자면 어떤 말이라도 건네고 싶어졌다. 그러나 어둔은 고갯짓도 하지 않았다. 처음엔 듣는 시늉이나 작은 반응이라도 하더니 이젠 그마저도 힘에 부치는 모양이었다. 그럴수록 그에 대한 용복의 죄책감은 더욱 커져만 갔다. 조금만 더 지혜롭게 판단했더라면 어둔을 산송장처럼 만들지는 않았을 것이라는 후회가 밀려들곤 했다. 그래서 그는 더욱 어둔의 기운을 돋아주려 애를 썼다. 그것만이 굳게 잠긴 어둔의 마음을 여는 유일한 약이 될 것이라는 것을 잘 알기 때문이었다. 그러나 오백이 넘는 왜인들이 거주하는 이곳에서는 어려운 일이었다. 어둔은 왜어가 들릴 때마다 발작을 하듯 몸을 떨었다. 찰캉거리는 왜도의 소리에는 귀를 틀어막고 눈까지 질끈 감고 경련을 일으킬 정도였다. 그런 그를 보고 있자면 용복은 가슴이 올무에 매인 양 뻐근하게 조여오곤 했다. 그럴 때마다 용복은 돌담길을 걷고 또 걸었다.

"이른 새벽을 틈타 이런 짓을 하면 네 죄가 가려진다더냐!"

앙칼진 왜어였다. 왜관에선 그런 목소리를 들을 일이 없기에 누군지 단박에 알 수 있었다. 요시히사였다. 물론 모두들 목소리가 특이한 관수왜라고 여길 따름이었다. 어둔이 소스라치게 놀라며 몸을 웅크렸다. 왜어라면 그는 자다가도 식은땀을 흘리며 경기를 하곤 했다. 그런 상태로 왜관에 머무르다 보니 그의 상태는 점점 더 악화되어가는 것이 완연해 보였다. 용복은 그런 그를 다독이느라 무진 애를 써야 했다. 그가 어느 정도 진정이 된 것을 본 후에야 용복은 밖으로 나섰다. 바깥 동태를 살피고 싶어서였다.

잔뜩 화가 난 요시히사 앞에는 일본 상인이 꿇어앉아 있었다. 용복이 쳐다보는 것도 모른 채 그는 상인을 호되게 꾸짖고 있었다. 곁에 선 조선인 문장이 안절부절 못하며 표정관리를 하는 것으로 보아하니 상황이 절로 그려졌다. 보나마나 밀무역이었다. 관수왜에게 덜미가 잡힌 모양이었다. 용복은 요시히사의 날 선 눈빛을 보며 상인의 명복을 빌었다.

본디 밀무역을 하다 잡힌 이들은 '약조제찰비'에 따라 사형으로 다스려져야 마땅했다. 10여 년 전, 동래부사와 쓰시마 도주 사이에 왜관 운영에 관한 조항을 체결한 이후로 더욱 엄격하게 단속을 하던 때였다. 그러나 밀무역을 완전히 뿌리 뽑기엔 역부족이었다. 수문을 지키는 문장 혹은 역관들이 상인들과 내통하는 통에 모든 것이 미봉책에 불과했다. 그러나 요시히사가 초량 왜관에 등장한 후로는 상인들의 밀무역이 눈에 띄게 줄어들었다. 그가 대쪽 같은 성미로 범죄를 저지른 이들을 낱낱이 벌하기 때문이었다. 그러다보니 자연히 그의 악명은 나날이 높아졌다. 기존의 왜관중 그 누구보다도 청렴한 관리라는 소문이 자자했다.

용복은 그의 당당한 기백 뒤에 쓰시마 도주 소우 요시쓰구가 있다는 것을 잊지 않으려고 노력했다. 그 또한 조선을 노리는 소우 가문의 사람인 탓이었다.

관수왜의 임무는 2년의 임기동안 왜관 내에 출입하는 이들을 검색하는 것이었다. 대개 눈치껏 편의를 보아주는 것이 관례였다. 그럴수록 사적인 부를 쌓기에 그 어느 곳보다도 좋은 자리였다. 그러나 요시히사는 원칙에 어긋나는 일을 결코 눈감아주지 않았다. 오히려 한 치의 오차도 없이 왜인들의 악행을 잡아내는 탓에 도리어 쓰시마에서 난색을 표하기도 하였다. 눈치껏 묵인해주고 넘어갈 작은 일도 조목조목 조리 있게 따지고 든 탓이었다. 덕분에 하루에도 수십 건의 사건이 쓰시마에 보고되었다. 그는 결코 소신을 굽히지 않았다.

용복은 그런 그의 모습을 보며 이따금씩 그의 나이를 잊어버리곤 했다. 아직 19세밖에 되지 않은 데다 보통의 사내보다 훨씬 왜소한데도 그에게서는 강인한 기가 느껴졌다. 호쾌한 기상과 매서운 눈으로 잠상潛商을 호되게 꾸짖는 모습은 더욱 그러했다. 그런 그에게서 뿜어져 나오는 위엄에 상인은 고개 한 번 들지 못하고 바닥에 납죽 엎드려 벌벌 떨었다. 용복은 지금껏 보아온 왜인 가운데, 아니 모든 인간 가운데 그가 가장 공명정대한 자임을 인정했다. 때문에 그는 나이와 별개로 요시히사를 다시 생각하게 되었다. 더불어 모든 왜인들이 그와 같기만 하다면 이토록 왜에 악감정을 가질 필요가 없을 거라는 생각이 들 정도였다.

그 자리에서 보고서 작성을 끝마친 요시히사는 왜인 잠상을 엄히 벌할 것을 명했다. 밀무역은 양국 간의 경제 구조를 흐리는 중범죄였다. 깐깐하게 돌아선 그의 눈에 그제야 용복이 들어왔다. 요시히사는 서둘러 옷매무새를 잡으며 차분히 인사를 건네왔다. 이에 용복도 가볍게 목례로 답을 했다.

"일찍 기침하셨습니다."

"아침부터 분주하시군요."

두 사람은 가벼운 인사를 건네곤 조금 거리를 둔 채로 함께 걷게 되었다. 약속을 한 것은 아니었으나 두 사람의 걸음걸이가 비슷한 속도를 내었다. 용복은 그것이 요시히사의 배려인 것을 알고 있었다. 다만 이것이 훗날 본인에게 어떤 대가를 치르게 할런지 두려운 마음이 일었다. 아무리 공명정대하게 일을 처리한다고는 하나 그가 소우 가家라는 것엔 변함이 없기 때문이었다.

요시히사 역시 용복의 경계심을 잘 알고 있었다. 그러나 그는 자신의 호의가 그에게 어떤 해도 끼치지 않을 것을 확신했다. 그저 가문의 죄를 대신하여 속죄하는 마음으로 정성을 다할 따름이었다. 하지만 그녀는 모르고 있었다. 주어진 임무 이상으로 그에게 정성을 쏟고 있는 자신을. 그녀는 매일 아침저녁으로 늘 용복을 들여다보며 살폈고 식사와 치료에도 각별히 신경을 써주었다. 단 하루도 직접 얼굴을 비치지 않은 날이 없었다.

"이제 불편한 곳은 없으십니까?"

"덕분에 다 나았습니다. 잘 먹고 잘 지낸 덕에 요양하고 온 것이 아니냐고 오해를 받을 지경입니다."

그의 말에 요시히사가 기쁜 듯 웃었다. 소리가 새지 않는 단정한 웃음이었다.

용복의 상처가 깨끗이 치료된 것을 보며 기뻐하던 그의 얼굴에 갑자기 수심이 일었다. 내일이면 용복을 부산 동래부로 넘겨야 한다는 것이 상기된 때문이었다. 그런 생각이 들자 그는 갑자기 가슴 깊은 곳이 아련히 조여 오는 것이 느껴졌다. 매일같이 얼굴을 보던 인연이 이대로 끝나버린다는 것이 못내 아쉬웠다. 그는 다만 어떤 말을 어떻게 건네야 할지 몰라 애꿎은 칼자루만 계속 만지작거렸다. 작별 인사를 하자니 공연히 머쓱했고 일상적인 말을 하자니 밀려드는 아쉬움에 쉽게 입이 떨어지지 않았다. 무엇보다 동래부로 거취를 옮긴다는 소식에 기뻐할 그의 모습을 보고 싶지 않았다. 처소 앞에 도착했을 때가 돼서야 그는 간신히 용복에게 인사를 건넸다. 그러나 그마저도 기껏해야 진심어린 사과가 전부였다.

"저희 형님 탓에 고생 많으셨습니다."

용복이 쓰게 웃었다. 요시히사는 용복의 표정이 어두워지는 것을 보며 조심히 말을 덧붙였다.

"오래 전부터 이어져 온 저희 집안의 숙원사업이었습니다. 물론 매우 저열한 계획이라 생각하지만 대를 이어온 일인 탓에 제가 저지할 방법이 없어 그저 안타까울 따름입니다. 저는 다만 귀공 같이 억울한 사람이 더 이상 생기지 않기만을 바라는 마음뿐입니다."

용복은 그의 말에 깊은 진심을 느꼈다. 더불어 한낱 어부인 자신에게 추어주는 말씨 탓에 괜한 사명감마저 들었다. 용복은 그의 말에 동의하며 단호하게 답을 했다.

"울릉과 자산은 반박할 여지가 없이 조선의 땅이니 결코 쉽게 빼앗을 수 없을 것이오. 염려할 일말의 가치도 없는 일 입니다."

"과연 그렇습니다. 귀공 같은 분이 계신다면 더더욱 쉽지 않은 일이겠지요."

요시히사가 엷은 미소로 화답했다. 얼굴 근육이 부드럽게 풀어지기 무섭게 그는 서둘러 표정을 굳혔다. 가뜩이나 작은 체구 탓에 여성이란 오해를 받을까 두려운 처지였다. 당연히 여성스러운 몸짓이나 표정은 조심해야 했다. 그럼에도 자꾸만 용복 앞에서는 그런 긴장이 풀어지곤 하였다. 그는 간신히 다시 냉정한 표정을 되찾고서야 입을 떼었다.

"내일 이곳을 떠나 동래관아로 가실 것입니다. 그런 뒤엔 댁으로 돌아가시겠지요. 부디 다시는 소우가의 횡포에 희생되지 않으시길 바라는 마음입니다."

용복은 입술을 꾹 다물어 결의를 다졌다. 곧게 뻗은 대나무의 청렴하고 강직한 향기가 기운을 북돋아주는 것처럼 느껴졌다. 왜관에 온 지 50일이나 지난날이었다. 이제야 허가를 받아 왜관 문을 나설 수 있다는 사실이 눈물겹도록 반가웠다. 이에 그는 요시히사의 섭섭한 낯빛을 미처 알아채지 못했다. 요시히사는 그의 밝은 표정을 뒤로 하고 잰걸음을 옮겼다.

서둘러 맷돌을 디디고 올라선 용복은 방구석에 웅크리고 있는 어둔을 끌어안았다.

"박형! 내일이믄 우리 집으로 갈 수 있다 카데에."

그의 말에 어둔이 갑자기 휙 돌아보았다. 영혼마저 놓친 듯 보였던 그의 눈빛에 초점이 돌아오고 그의 낯빛에 금방 햇살이 날아들었다.

"그기 참말인교?"

"하모요 그렇습니더."

돌연 목소리를 들려준 어둔의 반응에 용복의 가슴이 뭉클하게 엉켰다. 그대로 용복과 어둔은 서로를 얼싸안고 기쁨을 나누었다.

둘은 몇 되지 않는 단출한 살림을 서둘러 챙겨 담았다. 짐이라고 해 봐야 왜관에서 지내는 동안 새로 생긴 옷가지나 짚신 등이 전부였다. 두 사람은 그간의 고생을 모두 보상을 받기라도 한 듯 기쁨에 들떴다.

"내일이믄 어무이캉 마누라쟁이캉 만날 수 있다카는거 맞지예?"

어둔은 어느 때보다 밝게 웃고 몇 번이나 곱씹으며 재잘대었다. 왜관에 온 이래 가장 밝은 목소리였다. 용복도 그제야 마음이 놓여 함박웃음을 지었다. 어둔은 서둘러 자리를 펴고 눈을 감았다. 아직 해가 중천이었다.

"일찍 자야겠십더. 일찍 자뿌모 금방 내일이 올 게 아인교?"

그 모습에 용복의 가슴이 아릿해졌다. 자신의 조급한 판단으로 더 이상 상처받는 이를 만들어서는 안 되겠다는 다짐이 더욱 단단해지는 순간이었다. 홀로 감내할 일을 공연히 벗에게까지 덮어씌운 것 같아 그의 마음이 더욱 무거워졌다.

오지 않을 것만 같던 새 아침이 밝았다. 용복과 어둔은 왜인들의 안내를 받아 왜관을 벗어났다. 관수왜가 그 길을 동행했다.

"어찌 이런 길까지 따라 나서십니까."

"마음이 앞서 하는 일입니다."

요시히사가 단정하게 답을 했다. 어디 하나 모난 것 없는 말투와 행동이었다. 용복은 저도 모르게 그 옆모습을 뚫어져라 바라보았다. 용복은 반쯤 내리뜬 그의 속눈썹에서 눈을 떼기가 어려웠다. 간밤에도 자꾸만 그 속눈썹이 눈앞에 어른거려 잠을 뒤척였었다. 어둔이 서둘러 잠이 든 탓에 밤이 유난히 긴 탓이라고, 그렇게 스스로를 단속하고 나서야 그는 간신히 잠이 들 수 있었다.

왜관 대문 앞에 다다르자 요시히사가 걸음을 멈추었다. 왜인은 왜관을 벗어날 수 없는 탓이었다. 대신 그는 용복과 어둔에게 선물꾸러미를 건네었다. 어리둥절한 그들에게 진중히 답했다.

"옥비녀입니다. 오래도록 지아비를 기다렸을 아내분께 드리면 어떠실지요."

용복이 어둔에게 상황을 통역하자, 그의 표정이 금세 밝아졌다.

"고맙소. 관수왜는 다른 왜인들과는 많이 다르신 것 같소."

용복이 싱긋 웃으며 어둔의 마음을 전했다. 관수왜도 수줍은 듯 웃었다. 용복은 곤란한 듯 머뭇대다 입을 떼었다.

"저는 안 사람이 없습니다…"

그러자 놀란 요시히사가 고개를 치어 들었다. 한 번도 용복의 눈을 똑바로 바라본 적 없었건만 두 사람은 누가 먼저랄 것도 없이 순식간에 시선이 부딪쳐 두 뺨이 발갛게 달아올랐다. 당황해하는 그의 모습에 덩달아 시선을 피한 용복이 우물쭈물 답을 하였다.

"몇해 전 안사람과 아들놈, 아버님까지 왜인들한테 다 잃었습니다."

"저런…."

"잠상패였지요."

요시히사가 고개를 숙였다.

"죄송합니다. 제가 대신 사과드립니다. 이런 것으로 마음이 풀어지실리 없으시겠지만….

"아닙니다. 관수왜는 그런 잠상패들을 매섭게 처벌하시는 분이라는거 잘 압니다. 덕분에 동래부는 마음을 놓을 수 있으니 얼마나 다행입니까."

용복이 서둘러 그의 사과를 저지했다. 옥비녀를 손에 쥔 요시히사의 손이 머쓱해보였다.

"그럼 비녀는 저희 어머니께 드리겠습니다."

발갛게 달아오른 요시히사가 기쁘게 고개를 끄덕였다. 영락없는 아녀자의 낯빛이었다. 용복도 뿌듯하게 웃으며 소매춤에 옥비녀를 챙겨 넣었다.

대문을 나서자 익숙한 동래의 풍경이 눈앞에 펼쳐졌다. 어둔은 그 자리에 거꾸러지듯 쓰러지며 눈물을 흘렸다. 그간 고생했던 나날의 기억이 주마등처럼 스쳐 지나갔기 때문이었다. 용복은 지금 이 풍경을 눈에 고스란히 담으려 애를 썼다. 그리운 고국이었다. 왜관에선 미처 느낄 수 없었던 조선의 냄새가 그에게로 한 아름 달려들어 그를 반겨주는 듯했다.

용복은 자신의 초라한 초가로 돌아왔다. 돌봐주지 못한 탓에 이엉이 썩어 내려앉아 있었다. 그래도 마루엔 흙먼지 하나 없이 반들반들 윤이 났다. 바지런한 어머니가 오늘 아침에도 훔쳐낸 흔적이었다. 용복은 부러 크게 목청을 내었다.

"어무이!"

그러자 그의 어머니가 후다닥 부엌에서 뛰어나왔다. 목소리만 듣고도 당장 아들임을 알아챈 어머니는 짚신이 벗겨지는 것도 아랑곳 하지 않고 버선발로 달려 나와 용복을 끌어안았다. 그녀는 안도의 긴 한숨을 토해내며 눈물이 솟구치는 걸 간신히 참아내고 있었다. 용복은 부러 능청을 더했다.

"그동안 마이 애빗네, 울어무이. 내 그런 줄 알고 선물을 사왔다. 어무이 생각 억수로 마이 나드라."

그는 요시히사에게서 받은 옥비녀를 어머니에게 건네었다. 어머니는 눈으로 거푸 영문을 물었다. 그러나 용복은 답하지

않았다. 어떤 사실도 걱정이 될 따름일테니 그저 모르고 지나
가주길 바라는 마음뿐이었다.

"저자를 포박하라!"

갑작스런 소리에 돌아보니 관군들이 우르르 몰려오고 있었
다. 여럿이 동시에 달려들어 단번에 용복을 포박했다. 그 바람
에 아들 손을 붙잡고 서있던 어머니는 흙바닥에 그만 나동그라
지고 말았다. 당황한 용복이 포졸들의 손을 벗어나려 애를 써
보았으나 혼자서 여럿을 이겨내기엔 역부족이었다. 그들은 능
숙한 솜씨로 용복의 몸에 포승줄을 감았다. 당황한 용복 앞에
포도대장이 의기양양하게 외쳤다.

"월경越境 죄인 안용복! 너를 한양으로 압송하라는 의금부의
명이시다!"

영문을 모르는 용복 어머니의 얼굴이 하얗게 질렸다. 청천벽
력 같은 소리였다.

경희궁의 정전正殿인 숭정전에 대신들이 모여 있었다. 떠들썩
하게 정권을 쥐고 흔들었던 남인들의 면면이 현저히 줄어들었
다. 갑술환국 직후였다. 중전이었던 장씨가 희빈으로 후궁 강
등됨과 동시에 서인들이 정전을 평정하기 시작한 때였다. 대신
들은 저마다 상기된 얼굴로 하나같이 근심 어린 얼굴들이었다.
누군가 소리를 낮추어 조심히 입을 떼었다.

"전하께서 변덕이 심하시고 여성편력이 심하신 것이 여전히 걱정입니다."

"어느 안전이라고 입을 함부로 놀리시는 게요. 썩 그 입 다무시오."

"국가의 안위를 논하는 자리가 아닙니까. 전하가 치마폭에 싸여 정사를 잘 돌보지 않으시는 것 또한 국가의 안위와 직결되지 않습니까.."

"이미 상참 시간이 훌쩍 지났는데 어찌 된 일이란 말이오?"

"주상전하 납시오."

우렁찬 상선영감의 목소리가 울렸다. 대신들은 서둘러 옷매무새를 다잡고 제자리를 찾아 머리를 조아렸다. 정전의 문이 열리고 숙종이 모습을 드러냈다. 누구 하나 기척하지 않고 임금의 등장을 경배했다. 벌써 세 차례에 걸친 환국으로 가뜩이나 강력한 왕권을 더욱 공고히 한 장본인인 덕이었다. 평소 품행이 방자하고 행동이 거만하였으나 자연히 뿜어져 나오는 독보적인 힘은 누구도 당해낼 자가 없었다. 그는 처음부터 왕으로 태어났고, 언제나 왕으로 살았으며 그 아닌 누구도 왕이 될 수 없음을 몸소 보여주는 사내였다.

"과인이 좀 늦었소."

숙종이 어좌에 앉자마자 내뱉은 말이었다. 별일 아니라는 듯 가벼운 언행이었으나 그 위엄은 어마어마한 것이었다. 곤룡포 앞섶이 모두 풀어헤쳐져 있는 탓에 왕을 상징하는 오조룡五爪龍이 어그러져 보였다. 상참이 시작되도록 누구도 숙종의 옷매무새에 대한 언급은 하지 못했다. 흔한 상참 풍경이었다. 묻지 않아도 숙빈 최씨의 거처에서 오는 것이 분명했고, 직언한다 한들 고쳐질 것도 아니라는 것을 다들 알고 있었다. 공연히 들쑤셔 화나 입지 않으면 다행이었다. 대신들은 공손히 고개를 숙인 채로 정사가 시작되었다.

"전하, 지난번 귤진중橘眞重의 서신 문제에 대한 답변을 여쭙고 싶나이다."

꽤 오래도록 지속되어온 골칫덩이였다. 쓰시마의 외교관인 다치바나 마사시게橘眞重가 보내온 서계가 시발이 되었다. 귤진중은 그의 조선식 이름이었다. 월경죄인들을 데리고 동래부 왜관으로 들어온 그가 공격적인 서계를 보내왔다. 서계의 요지는 조선의 어부들이 왜의 땅인 '다케시마'에서 불법 어획을 했다는 것이었다. 다시 오지 말라고 일렀음에도 불구하고 조선 어민 40여 명이 다케시마에서 난잡하게 고기를 잡았다며 문제를 삼았다. 이에 토관이 그중 2인을 잡아두고 한때의 증질로 삼으려 했으나 도로 조선으로 돌려보냈으니 앞으로는 이런 일이 없게 하라는 으름장이었다.

뻔뻔하게도 이미 울릉도를 왜의 땅으로 기정사실화하여 '다케시마'의 소유권을 공고히 하려는 계략이었다. 이에 조정은 어떤 답변을 보내야 할지 고민에 빠졌다. 쉬이 답을 내릴 수 있는 사항이 아니었다.

"그대들은 어떻게 생각하시오?"

숙종의 질문에 접위관 홍중하가 제일 먼저 앞으로 나섰다.

"전하, 왜인들이 말하는 이른바 다케시마, 즉 죽도는 바로 우리나라의 울릉도입니다. 교활한 왜의 술수에 말려드시면 아니 되시옵니다."

강경히 대응할 것을 청하는 말이었다. 그러나 곧이어 좌의정 목내관이 말을 받았다.

"왜인들이 민호를 옮겨서 들어갔는지 여부는 확실하게 알 수 없지만, 이곳은 300여 년 동안이나 비워서 버려둔 땅입니다. 이것으로 인해 혼란을 일으키고 우호를 상실하는 것은 좋은 계책이 아니라고 생각되옵니다."

그의 말에 동의하며 우의정 민암이 힘을 실었다. 이에 홍중하가 발끈하여 언성을 높였다.

"버려둔 땅이라니요! 말씀은 바로 하셔야지요. 쇄환정책은 영토를 버리는 정책이 아니질 않습니까?"

쇄환刷還. 나라의 힘이 구석구석 미치기 어려운 변방에 사는 백성들을 조선 본토로 데려오는 정책을 의미했다. 특히 울릉도와 독도에 기거하며 잦은 왜구의 침략으로 고통 받는 백성들을 지키기 위한 최후의 방법이었다. 항해가 어렵던 시절에 조선 백성을 누구 하나 놓치지 않고 구하기 위한 나름의 계책이었다.

이런 조선의 뜻을 이용해 '공도空島정책'으로 왜곡하여 조선이 울릉도를 버렸다고 궤변을 늘어놓는 것은 전적으로 왜의 의견이었다.

"어찌 되었든 조선 백성이 살고 있지 않아 비워둔 것은 맞지 않습니까?"

"그것은 백성을 지키기 위한 일이었으니 결코 버린 것이 아닙니다!"

고성이 오가자 숙종의 미간에 깊은 주름이 패였다. 그 찰나를 놓치지 않고 목내관이 홍중하를 꾸짖었다.

"어느 안전이라고 언성을 높이시는 게요? 전하, 이런 감언에 휘둘리시면 아니 되시옵니다. 자칫하면 귤진중이 경고한 대로 왜와의 관계가 악화될 수도 있을 것이옵니다."

이때 갑자기 장내가 잠잠해졌다. 숙종이 싸늘한 눈으로 홍중하를 내려다 본 탓이었다. 고개를 잔뜩 조아리고 있는 홍중하의 등에서 식은땀이 연신 흘러내렸다.

"접위관을 끌어내라."

홍중하는 더 이상 어떤 말도 첨언하지 못한 채 정전에서 버선발로 쫓겨나고 말았다. 이로서 숙종의 마음이 목내관의 의견으로 기울었음이 표면화 되었다. 더 이상 반대 의견을 내는 대신은 없었고, 숙종은 가만히 앉아 목내관과 민암의 설명을 들었다. 소극적인 대처를 권하는 말이었다. 숙종이 고개를 끄덕였다.

어떻게든 붕당간의 싸움은 피하고 싶은 것이 숙종의 마음이었다. 조선에 어떤 일이 벌어지더라도 꼭 한마음이 되지 못하고 잡음을 일으키는 붕당 갈등에 신물이 날대로 나있는 상태였다. 그는 최대한 결정을 속히 내려, 갈등을 치워버리는 것이 최선이라고 여겼다. 더불어, 아직 임진왜란의 상처가 가시지 않은 때였다. 그 일로 조선은 막대한 피해와 손실을 감내해야 했다. 전쟁이란 그토록 처참하고 오랫동안 그 여파로 괴로운 일이었다.

"전하, 이는 매우 안일한 방책이옵니다."

홍중하가 버선발로 끌려 나간 살얼음 같은 분위기를 찢고 터져 나온 말이었다. 모든 대신들의 시선이 한 곳으로 꽂혔다. 영의정 남구만이었다. 60세가 훌쩍 넘었음에도 그의 눈빛은 신념으로 빛나고 있었다. 숙종은 단박에 그를 내치지 않고 가만히 그의 간언을 들었다. 남구만은 공손하되 강경한 어조로 본인의 의견을 막힘없이 쏟아내었다 .

"왜는 언제나 호시탐탐 조선의 땅을 노리고 있사옵니다. 이러한 와중에 안일한 대처를 했다가는 도리어 큰 화가 되어 돌아올 수 있사옵니다. 당장의 입막음은 되겠으나 차후에 실권을 주장하고 나서게 된다면 매우 곤란할 것이옵니다. 송구하오나 부디 현명하게 미래를 내다보셔야 할 때인 줄로 사료되옵니다."

사실 분쟁 자체가 말이 되지 않는 당연한 권리였다. 그럼에도 쓰시마 도주는 무차별적인 요구를 멈추지 않고 있었다. 그때마다 조선의 조정은 이토록 골머리를 앓을 것이 뻔했다. 실로 왜의 침략은 꽤나 위협적이었다. 그들은 늘 동해바다와 인접한 지역을 침탈할 기회를 노리고 있었다. 하물며 동해바다 한가운데에 떠있는 울릉도는 더했다. 그 요구는 해가 갈수록 점점 노골적이고 무차별적으로 진화해갔다.

숙종은 얼마간 고민을 계속했다. 대신들 모두 숨죽여 그를 바라보았다. 숙종의 얼굴에 근심이 가득했다. 울릉도는 본디 조선의 땅이다. 그럼에도 이렇게 고민을 한다는 것은 이미 불안감에 휩싸여 있다는 증거였다. 그 걱정을 미리 눈치 챈 우의정 민암이 부드러운 목소리로 입을 열었다.

"백성들은 아직 임란의 상처를 지우지 못하였사옵니다, 전하."

"조삼모사이옵니다! 안일하게 대처해서는 아니되옵니다, 전하!"

한껏 목청을 돋운 큰 소리였다. 이번에도 남구만이었다. 늘 조용히 자리를 지키며 세력의 지주 역을 맡아오던 그였다. 그런 그가 본인의 목소리를 언성 높여 내는 일은 드물었다. 굳이 하고 싶은 말이 있다면 세력의 힘을 얻어 다른 이를 앞세워도 될 일이었다. 그러나 이번만큼은 그가 유난히 강경하게 나서고 들었다. 그의 돌발행동에 모두가 의외라는 표정들이었다. 그럼에도 남구만의 시선엔 흔들림이 없었다. 주변에서 소리를 낮추어 그를 말렸지만 미동도 하지 않았다. 그의 시선은 오로지 숙종에게 정확히 닿아 있었다.

"다른 일도 아니고 국가 영토가 걸린 문제이옵니다. 가볍게 대처하셨다가 훗날 큰 화를 치르시게 될지도 모를 일입니다, 전하. 지금 다소 희생이 따른다 하더라도 그것은 후대에 길이 남을 창대한 희생으로…."

"일단 왜와의 분쟁을 삼가는 쪽으로 일을 진행하시오."

숙종이 남구만의 말을 자르고 짧게 명했다. 남구만의 얼굴이 하얗게 질려 들었다. 임금이 그의 말을 일언지하로 무시해 버린 때문이었다. 이런 분위기라면 그 또한 홍중하와 마찬가지로 버선발로 쫓겨날지도 모를 일이었다. 숙종은 여전히 귀찮고 심드렁한 표정으로 말을 이어갔다. 어좌에 비스듬히 앉아있던 그의 자세가 점점 누운 듯이 변해갔다. 더 이상 남구만에 대한 언급이 없는 것으로 보아 모욕적으로 그를 내쫓지는 않을 모양이었다. 남구만은 못내 아쉬운 표정이 역력했다. 이대로 지켜볼 수밖에 없다는 것이 답답할 뿐이었다.

"다만 어떻게 분쟁을 삼갈 것인지가 문제로다. 그들이 원하는 대로 울릉도를 내어줄 수는 없지 않은가?"

몇 번의 논쟁 끝에 결국 답변의 내용이 정해졌다. 숙종의 말대로 분쟁을 삼가느라 울릉도를 아예 그들에게 내어줄 수는 없는 노릇이었다. 따라서 '말'의 특성을 살려 애매한 답변을 전하기로 하였다. 왜의 표현상 울릉도는 대나무가 많은 섬이라 '다케시마', 즉 '죽도'라 칭했다. 그러나 조선의 표현으로는 '울릉도'이니 그 차이를 이용하자는 것이었다.

폐방에서 어민을 금지, 단속하여 외양에 나가지 못하도록 했으니 비록 우리나라의 울릉도왜지라도 아득히 멀리 있는 이유로 마음대로 왕래하지 못하게 했는데, 하물며 그 바깥의 섬으로 나가게 했겠습니까? 지금 이 어선이 감히 귀경의 죽도에 들어가서 번거롭게 거느려 보내도록 하고 멀리서 서신으로 알리게 되었으니, 이웃나라와 교제하는 정의를 실로 기쁘게 느끼는 바입니다.

남구만은 실망스러운 마음을 감출 길이 없었다. 그는 서인 세력의 중심에 서서 그들을 이끌어왔으나 단순히 붕당을 위해서 조정에 드나드는 것이 아니었다. 어디까지나 조선을 위한 일이었다. 조선이 없으면 백성도 없고, 백성이 없으면 벼슬도 아무런 가치가 없음을 그는 누구보다도 더 잘 알고 있었다. 그는 오직 조선을 위해 싸우고 일하고 있다고 생각했다. 그러나 임금이 조선의 영토를 소홀히 하는 것을 보니 그의 모든 신념과 의지가 무너지는 느낌이 들었다. 평소 방탕한 왕이라는 것은 잘 알고 있었으나 이 정도까지인가 하는 마음이 들자 여간 실망이 되는 것이 아니었다.

답신이 완성되는 것을 지켜본 숙종은 망설임 없이 옥새를 찍었다. 그리곤 피곤한 낯으로 자리를 털고 일어섰다. 그러나 정전을 벗어나는 그의 발걸음이 전에 없이 가벼워 보였다. 문을 나서기가 무섭게 상선에게 명하는 목소리가 선명히 울려 퍼졌다.

"이현궁(숙빈 처소)으로 가자."

남구만은 티 나지 않게 한숨을 토해냈다. 임금이 나랏일을 멀리하고 여색에만 빠져 지내니 답답할 노릇이었다. 이렇게 우유부단하게 대신들에게 휘둘려 간단히 결정할 사안이 결코 아니었다. 그럼에도 숙종은 어김없이 대신들에게 모든 의사를 내맡겨 버리고 본인은 가장 안일한 선택을 하고 마는 것이었다. 이제 막 서인들이 재집권을 한 때였다. 복직된 지 얼마 되지 않은 그로서는 그만하면 최선의 직언을 던진 셈이었다. 그러나 그는 혼자 속이 까맣게 타들어가는 듯하였다.

숙종은 수많은 신하들을 이끌고 숙빈의 처소로 향했다. 그의 뒤로 상선영감이 바짝 붙어 따랐다. 정전에서 꽤 멀어졌을 즈음 상선은 뒤따르는 신하들에게 조용히 무언가를 일러주었다. 그들은 상선의 명에 따라 그대로 대열을 유지하며 숙빈의 처소로 향했다. 그들이 떠난 자리에 상선과 숙종만이 남았다. 누구라도 숙종이 그대로 숙빈의 처소로 향했을 것으로 생각할 것이다. 늘 있었던 일인 듯 상선은 매우 태연했다. 숙종 또한 아까와는 사뭇 달라진 표정으로 걸음을 옮겼다. 목적지는 숙빈의 처소가 아닌 대전大殿이었다.

숱한 신하도 무르고 잠행하듯 몰래 대전으로 든 숙종의 얼굴은 정전에서의 그것과는 사뭇 달라져 있었다. 흐릿했던 그의 눈빛이 언제 그랬냐는 듯이 강렬한 빛을 뿜어내고 있었다. 힘없이 열려있던 그의 입술은 굳게 닫혀 있었고 웃음기 하나 없는 얼굴에선 묵직한 강단이 느껴졌다. 그는 대전에 들어서기가 무섭게 옷매무새를 바로잡았다. 정전에서의 모습과는 너무나도 달랐기에 뭇 신하들이 본다면 가히 놀랄 만한 상황이었다. 그러나 상선은 늘 있던 일이라는 듯 담담했다. 숙종 또한 자연스레 상선을 대했다.

"영의정을 들라하라."

숙종이 근엄한 목소리로 상선에게 명했다. 그가 은밀히 어명을 받아 떠났다. 그리고 얼마 지나지 않아 낮은 목소리가 대전 앞에 울렸다.

"찾아계시옵니까, 전하."

이윽고 대전의 문이 열리고 남구만이 조심스레 발을 내어 딛었다. 의아한 부름에 그는 꽤 긴장한 낯빛이었다. 그는 상선의 안내에 따라 숙종 앞에 고개를 조아렸다. 본디 숙종은 어수선한 붕당 정치 속에서 특별히 곁에 두는 신하나 세력을 따로 만들지 않았다.

그렇기에 시대의 흐름에 따라 환국을 세 차례나 감행할 수 있었다. 그것이 숙종의 탄탄한 권력의 기반이기도 했다. 처음부터 왕이 되기 위한 재목으로 태어나 세자로 책봉되어 차근차근 수순을 밟아 왕이 된 그였다. 그렇기에 그는 누군가의 힘을 빌려 왕좌를 차지할 필요가 전혀 없었다. 그 때문에 그 어느 세력의 눈치도 볼 필요가 없었고, 세력 싸움이 극에 달하는 중에도 자신의 중심을 유지할 수 있었다.

그는 필요하다면 누구든 중용할 수 있는 힘을 지닌 왕이었던 것이다. 그만큼 자유로운 군주였던 숙종은 때때로 어려운 문제에 누가 진정으로 열의를 가지고 덤벼들 수 있는지를 시험하기 위해 신하들을 도탄에 빠트리곤 했다. 거짓을 틈타면 언제나 가장 짙은 진실이 눈을 반짝이기 마련이었다. 숙종은 그런 식으로 본인 스스로 나름의 세를 유지했고 신하들을 부렸으며 손 닿지 않는 곳까지 고루 자신의 책임을 다하고 있었다.

그렇기에 그는 일부러 자신의 진심을 감추고 허랑방탕한 임금을 자처했다. 그의 진면모를 모르는 사람들은 그의 뒤에서 혀를 차기 일쑤였다. 그러나 막강한 권력을 가진 그를 주저앉힐 수 있는 사람은 아무도 없었다. 숙종 또한 스스로 그 사실을 너무나 잘 알고 있었기에 이 같은 연극을 지속할 수 있었다. 지긋지긋한 붕당정치에 깊게 관여하지 않으면서 자신이 원하는 대로 조정을 이끄는 탁월한 방안이었다.

숙종의 이런 깊은 뜻을 알 리 없는 남구만은 모든 것이 혼란스럽기만 했다. 그러나 감히 고집스럽게 직언을 할 수도 없는 처지였으니 그저 그 앞에 넙죽 엎드릴밖에 답이 없었다.

"그대의 의견 잘 들었소."

숙종의 목소리에 남구만이 소스라치게 놀라 고개를 들었다. 함부로 용안을 올려다보아서는 안 될 일이었으나 너무도 놀란 탓이었다. 평소에 들었던 숙종의 목소리가 아니었다. 행여 다른 사람이 앉아 농간을 부리는 것인가 하고 부득이하게 쳐다보게 된 것이었다. 그러나 그는 분명히 숙종이 맞았다. 평소와는 전혀 다른 근엄한 태도로 또렷한 눈빛을 뿜어내고 있을 따름이었다. 남구만은 스스로 그의 기에 눌리는 것을 느꼈다. 그리고 순식간에 상황을 파악해냈다. 이것이 그토록 방탕한 모습을 보임에도 불구하고 그가 왕위를 지켜갈 수 있었던 이유였다.

진짜 조선의 임금, 숙종의 모습이었다.

"무슨 의견을 말씀하시는 것이옵니까?"

"상참 때 울릉도에 관해 늘어놓았던 의견들 말이오."

강경하게 대응해야 한다고 주장했던 말을 이르는 것이었다. 남구만은 다시금 놀라지 않을 수 없었다. 숱한 대신들 앞에선 깡그리 무시당했던 의견이었다. 그러나 숙종은 그의 진언을 귀담아들었고 그에 관해 할 말이 있어 따로 불러낸 상황이었다. 숙종의 이중적인 모습에 남구만은 크게 놀란 나머지 쉽게 진정이 되지 않았다. 쉬이 믿기 어려운 일이었다.

"하오나 이미 유연하게 대응하시기로 결정을 내리시지 않으셨사옵니까."

숙종이 몸을 일으켜 남구만에게 바짝 다가왔다. 그리곤 들릴 듯 말 듯 했으나 확고한 어투로 속삭였다.

"그대로 방치해서야 어찌 내 나라 영토를 지켜낼 수 있겠소?"

숙종은 대전 안을 천천히 거닐었다. 고뇌와 책임감이 담긴 무거운 걸음이었다. 남구만은 왕이 무슨 말을 하려는지 아직 갈피를 잡지 못했다. 그는 숙종의 진짜 의중을 파악하느라 여념이 없었다. 다만 일말의 기대를 걸어도 좋다는 생각이 들자 다소 마음이 놓였다. 영토 문제만큼은 어리숙하게 대응해선 안 되는 것이었다. 숙종은 누구보다 나라의 미래를 깊이 고민하고 있었다. 여색에 빠져 허우적대는 한량이 결코 아니었다. 정전에 모였던 대신들은 모두 숙종이 곧장 숙빈의 처소로 갔을 것이라고 믿고 있었다. 그러나 그는 숙빈의 처소가 아닌 대전에서 이렇게 나라의 미래를 고뇌하고 있었다.

숙종이 혼잣말처럼 털어놓았다. 남구만이 그의 앞에 읊조린 채로 그의 말을 경청했다.

"안일한 대처는 화를 부를 뿐이라는 것을 누구보다도 잘 알고 있소. 그러나 왜를 자극하여 득 될 것이 하나 없다는 것 또한 맞는 말이오. 임란은 백성들과 조정에 너무나도 큰 상처를 남겼소. 다시는 그런 전례를 또다시 만들고 싶지 않음이 당연하오. 그러나 눈을 뜬 채로 영토를 잃을 수도 없는 노릇이니 그것이 걱정이오. 그대는 강경히 대처해야 한다고 하였는데 구체적으로 어찌하면 좋겠소?"

숙종의 질문은 하루 이틀 밤을 새워 나온 얄팍한 말이 아닌 진지한 고민이 묻어있었다. 실로 답신을 미뤄온 오랜 기간 동안 혼자 많은 고민을 해왔던 것이며 그동안 대신들에게 알려진 것처럼 여인의 품에 안겨 보냈을 것이라 여긴 숱한 밤을 그는 대부분 홀로 지새웠음이 분명했다. 남구만은 뒷머리를 망치로 맞은 듯하여 비틀대며 몸을 일으켰다. 갑작스러운 그의 행동에 숙종과 상선이 다소 긴장한 낯빛으로 그를 바라보았다. 남구만은 어느덧 그렁해진 눈으로 숙종을 향해 머리를 조아려 큰절을 올렸다.

"전하, 못난 이 늙은이를 벌하여 주시옵소서."

"이 무슨 소리요? 어서 일어나시오."

그러나 남구만은 더욱 머리를 읊조린 채 고개를 들지 못하였다. 하염없는 회한의 눈물이 흐르는 까닭이었다.

"소신, 감히 전하의 하해와 같은 마음을 헤아리지 못하고 주제넘은 생각을 하였나이다. 나랏일엔 관심이 없으신 줄로 감히 섣부른 판단을 하고 있었나이다. 모두 소신의 충심과 통찰력이 부족한 탓이옵니다. 죽여주시옵소서"

애써 안으로 삼켜보려는 그의 울음소리가 기어이 그의 입술을 비집고 나와 나지막이 대전을 울렸다. 숙종은 그런 그를 바라보며 쓰게 웃었다. 그리곤 기꺼이 몸을 낮추어 신하와 눈높이를 맞추어 주었다. 숙종의 손길에 남구만은 어쩔 수 없이 몸을 일으켰다. 눈물로 범벅이 된 주름진 그의 얼굴이 더욱 일그러져있었으나 두 사람은 마주 보며 기쁘게 미소 지을 수 있었다.

"그대와 같이 바른 생각을 하는 신하가 있어 주어 참으로 기쁘오. 그리고 과인에게 죽여 달라는 말은 두 번 다시 하지 마시오. 그대의 나이 적지 않아 그냥 두어도 언제 떠날지 모르거늘."

따뜻한 농담에 남구만이 애써 눈물을 거두었다. 그렇다고 숙종이 서인의 편을 들어주었다는 것은 아니었다. 남구만은 이미 그의 중립적인 왕권을 익히 이해하고 있었다.

"짐을 제대로 감복시키는 말을 해보시오. 그러하면 혹 모르지. 내가 숙빈의 처소가 아닌 그대를 아껴 찾을지."

남구만은 그가 결코 자신에게 정치적 힘을 실어주지 않을 것임을 잘 알고 있었다. 당파의 영수가 된다는 것은 단순히 현명하기 때문만은 아니었다. 그는 상황을 파악하는데 탁월했고 섣부른 모험을 할 수 있는 상대와 그렇지 않은 상대를 본능적으로 알고 있었다.

숙종은 다시 제자리를 찾아 앉았다. 그리곤 두 사람의 본격적인 이야기가 시작되었다. 진정으로 조선을 생각하는 이들의 대화였다. 울릉도를, 독도를, 그래서 동해바다를 조선의 것으로 굳건히 지켜내는 것이 주요 골자였다.

"대외적인 답신은 이미 정해졌으니 조선의 입장은 그것으로 이어가시는 것이 옳을 듯하옵니다."

숙종도 동의했다. 공연히 대외적인 자세를 바꿨다가는 말을 번복하는 것으로 낙인이 찍혀 오히려 부스럼을 만들 수 있었다. 문제는 그 다음이었다. 유연한 대처 뒤에 어떤 방법으로 강경히 지켜낼 수 있을지 그것이 문제였다. 보다 직접적이지만 작은 규모로 진행하는 것이 현명한 방법이라는 결론이었다.

"전하, 사실 소인은 오래전부터 울릉도 문제를 눈여겨보고 있었사옵니다."

"뭔가 미리 꾸며 놓은 일이 있는 게요?"

"황송하게도 대단한 것은 아니오나 국소적으로 진행하고는 있었사옵니다."

그의 말이 떨어지기가 무섭게 숙종의 눈이 관심으로 번뜩였다. 남구만은 주변을 경계하며 조심스럽게 말을 이었다.

"전국에 울릉도를 위해 힘쓸 만한 인사들을 모으고 있는 중이옵니다. 특히 왜관이 있는 부산의 동래부사와는 오래 전부터 잘 알고 지내온 사이옵니다. 미리 얘기를 해두어 강경히 왜인들을 대하고 있었사옵니다."

숙종도 동래부사에 대한 이야기는 익히 알고 있었다. 왜관이 위치한 탓에 갖은 소란이 끊이지 않는 곳이었다. 그 탓에 부사가 수시로 바뀌는 곳이기도 했다. 부사 자리를 이용해 부당한 이득을 취하기에 더없이 좋은 자리인 때문이었다. 그러나 이번에 동래부사에 오른 이는 청렴하기로 소문이 자자했다. 이미 그의 행실들이 조정에까지 전해졌을 정도였다. 그가 이미 남구만과 연줄이 닿아있는 이라는 것이 놀라웠다.

"이희룡이란 자이온데, 본디 성품이 청렴하고 충심이 강하여 얄팍한 왜인들의 수에 말리지 않고 제 몫을 잘 해내어주고 있사옵니다."

남구만은 쏟아내듯 모아둔 인물들에 대해 설명을 하였고 뒤이어 다른 이름들을 거론하였다. 그는 숙종의 생각보다 꽤 많은 인맥을 두텁게 구축해 둔 상태였다. 그 중 한 인물의 얘기에 숙종의 관심이 쏠렸다. 바로 순천의 홍국사에 소속된 승려 뇌헌이었다.

"전국을 다니며 발이 되어 주고 있는 중입니다. 불심 못지않게 충심 또한 깊습니다. 울릉도 문제를 제가 언급하기도 전에 그가 먼저 저를 찾아왔습니다. 나라를 위해서라면 전쟁에 참여하는 것도 불사할 자이옵니다. 그 후 수차례 만나보았는데 믿고 일을 맡길만 하오니 그를 필두로 대마도에 밀사를 보낼 생각도 한 적이 있었사옵니다."

그의 말에 숙종은 무언가 깨달은 듯 표정이 밝아졌다.

"밀사! 바로 그것이오. 가장 골칫거리인 대마도에 직접 가는 게요. 정말 기발한 생각을 하시었소. 그런데, 그런 믿음직한 인사를 두고도 왜 생각으로만 그친 것이오?"

"황공하옵게도, 인재를 찾지 못한 탓이옵니다."

숙종은 선뜻 이해가 되지 않는 말이었다. 이미 수많은 인재들을 꾸려 놓은 마당에 무엇이 문제인지 선뜻 알아차리기가 어려웠다. 그보다 더 많은 인재는 오히려 짐이 될 수 있다는 생각이 들자 더욱 그랬다. 숙종의 의아한 표정에 남구만이 다시 말을 덧붙였다.

"이런 큰일을 해내려면 우선 목숨 바쳐 나라를 위할 충심과 담대함을 가진이가 되어야 할 것이옵니다. 언제든 은밀히 일을 추진하여 왜로 떠날 수 있어야겠지요. 그 탓에 동래부사는 자리를 비울 수 없으니 수장을 맡길 수가 없사옵니다. 더불어 꽤 험한 항해가 될 터인데 이왕이면 항해 경력이 있어 노련하게 일행들을 아우를 수 있는 재목이어야 할 것이옵니다. 게다가 왜인의 말을 능숙하게 해야 하는 이유도 있사와, 뇌헌이 적임자가 되지 못하고 있었사옵니다. 그리하여 적임자를 찾지 못해 그 계획은 수포로 돌아간 바 있사옵니다, 전하."

그의 말을 다 듣고 난 숙종은 깊은 생각에 잠겼다. 어려운 얘기였다. 힘겹게 추진하여 보내는 밀사인데 실패로 돌아간다면 그 손실이 어마어마할 것이었다. 당장 금전적 문제보다도 그만한 인재들을 다시 모은다는 것도 쉬운 일이 아니었다. 또한 그것이 어떤 결과를 가져올 것인가에 대해서도 가늠할 수 없는 매우 위험한 일이었다. 숙종은 완벽한 확신이 서지 않으면 시작을 해선 안 된다고 생각했다. 시간이 걸리더라도 모든 조건을 만족시키는 수장을 찾아야만 했다. 심지어 벼슬에 몸담은 이는 철저하게 배제해야 했다. 조선 조정의 대표라 여겨지면 안 되는 탓이었다.

순간 퍼뜩 숙종의 머리를 스치는 이가 있었다. 숙종은 다시 한 번 곰곰이 생각에 잠기더니 이내 다시 그의 낯빛이 밝아졌다. 그는 잠시도 지체하지 않고 상선영감에게 말했다.

"월경죄인 안용복을 만나봐야겠소."

횃불이 훤히 밝은 옥에서는 곡소리가 끊이질 않고 있었다. 호된 고문으로 밤새 앓는 죄인이 많았다. 그중에 용복도 끼어 있었다. 신음소리를 흘리지 않기 위해 앙 다문 입술은 죄 터져 피가 질질 흐르고 있었다. 그는 얼기설기 흩뿌려진 지푸라기 위에 간신히 잔뜩 웅크린 몸을 옹송거리고 있었다. 호된 고문으로 상처투성이가 된 그는 여기저기 뼛속까지 한기가 드는 통에 잔뜩 웅크린 채 와들와들 떨고 있었다. 눈을 감으면 고문 받던 때가 선명히 떠올라 잠을 청할 수도 없었다.

월경죄로 호된 고문을 받는 내내 용복은 제 뜻을 굽히지 않았다. 본인은 월경죄를 저지른 바가 없고, 조선의 바다에서 어획을 하였고, 왜인들의 계략에 말려 납치 되었던 것뿐이라는 말을 몇 번이고 되풀이했다. 그러나 용복의 말을 믿어주는 이는 단한 사람도 없었다. 용복은 극심한 고독을 느꼈다. 이곳이 정녕내 나라 조선이 맞는지 의심스럽기까지 했다. 용복에게 죄가있다면 오로지 조선만을 위해 싸웠다는 것뿐인데 참 기가 막힐노릇이었다.

열쇠꾸러미가 맞부딪치는 소리가 들렸다. 그 소음에 간신히눈을 뜬 용복은 갇힌 옥문이 열리자 반사적으로 몸을 벽으로 밀착시켰다. 또 끌고 나가 문초를 벌일 것이라는 생각 탓이었다. 아무리 맷집이 좋고 정신력이 강한 용복이라도 시도 때도 없는고문을 당해낼 재간이 없었다. 무엇보다 상처가 아문지 얼마되지도 않은 때였다. 그는 최대한 문에서 멀리 떨어져 몸을 웅크리고 상대를 경계했다. 모두가 잠든 이 늦은 밤에도 문초라니, 용복은 겁을 먹은 티를 내지 않으려고 애를 썼다.

그 때 갑자기 사위가 어두워졌다. 문을 열고 들어온 포졸이용복의 머리에 주머니를 덮어씌웠기 때문이었다. 아찔한 공포가 연이어 덮쳐왔다. 눈까지 가리고 어디로 데려가려는 것인지갈피가 잡히지 않았다. 상상대로라면 아마 이대로 끌려가 쥐도 새도 모르게 죽임을 당할 수도 있다는 생각이 들자 그는 등골이 서늘해졌다.

한참을 끌려가다 어딘가로 내던져진 용복은 두려움에 사시나무 떨 듯 몸을 떨었다. 그러나 이내 엉덩이에 뜨끈한 기운이 느껴지고 떨림이 가시는 것이었다. 그는 의아한 마음에 손을 뻗어 만져보니 뜨끈한 온기가 느껴지는 구들이었다. 도무지 무슨 영문인지 알 수가 없었다.

"자네가 안용복인가?"

낯선 목소리였다. 그가 다가와 용복 머리에 씌워진 주머니를 벗겨내었다. 그리고는 곁에선 이에게 용복의 오랏줄을 풀어주라고 명한 뒤 그의 앞에 다가와 앉았다. 선뜻 이해되지 않는 상황에 용복은 여전히 경계심을 풀지 않았다. 제 앞에 앉은 비슷한 또래의 청년과 노인은 난생 처음 보는 낯이었다. 비단 두루마기를 잘 갖춰 입은 걸로 보아 지체 높은 양반님들이라 추정될 뿐이었다. 낯선 청년이 날카로운 눈으로 용복에게 물었다.

"자네의 충심은 익히 들었네. 그래, 조선을 위해 왜에서도 뜻을 굽히지 않았다고?"

"뉘싱교? 뉘신디 지헌티…."

"차차 알게 될 것이다."

노인이 용복의 질문을 막아섰다. 이에 청년이 미소를 지으며 계속 말을 이었다.

"진정으로 조선을 위해 몸을 던질 수 있는 자를 찾고 있었다. 그러던 차에 자네의 얘기를 들었네. 고된 문초를 당했다지? 일단 옥에서 꺼내준 것도 나고, 앞으로 자네를 해할 생각도 없으니 걱정 말고 경계심을 풀거라."

그는 부드러운 눈빛으로 용복에게 편하게 앉을 것을 권했다. 궁지에 몰린 쥐 마냥 벽에 붙어 옹송그리고 있던 용복이 아직 가시지 않은 경계심을 풀지 못한 채 간신히 다리를 풀어 앉았다. 오랜만에 트는 가부좌에 허벅지가 뻐근하였다.

"단도직입적으로 말하지. 나는 오늘날 조정에 큰 회의감을 갖고 있다. 일개 백성인 자네도 조선을 위해 이리도 애를 쓰거늘, 나랏님이라는 이는 주색에 절어 국사를 돌보지도 않는다지? 당연히 외세는커녕 대신들이나 잘 다스릴 리 있냐는 말이야. 서인이니 남인이니, 노론이니 소론이니. 이게 다 나랏님이 정사에 관심이 없기 때문일게야."

용복은 그의 말에 몹시 거북함을 느꼈다. 갑자기 야심한 밤에 나타나서는 임금을 욕보이는 그의 태도가 영 못마땅했다. 일단 그의 말대로 자신을 옥에서 풀어준 게 맞다면 고마운 일이고 조선을 위해 애써온 것을 알아준다니 다행이지만, 이건 아니었다. 본 데 없이 백성의 아버지인 국왕을 대놓고 욕하는 꼴을 보고 있자니 견디기 어려웠다. 용복은 자신이 그의 말을 듣고 있다는 사실 만으로도 대역죄를 저지르는 것 같은 기분이 되어 괴로운 마음까지 들었다.

뒤틀리는 용복의 속내를 전혀 모르는 듯 청년은 계속해서 거침없는 말들을 계속 쏟아내었다. 참다못한 용복이 벌떡 자리를 박차고 일어섰다.

"그 쯤 하면 됐다 아입니껴."

그러자 청년이 빙글빙글 웃으며 용복을 올려다보았다. 분노에 씨근대는 용복의 얼굴이 퍽 재미있는 모양이었다. 그런 태도 또한 용복은 더욱 참기 어려웠다. 마치 세상 사람들이 모두 내 발치에 있는 듯한 오만함이 고스란히 느껴진 때문이었다. 나랏님 또한 제 발 아래 있는 듯 말하는 꼴이라니 더욱이 참을 수가 없었다.

"나를 왜 풀어주겠다는지는 모르겠지만서도, 사람 잘못 봤다 아입니껴. 내캉 무식쟁이라 입으로만 조선을 위하는 척하는 자들허고는 합을 맞추지 못하겠십니더. 그라고 어디 가서 함부로 주둥아리 놀리지 마시소마. 으디 나랏님을… 내 당장 의금부로 가가 싹다 불어불수도 있다 아입니껴…."

분에 겨워 거친 투로 쏟아내는 용복을 보며 청년은 노인에게 눈짓을 했다. 그러자 노인이 고개를 끄덕이더니 일어나면서 바깥쪽을 향해 말했다.

"끌어내거라."

그의 말에 문이 벌컥 열리고 장정 여럿이 달려들었다. 용복은 또 다시 꼼짝 없이 붙들리는 신세가 되었다. 청년은 기분이 좋은 듯 싱글대며 방을 나섰다. 용복이 무어라 반발하려는 차에 입에는 재갈이 물려졌고 다시 머리에 주머니가 씌워졌다. 제아무리 버둥대며 벗어나보려 애를 써보았으나 이번엔 더더욱 역부족이었다.

용복은 영문도 모르고 어디로 가는지도 모르는 채 한참을 그렇게 끌려가야 했다. 끊임없이 이어지는 문턱을 거푸 지났다. 매우 깊숙한 곳으로 들어가는 것이라는 느낌이 들자 이제 마지막이구나 하는 생각에 등골이 서늘해지더니 순간 다리에 힘이 빠졌다. 그대로 바닥에 주저앉았으나 장정들이 양 팔을 거세게 붙들고 억지로 일으켜 계속 끌고 갔다. 헌데 이상한 노릇이었다. 셀 수도 없이 많은 문턱을 지나는데 누구 하나 막아서는 이가 없었다. 용복은 더욱 초조한 마음이 들었다. 기구한 운명에 풍파까지 더해져 이상한 일에 연루되는 것이 아닌가 하는 의문마저 들었다.

용복은 사위가 어두운 그대로 또다시 어딘가 실내로 끌려들 어갔다. 이미 한참 전부터 켜켜이 깔려있던 적막이 그의 어깨를 지그시 눌렀다. 이번엔 오랏줄이 아닌 장정들에게 붙들려 움직일 수 없는 상황이었으나 아까보다 더한 긴장감이 옥조여옴을 느낄 수 있었다. 그의 양 팔을 틀어쥔 장정들의 숨소리에서도 그 긴장감이 고스란히 전달되어왔다.

"그만 나가들 보거라."

아까 만났던 청년의 목소리였다. 그 명과 동시에 장정들이 용복의 팔을 놓고 사라졌다. 홀가분해진 용복은 아직도 얼얼한 양 팔을 들어 머리에 씌워진 주머니를 벗었다. 그는 연이어 재갈을 풀며 무심코 시선을 돌렸다. 그러다 용복은 멈칫하다 말고 온몸이 한순간 돌처럼 굳어져버렸다. 제 앞에 붉은 곤룡포가 보인 것이었다. 용복은 그 순간 신속하게 상황파악을 해보려 했지만 도무지 아무 생각도 할 수가 없었다. 그는 재갈을 마저 푸는 것 또한 잠시 잊고 말았다.

"무얼 그리 놀라는가?"

목소리는 아까 그 무례한 청년의 것이었다. 용복은 서둘러 머리를 굴렸다. 그리곤 재갈을 풀어내기 무섭게 청년에게 다가서 호통을 쳤다.

"이 양반이 돌았나! 퍼뜩 그 옷 벗으라 안카나!"

청년은 당황하는 기색 없이 용복을 쳐다보았다. 용복은 흥분하여 자꾸만 엉키는 혀를 간신히 추스려 호되게 청년을 꾸짖었다.

"내 설마설마 했드만 참말로 역당 패거리드나? 아고야 내 꿈에도 생각 몬했꾸마! 이기이기 나랏님을 욕하는 대역죄를 저지른 것도 모자라 감히 용포까지 뒤집어쓰고 니캉 죽을라꼬 하는기가?"

반말로 호통을 치던 용복은 그대로 청년에게 다가갔다. 용복의 어이없는 행동에 잠시 당황하는 듯 보였던 청년은 상황이 재미있다는 듯 빙긋이 미소를 지었다.

"어허 이놈! 그래도 엄연히 신분이란 것이 있는데, 어찌 반말을 한단 말이냐?"

"참말로 니캉 내한테 존댓말 받고 싶드나? 그라몬 니캉 사람같은 행동을 해야 않되것나! 니가 하는 짓은 당장 목을 쳐도 모자랄 일인거 니 알고있나?"

그러나 어찌된 영문인지 청년은 연신 헛웃음을 날리고 있었다. 그 모습을 보고 있자니 용복은 더욱 부아가 치밀었다. 이 자가 미쳐도 단단히 미친 듯 보였다. 그에게 손을 대려는 찰나, 묵직한 호통이 밀려들었다.

"무엄하다 이놈! 어디 감히 옥체에 손을 대려는 것이냐!"

반사적으로 용복이 뒤를 돌아보자 그곳엔 아까 그 노인이 있었다. 그가 내관의 복식을 차려입은 것을 보고 나니 용복은 또다시 어안이 벙벙해졌다. 이미 역모가 끝난 것인지, 역모꾼들의 대범한 도발인지 그로서는 도무지 알 도리가 없었다. 바로 그때 참다못한 노인이 매서운 표정으로 용복에게 다가섰다.

"어서 주상전하께 예를 갖추거라!"

그러자 청년이 빙긋이 웃으며 말했다.

"많이 놀란 듯 하니 인사는 차차 하도록 하게, 상선."

숙종은 태연히 웃으며 옷매무새를 고쳤다. 그는 이리저리 뒤틀어진 곤룡포를 바로잡으면서도 어찌된 영문인지 연신 입가에 미소가 매달려 있었다. 그제야 사태를 제대로 파악한 용복은 처참한 기분이 되어 그 앞에 납죽 엎드려 고개를 조아렸다.

"아이고 아이고 전…하…."

지금껏 용복이 호되게 꾸짖던 이가 바로 나랏님, 숙종이었던 것이다. 용복은 너무도 당황하여 온몸이 귀신들린 사시나무 떨듯 떨고 있었다. 감히 주상전하 앞에 큰 소리를 내고, 말이 끝나기도 전에 자리를 박차고 일어섰으며, 심지어 용포를 벗기려 들었다니, 이 어마어마한 죄목들은 목숨이 몇개라도 살아날 재간이 없는 대역죄인 신세가 되고 만 것이었다. 용복은 바닥에 머리를 처박고 숨을 죽인 채 옴짝달싹을 할 수가 없었다. 본인의 불같은 성미가 기어코 스스로를 사지로 몰아넣고만 순간이었다. 바닥에 머리를 찧어 죽는게 차라리 나을 것만 같았다.

"그만 고개를 들라."

그의 위엄있는 한 마디에 바짝 얼어붙어있던 용복이 조심스레 고개를 들었다. 그는 긴장이 섞여 부정확한 발음으로 죄를 뉘우쳤다.

"소인, 감히 나랏님을 몰라 뵙고 무례를 범했십니다. 쥑을 죄를 지었사옵니다. 뱃일이나 하던 무식쟁이까네 죽어 마땅 하옵니다. 저를 쥑여주시고 부디 노여움을 푸시옵소서."

숙종이 손을 내저었다. 그는 용복을 벌할 마음이 조금도 없었다. 도리어 그에게 감동을 했을 따름이었다.

"두려움을 거두고 과인의 말을 잘 듣거라. 과인은 오히려 그대의 충심에 감동이 크다."

용복이 놀란 마음을 감추지 못하고 거푸 고개를 조아렸다. 숙종은 용복이 마음을 추스를 때까지 여유를 두고 기다려주었다. 여전히 고개를 조아린 용복의 등이 고르게 오르내릴 쯤이 되어서야 숙종은 부드럽게 입을 열었다.

"내 그대의 이야기는 익히 들었다. 허나 의심을 품는 못된 병이 있어 그대를 다시금 곤혹스럽게 시험할 수밖에 없었다. 그것은 말로 다 설명할 수는 없으나 임금이라는 자의 고민에 고민을 더한 결과이니 너무 서운타 생각지 말거라. 그래도 몸과 마음은 많이 상했을 것이니 그것은 내 무척 미안하구나."

용복은 용서를 구할 수 있다면 수백 번도 그래야 한다고 생각하며, 고개를 더욱 조아린 채로 죽은 듯이 바닥에 납작 엎드려 있었다. 숙종은 그런 그의 모습을 보며 다시금 미소를 지었다.

"아닙니더, 전하. 망극하옵니더."

"과인은 그대를 시험해 보고 싶었다. 과인을 역적의 우두머리라 생각하여 용포까지 벗기려 들다니, 과연 그대의 용맹함은 들은 바대로 대단하더구나. 아마 대신들이었다면 역모를 성공시킨 내가 어느 붕당 소속인지가 먼저 궁금했겠지."

용복은 그 말들이 진심인지 꾸짖음인지 선뜻 분별이 되지 않아 혼란스러웠다. 그러나 숙종은 진심으로 기쁨을 감출 길이 없었다. 어수선한 붕당정치 속에 왕권의 중립을 지키기 위해 애써온 그로선 이토록 충심을 다하는 백성이 있다는 것이 더없이 기쁠 따름이었다. 일부러 주색을 즐기고 정사에 관심이 없는 체하며 제 신변을 보호해왔던 나날들을 보상받는 기분이었다. 그는 믿음직한 인재를 얻었다는 확신이 들자 모처럼 가슴 깊은 곳에 뜨거운 무언가가 차올라오는 것이 느껴졌다. 감히 옥체에 손을 댈 정도로 충성심이 강하고, 결단력과 용기를 갖춘

이를 찾아내었다는 뿌듯한 마음이었다. 신분과 행색을 감안하더라도 여러모로 어떤 욕심이 없이도 나라를 위해 싸워줄 자임이 분명했다.

숙종은 용복에게 왜에서 있었던 일을 소상히 들었다. 그는 왜의 분위기가 본인이 어렴풋이 알고 있었던 것보다 훨씬 심각한 상황임을 직시하게 되었다. 쓰시마 도주의 야망은 단순한 욕심 그 이상의 것이었다. 숙종은 결코 이대로 가만히 지켜보아서는 안 될 일이라고 확신하게 되었다. 그는 모처럼 조바심이 들었다. 하루 속히 남구만과 작전을 진행해야겠다는 마음을 더욱 견고하게 하게 되었다. 그 선봉장에 용복을 세우면 될 일이었다.

"과인이 그대에게 긴한 청이 있다."

무척 조심스러운 제안이었다. 용복은 겸허한 낯으로 숙종의 말을 기다렸다. 숙종은 간절한 얼굴로 용복에게 다가갔다. 그리곤 그의 손을 덥석 부여잡았다.

"그대의 나라 조선을 위해 힘써주지 않겠나? 우리의 땅 울릉도를 위해서 말이네."

바로 코앞까지 다가와 있는 주상전하의 숨결을 느끼며 너무 긴장된 나머지 용복은 연신 마른 침을 삼켰다. 간절한 숙종의 눈빛에 막중한 책임감마저 들었다. 자초지종을 듣지 않아도 알 것 같았다. 나랏님이 미천한 자신에게 이토록 진실한 부탁을 하는 것에 대해 용복은 한 치의 망설임도 없이 즉시 답을 했다.

"전하, 성은이 망극하옵니다."

4

숙명의 끈

서쪽으로 넘어가는 해가 바다와 하늘의 경계를 분명하게 갈랐다. 붉게 물든 노을이 동해바다를 화려하게 물들이고 있었다. 지는 해와 맞물려 나루터에 들어온 어선에서 꽤 많은 선원들이 한꺼번에 쏟아져 내렸다. 각각 어깨에 둘러맨 대바구니엔 각가지 생선들이 그득했다. 어깨가 묵직한 만큼 선원들의 표정들도 밝았다. 피로에 팔다리가 후들거릴지라도 마음만큼은 뿌듯한 때문이었다.

그 틈에는 유난히 어두운 낯빛의 사내도 끼어 있었다. 잡어 몇 마리나 간신히 추슬러 담은 이는 다름 아닌 용복이었다. 이번엔 선장이 아닌 선원으로 참여한 뱃일이었다. 선장 일을 맡지 않은 지 벌써 여러 달째였다. 아직도 많은 선주船主들은 용복을 찾았다. 아직 그만한 선장을 찾지 못했기 때문이었다. 그러나 정작 용복의 꼴을 마주하면 차마 부탁을 할 수가 없었다.

그의 표정이 모든 것을 말해주었다. 그는 더 이상 어떤 일에도 나서고 싶지 않은 낯빛을 하고 있었다.

사람들은 그런 용복을 피했다. 아니, 용복이 먼저 그들을 피하고 들었다. 평소에는 먼저 밝게 인사하며 호방하게 안부를 묻던 용복이었다. 그런 그가 이젠 사람들 눈을 피해 고개를 숙이고 잰 걸음을 놀리기 바빴다. 인사를 나눌 여유가 있을리 만무했다. 이를 보며 이웃들은 저마다 탄식 섞인 목소리로 수군대었다.

"아이고야 미쳤다고들 했쌌드만 사실인갑네."

"왜놈들만 보면 아주 학을 뗀다 안 합니꺼. 왜말만 들어도 경기를 한다 카대예."

"왜까지 잡혀가가 무지막지하게 당했다카데."

"그기 끝이 아니라대예. 나랏님헌티도 끌리가가 허덜시리 당했다 안합니꺼."

"사람 꼴이 말이 아닐세."

용복은 마을 사람들이 수군대든 말든 서둘러 초가로 들어가 문을 닫아 걸었다. 마을사람들은 그런 그를 딱하게 보며 혀를 차다가 이내 흩어졌다. 용복은 여전히 문고리를 붙든 채 망부석처럼 가만히 있었다. 천천히 망태기를 내려놓고 기척을 감지하기에 여념이 없었다. 한참 만에 인기척이 완전히 사라진 후에야 그는 문고리를 놓았다. 지친 몸을 부리고 집기들을 정리하는 동안에도 그의 귀는 여전히 기민하게 움직였다. 차츰 사람들의 관심밖에 나게 되자 외려 그의 마음은 더 편안해졌다.

다만 걱정인 것은 어머니였다. 어머니 앞에서까지 병신노릇을 하진 않았다. 그러나 그의 어머니가 동네에서 도는 아들에 관련한 소문을 모를리 없었다. 아들이 집밖에 나서면 달라지는 걸 알고 있으나 묻지 않을 뿐이었다. 속 시원히 털어놓을 수없는 대업이 달려 있으니 용복도 함구했다. 대신 미안한 마음에 귀가 후엔 어머니 곁에 꼭 붙어 있었다. 마치 일곱 살 난 어린아이 같은 행동이었다. 남들은 그 모습에 더욱 안타까워하며 혀를 찼다. 어머니 또한 거친 손으로 자주 용복의 얼굴을 쓰다듬어주곤 했다. 용복은 말없이 눈을 감고 어머니의 팔에 기댄 채 그렇게 어미의 곁을 맴돌곤 했다.

"선장님. 선장님요!"

일전에 함께 배를 탔던 선원과 그의 처였다. 용복은 종일 뱃일에 지친 몸을 더욱 웅크렸다. 아낙은 문을 열어 방안으로 소쿠리를 집어넣었다. 김이 모락모락 나는 막 지은 밥과 나물 몇 가지였다. 용복은 조금도 움직이지 않은 채 무기력한 사람처럼 굴었다.

"묵어야 살지예. 이러다 참말로 골로 간다 아입니꺼."

선원은 용복의 돌아누운 모습을 보며 가슴을 쳤다. 울화통이 터져 더는 못 참겠다는 투였다.

"선장님요. 이카믄 우짭니꺼! 우리는 누구 보고 살라꼬에!"

아낙이 그를 말렸으나 그는 아예 퍼져 앉아 걱정보따리를 풀다 가곤 했다. 용복이 미쳤다는 소문이 돌고 난 뒤로 왕왕 일어나는 일이었다. 용복은 그를 조금만 기다리라며 다독이고 싶었다. 그러나 그럴 수는 없었다. 대신 이렇게 찾아와 중얼대는 그들의 울분을 그는 고스란히 가슴에 차곡차곡 쌓아두었다. 반드시 거사를 성사시켜야 하는 이유가 하나씩 늘어가고 있었다.

선원들은 용복의 얼굴을 한번 용복 어머니를 한번 쳐다보다가 가슴을 퍽퍽 치고는 음식 소쿠리만 놓고 돌아갔다. 용복은 어머니의 무릎을 베고 잠자듯 오래도록 누워 있었다. 곤한 몸에 그대로 잠들법도 했으나 그러지도 못했다. 머릿속이 온갖 생각으로 어지러운 까닭이었다. 용복의 어머니는 그런 자식의 마음을 헤아려주기라도 하는 듯 그의 머리를 쓰다듬어주며 눈물을 훔쳤다.

그날도 서서히 어둠이 내려앉았다. 그의 초가에도 죽은 듯한 고요가 찾아들었다. 여기저기 썩어 무너져 내린 이엉이 작은 초가를 더욱 초라해 보이게 했다. 그때 숨죽인 발소리가 들려왔다. 발소리는 기척 없이 초가로 다가와 잽싸게 안으로 사라졌다.

"안형."

묵직한 목소리가 낮게 용복을 불렀다. 어둠 속에서 용복의 모습이 서서히 드러났다. 넋이 나간 듯 벽 귀퉁이에 웅크렸던 모습은 온데간데없었다. 누군가를 기다리고 있었던 듯 정갈한 자세로 정좌한 모습에서 범접할 수 없는 강한 기운이 느껴졌다.

곧 목소리의 주인이 모습을 드러냈다. 깨끗하게 드러난 머리와 잿빛 승복으로 그가 승려임을 알 수 있었다. 일전에 영의정 남구만이 숙종에게 소개한 바 있던 자였다. 용맹하고 기개가 있는 스님으로 조선을 위한 일이라면 물불 가리지 않는다던 바로 그, 뇌헌 스님이었다. 그는 숙종의 훌륭한 발이 되어줄 이었다. 용복이 어둠 속에서 눈을 총명히 빛내며 뇌헌을 맞이했다. 서둘러 자리를 잡아 앉은 뇌헌은 주변을 경계하더니 이내 입을 떼었다.

"영감께서 대마도주의 만행에 관한 정보를 소상히 수집하고 계시오. 빠져나갈 빌미를 주어서는 아니 되니 결코 단 한 글자도 빼놓지 않아야 할 것이오."

권력이 필요한 부분은 영의정 남구만이 도맡아 해주고 있었다. 이 모든 사항은 은밀히 숙종에게 보고되었다. 민감한 사안이다 보니 누구에게도 알게 해선 안 될 일이었다.

그 사실을 용복도 잘 알기에 일부러 세간의 관심을 스스로 끊어내려고 미친체하며 지내오고 있었다. 그는 아예 왜와는 얽히기도 싫은 양 행세했다. 그덕에 처음엔 용복을 주시하던 왜인들도 하나 둘 주변에서 사라져갔다. 더 이상 감시할 가치가 없다고 여긴 때문이었다. 그래서 그는 초반엔 뇌헌과의 만남도 최소화했다. 그러던 것이 계획의 막바지에 이른 지금에서야 비교적 자유로워질 수 있었다. 이 모든 것이 용복의 기지와 인내력 덕분이었다.

"어선은 거의 완성단계에 접어들었십니더."

용복의 말에 뇌헌이 흡족하게 고개를 끄덕였다.

"최소 인원으로 이리 빨리 어선을 만들어 내다니, 과연 안형이시오."

"믿고 따라주는 선원들 덕택 아니겠는교."

용복이 선장으로 지내면서 가까이 지냈던 10여 명의 인원이 동원된 조선造船이었다. 그들은 아무도 모르게 남해 연안에서 배를 만드는 중이었다. 믿음직한 지인들로 꾸려진 조선단은 하루도 거르지 않고 조선에 몰두했다. 덕분에 적은 인원으로 불과 몇 달 만에 배를 지어낼 수 있었다. 그들은 지엄하고 높으신 임금 때문도 아니요, 그렇다고 미천하게 살아온 자들이 무슨 명예를 찾겠다는 것도 아니요, 오직 용복과의 신의信義 하나 만으로 어렵고 힘든 일을 잘 해내주었다. 그것이 지금껏 용복이 이뤄놓은 인덕의 결과였다. 이 얘기를 전해들은 숙종 또한 자신이 재목을 제대로 보았음에 확신하며 흡족해 했다.

어선은 평범하고 아담했다. 일부러 나름의 계획을 담은 용복의 수였다. 보통 오래도록 어업을 하거나 먼 바다까지 나가 한 번에 많은 물고기를 건져오기 위해 최대한 큰 배를 만드는 것이 관례였다. 그러나 그들은 어차피 쓰시마로 곧장 다녀올 규모의 작은 배면 족했다. 때문에 공연히 함선으로 잘못 보였다간 괜한 저지를 당할 수도 있는 것이니 공연한 허세는 버리기로 했다. 쓰시마 근처까지 당도해도 규모가 작은 어선이라면 제지가 덜할 것이라는 생각이 더 컸다. 때문에 여러모로 작은 어선이 필요했다. 만일 쓰시마 근해에서 괜한 부스럼이 생긴다면 어업을 하다 풍랑을 만났다며 둘러댈 수도 있었다.

다만 뱃머리도 만들지 않는 아주 작은 규모를 유지하되 오랜 항해에 버틸 수 있도록 견고해야만 했다. 아무나 할 수 있는 기술이 아니었다. 아무리 조선의 조선업造船業이 발달했다고는 하나 결코 만만하거나 가벼운 일이 아니었다.

의외로 늘 골칫덩이였던 필득이 이 대목에서 빛을 발해주었다. 그의 집안은 대대로 조선을 가업으로 이어온 가문이었다. 그 중에도 필득의 아버지가 단연 으뜸이라 필득은 어깨 너머로 조선 기술을 배울 기회가 많았다. 용복은 누구보다 그를 믿고 밀어주었다. 그의 단단한 신임을 얻고 있던 필득은 평소의 가볍던 마음을 모두 버리고 진지하게 과업에 임해주었다.

"선원들 모집은 어찌 되고 있는교?"

용복이 물었다. 이번엔 뇌헌이 답할 차례였다. 전국을 다니는 자유로운 몸인 뇌헌은 곳곳에 숨어있는 용맹한 선원들을 모집하는 중이었다. 자신과 같은 승려군 출신부터 용복처럼 초야에 묻혀 지내는 이들까지 샅샅이 뒤지고 다녔다. 여러 번의 자질 검사 끝에 추려진 선원들이 암암리에 동래로 모여드는 중이었다. 아직 신변 보호를 위해 용복과 접촉한 이는 따로 없었다. 고을에 새로 등장한 인물이 용복의 초가에 출입한다면 괜한 시선을 받을 가능성이 있는 탓이었다.

"동래 도처로 모여들고 있소. 세상에 다시없을 애국자들이오. 조만간 배가 완성되는 날에 맞춰 안형과 만나게 할 생각이오. 장에 나설 준비를 하셔야겠소."

용복이 비장한 표정으로 고개를 끄덕였다. 장에 나선다는 것은 동지들과 인사를 나누는 절차를 일컫는 것이었다. 지금대로라면 모든 것이 순조로웠다. 이대로라면 종래의 계획대로 무사히 쓰시마에 당도할 수 있을 것이다. 용복은 벌써부터 가슴이 벅차올랐다. 근사한 애국을 해낼 수 있으리라는 자신감이 들었다. 함께하기로 결의한 자들도 믿음직한 사람들뿐이었다. 이제는 그가 그들의 믿음을 토대로 용감하게 앞서나갈 일만 남아있었다. 용복은 뇌헌의 손을 맞잡았다. 방안의 더운 공기 때문만은 아닌 유난히 뜨거운 손이었다. 용복에게 뇌헌의 조선을 향한 애국심이 그대로 전해지는 순간이었다.

뇌헌은 용복과 맞잡은 손에 더욱 힘을 주었다. 그것으로 모든 인사를 대신한 채 그는 서둘러 초가를 벗어났다. 여전히 그는 경계를 늦추지 않은 채 잰 동작으로 움직였다. 그가 떠나는 동안에도 용복은 밖을 내다보지 않았다. 늘 만일의 사태에 대비해 철두철미하게 행동하는 것이었다.

그가 떠난 방에 잠시 깊은 생각에 잠겨 앉아있던 용복은 확신에 찬 표정으로 다시 몸을 웅크리고 누웠다. 옆방에 계신 어머니가 언제나처럼 새벽같이 그의 방을 들여다볼 것을 염두에 둔 행동이었다. 어느덧 그는 용맹하고 번듯한 모습은 간 데 없이 다시 나약하고 한심한, 누가 보아도 측은하고 안쓰러운 모습으로 돌아왔다. 눈을 지그시 감고 누웠지만 오늘 밤은 쉬이 잠들 수가 없을 것 같았다. 그는 자꾸 이런 저런 생각들이 밀려드는 바람에 가슴이 마구 두방망이질을 치고 있었다.

후텁지근한 날씨 탓에 흙바닥에서 열기가 훅훅 끼쳤다. 유난히 파리가 들끓는 어물전은 사람들로 흥청거렸다. 대규모 바다 어업이 성행하면서 전에 없던 생기가 감돌고 있었다. 제철을 맞은 은빛 갈치가 가장 눈에 띄었다. 길고 통통하게 살이 오른 것이 양반 댁으로 팔려갈 준비를 마친 참이었다.

조선기술과 어업기술이 발달하기 전엔 소규모 민물 어업만 진행되곤 했다. 그러나 바다 어업이 각광을 받게 되면서 어업 기술은 눈에 띄게 발달되어갔다. 덕분에 어획량 또한 크게 늘어 뭍으로 올라오는 어류의 수가 급격히 증가했다. 다만 쉽게 부패하는 어패류의 특성이 문제였다. 이에 조선인들은 소금을 이용하여 젓갈을 담거나 포를 떠 말려 저장기한을 늘리곤 하였다.

왜관 앞 조시朝市에도 각종 젓갈이 늘어서 있었다. 왜관 밖으로 출입할 수 없는 왜인들을 위한 아침 시장이었다. 왜에서 직접 공수할 수 없는 생필품이나 식료품을 주로 팔았다. 더불어 갓 잡아 올린 제철 갈치나 오징어 등을 이용한 신선한 젓갈도 인기가 많았다. 주로 삭히기 전에 염장한 상태의 젓갈을 많이들 선호했다. 무엇보다 신선한 상태를 보장받을 수 있었고, 각자 입맛에 따라 숙성 정도를 조절할 수 있기 때문이었다.

"신선한 갈치 속젓 사이소!"

"새벽 배로 들어온 오징어는 여 다 있소!"

여러 상인들의 호객행위로 거리가 제법 소란하였다.

요시히사도 모처럼 오늘은 조시에 나섰다. 구매가 목적은 아니었다. 정기적으로 나서는 조시 순찰이었다. 왜인들과 조선인이

공식적으로 만날 기회가 적으니 조시는 좋은 접선 장소가 되었다. 때문에 그도 소수의 일행을 이끌고 몰래 순찰을 감행하곤 했다.

본디 관수왜의 임기는 2년이었다. 요시히사 또한 임기가 끝나 쓰시마로 돌아갔으나 재임되어 왜관으로 돌아온 지 얼마 되지 않았다. 도무지 쓰시마 도주인 오라비와 뜻이 맞지 않아 마찰을 줄이기 어려운 탓이 컸다.

비릿한 냄새가 멀리서부터 풍겨왔다. 어물전 앞에 다다랐다는 증거였다. 요시히사는 선뜻 걸음을 그리로 향했다. 그는 열심히 사는 사람들의 생기가 느껴지는 어물전을 유난히 좋아했다. 늘어선 상인들 틈으로 그가 지나자 몇몇은 고개를 숙여 정중히 인사를 건넸다. 공명정대한 그의 덕에 손해를 보지 않고 장사를 했던 경험이 있는 조선인들이었다. 그는 그런 그들에게 소란스럽지 않게 가만히 미소로 화답을 해주었다.

그 때 어물전 행렬 제일 구석에 죽은 듯 앉아 있는 사내가 보였다. 젓갈을 파는 모양이었는데 호객 행위는커녕 지나는 손님들과 눈조차 마주치지 않는 것이 이상했다. 요시히사는 홀린 듯 그에게 다가섰다. 다가오는 기척이 느껴졌을 텐데도 상인은 고개를 들지 않았다. 이에 요시히사가 물건을 살폈다. 잔뜩 삭은 꼴뚜기젓이었다. 군내가 나고 파리가 끓어 도무지 상품가치가 없어 보였다.

"파는 것입니까?"

요시히사가 왜어로 물었다. 그러자 상인이 화들짝 놀라며 바닥으로 엎어졌다. 그러는가 싶더니 겁에 질린 표정으로 간신히 고개만 끄덕이는 것이었다. 과한 그의 반응에 요시히사 또한 적잖이 놀랐다. 왜관 탓에 왜인이 흔한 동래에서 왜어를 듣고 이리도 놀라는 이가 있다니. 그는 공연히 놀라게 한 것이 미안해 물건을 구매하기로 작정했다.

"얼마입니까? 사겠습니다."

요시히사가 선뜻 돈을 내밀었다. 거스름을 받아야 하는 큰 단위의 화폐였다. 그러자 곁에 앉은 다른 상인이 대신 말을 얹었다.

"이리 주이소. 여짝 에미가 오늘 몸이 안 좋아다꼬 대신 나왔다카는데, 상태가 영 신찮다 아입니꺼. 야가 본디 용맹하고 실한 아였는데 이래됐으예."

거스름돈을 건네받으며 요시히사는 유심히 상인을 살폈다. 간신히 얼굴을 파악하고는 입을 다물 수가 없었다. 그는 분명 용복이었다. 그는 놀란 가슴이 쉬이 진정되지 않았다. 도저히 믿을 수가 없었다. 그렇게 용맹하고 씩씩하던 이가 어쩌다 이렇게 되었는지 선뜻 이해가 되지 않았다. 분명 왜관을 떠날 때까지만 해도 이런 꼴이 아니었다.

용복의 어깨가 사시나무 떨듯 계속 떨고 있었다. 결국 요시히사는 한 번 더 말을 붙여 보려다말고 입을 다물고 말았다. 대신 그런 그의 어깨를 한동안 쳐다보았다. 요시히사의 눈에 금세 눈물이 고여 들었다. 안타깝고 측은한 마음에 저도 모르게 눈물이 맺혔다. 너무나도 놀란 탓이었다. 그러나 그는 이내 눈물을 삼켜내곤 서둘러 자리를 떴다. 그의 앞에서 우는 모습을 보여서는 안 된다는 생각에서였다.

아직 순찰이 더 남았으나 요시히사는 바로 왜관으로 돌아섰다. 더 이상 순찰을 계속할 기분이 아니었다. 철렁 내려앉은 가슴이 도저히 회복되지 않았다. 왜인 천지인 왜관 안에서, 그 중에도 관수왜 앞에서 당당하게 자신의 소신을 밝히던 그의 모습이 자꾸만 떠올랐다.

용복은 요시히사의 뒷모습을 보며 마음이 무거워졌다. 자신의 초라한 몰골이 조금은 부끄럽게 느껴졌다. 진심으로 자신을 대해주었던 좋은 사람까지 속여야하다니 마음이 좋지 않았다. 그는 볼품없는 꼴뚜기젓에 시선을 고정했다. 앙 다문 입술이 그의 심경을 대변했다.

"입에 넣을 수는 있는 것이오?"

빈정대는 투에 용복이 정신을 차렸다. 곁눈질로 보니 차림이 정갈한 선비 둘이었다. 두루마기 밖으로 늘어진 호패가 보였다. 뇌헌이 일전에 말했던 이름들과 같았다. 오늘 만나기로 한 선원들이었다. 용복은 여전히 무력한 낯으로 다만 형형히 빛나는 눈으로 그들에게 눈인사를 건넸다. 그들 또한 갓끈을 고쳐매며 고갯짓을 했다. 그러는 사이에 그는 어느덧 요시히사에 대한 상념은 흩어지고 없었다.

"남해에서 가져온 것이오?"

용복이 굽실대듯 고개를 끄덕였다.

"나는 저기 연안에서 왔는데, 거기에서 지고 왔어도 이보단 신선할게요. 역시 남해는 물이 나빠도 너무 나빠."

사내 하나가 호방한 투로 일렀다. 그의 호패에는 김순립이라는 이름이 쓰여 있었다.

"평산포는 깨끗하고 고고하기가 지상의 것으로 비교할 수 없는 곳 아닙니까."

다정하고 차분한 말씨의 사내는 인상 또한 훤한 귀상이었다. 용복은 그의 얼굴을 보고는 그가 뇌헌이 말했던 선비 이인성임을 알아차렸다. 앞으로 그에게 많은 것을 배우게 될 것이다. 용복은 그들의 대화를 듣지 않는 척 하며 곁눈질로 그들을 보았다. 벌써 저들끼리 주고받는 눈빛이 예사롭지 않아 필히 큰 쓰임이 있을 것으로 보였다.

"동래에 좋은 구경 명소를 좀 일러주겠소?"

용복은 그들의 말에 대꾸 없이 손끝으로 바다海를 그려 주었다. 뇌헌의 말대로 울릉을 지키기 위한 준비가 하나 둘 마무리 되고 있었다.

용복이 동지들과 만나는 동안 왜관에 당도한 요시히사는 집 무실에 들어가 한동안 기척도 없었다. 머리가 복잡해 아무것도 할 수가 없는 지경이었다. 아무리 다른 생각을 하려 해도 한 가지 생각이 머릿속을 온통 헤집어 놓았다. 어물전에서 보았던 용복 생각뿐이었다. 흐리멍덩하게 초점을 잃은 그 눈빛을 도저히 잊을 수가 없었다. 총명하고 용감하던 그의 눈빛은 오간 데가 없었다. 당당하게 펼쳐져 있던 어깨는 쪼그라든 듯 기력 없이 웅크려져 있었다. 힘 앞에 굴복하지 않고 자신의 뜻을 관철시키려 애쓰던 그의 당당함이 그리웠다. 그간 무슨 일이 있었는지 알 수 없으니 답답할 노릇이었다. 안타까움을 넘어 비통한 마음이 들기까지 했다.

"관수왜님, 쓰시마에서 서신이 당도하였습니다."

서신을 받아든 요시히사는 비어져 나오는 한숨을 간신히 삼켰다. 쓰시마 도주였다. 늘 같은 내용의 훈계를 적어 보내는 오라비였다. 물론 여동생에게 보내는 티는 전혀 나지 않는 철저한 서신이었다. 조선에 가서도 늘 쓰시마의 번영에 대한 꿈을 잊지 말아야 한다는 것이 요지였다. 더불어 울릉도 찬탈에 대한 강인한 의지도 잊지 않았다. 그것이 아버지 대代부터 이어온 가문의 숙원사업이니 저항없이 동참해야 한다는 공공연한 압력도 내포되어 있었다.

요시히사는 읽지 않고 무시할 법도 하건만 원칙 그대로 매번 서신을 정독하고, 매번 같은 뜻의 답신을 보냈다. 서신을 읽은 즉시 그 자리에서 답신을 적었으며, 서신을 가져온 이는 도착하기 무섭게 답신을 들고 쓰시마로 돌아가곤 하였다. 그러나 이번만큼은 조금 달랐다. 그녀가 선뜻 답신 준비를 하지 않는 것이었다. 나오코는 서신을 든 채 멍하니 생각에 잠겼다. 울릉도 이야기가 나오니 다시금 용복과의 기억들이 새록새록 떠올랐기 때문이었다. 별달리 함께 했던 일들은 없을지라도 주로 그를 곁에 두고 간호하고 보필하던 때의 일들이었다.

그렇게 얼마간 생각에 잠겼던 나오코는 퍼뜩 고개를 저어 생각을 흩어내었다. 자신의 행동이 스스로 생각해도 괴이하다는 마음 때문이었다. 한 번도 이렇게 이성을 잃고 멍해졌던 때가 없었다. 그녀가 아무 일도 하지 않고 앉아 있다면 그것은 명상에 잠긴 때였다. 그러나 이번만큼은 전혀 달랐다. 그녀는 실로 멍하니 한 가지만 생각하고 있었다. 바로 용복이었다.

그녀는 서둘러 종이와 붓을 꺼내들었다. 그리곤 주변의 모든 사람을 물린 채 거침없이 서신을 작성했다. 수신자는 쓰시마 도주 소우 요시쓰구가 아닌 안용복이었다. 서신을 작성하는 동안 나오코의 얼굴은 점점 슬픔으로 어그러졌다. 습관처럼 간신히 참고 있던 감정이 솟구치는 것이었다. 글자를 더할수록 그녀의 마음 또한 더해져 용복이 그렇게 망가진 것에 대한 안타까움이 고스란히 서신에 묻어났다. 어물전에서는 미처 당황하여 전하지 못한 말들을 그대로 서신에 담아내었다. 물론 정제된 말들과 절제된 감정으로 써내려간 것들이었다. 다만 그것들을 조절하여 쓰는 그녀의 마음은 넝마처럼 찢겨져 말로 형언할 수 없는 쓰라린 상실감이 들었다.

서신을 완성한 나오코는 거푸 내용을 살폈다. 혹여나 실수한 대목은 없는지 주제넘게 호소한 곳은 없는지 꼼꼼히 다시 훑어보았다. 그리고는 홀로 가만히 눈을 감고 숨을 골랐다. 그녀는 서신을 적는 내내 수시로 멋대로 치솟는 감정을 긴 심호흡으로 간신히 억누르며 천천히 호흡을 골랐다. 애써 연달아 깊이 숨을 고르고 나니 마음이 조금은 진정되는 듯도 하였다.

눈을 떠 창밖을 살폈다. 벌써 어둠이 짙게 내린 지 오래였다. 나오코는 잠시 고민하는가 싶더니 지체 없이 몸을 일으켰다. 손에는 용복에게 전할 서신이 들려 있었다.

나오코는 부러 일행 없이 길을 나섰다. 왜인이 왜관 밖을 출입하는 일은 불법이었다. 본디 원리원칙을 철저히 지켜내며 살던 그녀였지만, 이번만큼은 그런 생각을 할 겨를이 없었다. 오로지 용복이 놀라지는 않을까 걱정하는 마음만 머릿속에 가득했다. 다른 일행을 대동하지 않은 이유도 오직 용복 때문이었다. 왜인에 대한 두려움이 생긴듯한 그에게 왜인들을 우르르 보일 순 없는 노릇이었다.

이 많은 것들을 무릅쓰고 그에게 망설임 없이 달려가는 이유는 하나였다. 일말의 희망. 비록 그가 큰 상처로 망가졌다 하더라도 작은 응원과 위로가 그에게 다시 일어설 힘을 심어줄지 모른다는 바람 때문이었다. 나오코는 무엇보다 그를 가슴 깊이 믿고 있었다. 지난날 반백일이 넘도록 그가 보여준 모습들을 토대로 한 생각이었다. 그녀는 단지 그의 용맹하고 당당한 옛 모습을 다시 보고 싶었다. 그 뿐이었다. 아마 용복이 쓰시마 도민이었더라면 당장에 장수로 천거할만한 인물이었다. 그러나 이미 온전한 생각을 할 수 있는 이성이 사라진 듯한 그에게 지금 일어난 이 모든 일들이 부디 거짓이길 바라는 마음뿐이었다.

기억을 더듬어 용복의 초가에 다다른 나오코는 멀찍이 서서 다시 숨을 골랐다. 그가 행여 자신을 보고 겁에 질려 피하지는 않을까 생각하니 벌써 가슴이 저며 왔다. 약해진 그를 다시 본다는 것 또한 그녀에겐 상처가 될 일이었다. 그러나 그녀는 지금의 이 괴로움을 훗날의 발판으로 삼기 위해 용기를 내어 걸음을 옮기었다.

초가에 가까이 다가가니 어디선가 말소리가 들려왔다. 불빛 하나 없는 초가에서 대화라니 이상했다. 게다가 아주 숨죽여 나직이 말하는 것도 수상했다. 신경을 곤두세우지 않았다면 말소리라고 파악하기도 어려웠을 정도였다. 나오코는 습관처럼 경계태세를 취했다. 그리곤 용복의 집 주변을 천천히 살폈다. 그러는 동안 소리의 근원지는 점점 더 분명해졌다. 바로 용복의 방이었다. 주춧돌엔 용복과 그의 어머니의 다 헤진 짚신 두 켤레가 전부였다. 그런데 분명 말소리는 두 남자의 음성이었다.

"뱃놈들은 본디 항해에 대한 두려움은 없습니더. 하지만 이번 일은 긴 항해를 꼭 피해야 할 것입니더."

"무슨 소리요? 한번에 가야지 혹시 겁이나는게요? 언제까지 미친사람 노릇을 할 셈이오? 이 일은 놀러가는게 아니오."

"그기 아이고 이번엔 내캉 혼자 가는 길이 아니란말입니더. 선원들도 무리없이 가가 ……."

용복의 목소리였다. 심각하고 은밀한 이야기가 오가는 모양이었다. 본의 아니게 엿듣게 된 나오코는 서둘러 초가를 빠져나가려 했다. 아무리 용복에게 용건이 있다한들 미리 약속된 시간이 아니었기에 자신은 불청객이었다. 걸음을 빨리 옮기자니 기척이 날 것 같았다. 때문에 조심스레 걸음을 옮기려는 순간 방 안에서 말소리가 뚝 끊겼다.

문이 벌컥 열리고 잠시간 아무 소리도 들리지 않았다. 초가 한 쪽에 몸을 숨긴 나오코는 더욱 숨을 죽였다. 그 틈에 제 몸을 내려다보았다. 요시히사의 모습이었다. 자신은 여인 나오코로서 이 집을 찾은 것이 아니었다. 그녀는 잠시 잊었던 자신을 떠올리자 서늘한 기분이 들었다.

고요하던 방 안에서 누군가 조심히 나섰다. 없던 신이 새로 생기고 그 신을 신고 나선 이는 용복이 아니었다. 승복을 차려 입은 것으로 보아 승려인 듯싶었다. 나오코는 두 눈을 질끈 감고 숨소리를 더욱 늦추었다. 그 어떤 비밀도 알고 싶지 않았다. 그러자면 최대한 빨리 이곳을 벗어나야 했다. 다만 흔적 없이 빠져나가려니 용복의 동태를 주시할 수밖에 없었다. 왜인이 왜관을 벗어난 것부터 이미 엄청난 규율 위반이었다.

용복의 집에서 나온 승려는 뇌헌이었다. 그는 다행히 어떤 것도 눈치 채지 못한 채 조용히 초가를 빠져나갔다. 그제야 나오코는 숨을 돌렸다. 이제 용복이 다시 방으로 들어가면 서둘러 자신도 떠나면 될 일이었다.

순간 번쩍 빛이 일었다. 나오코의 어깨에 강렬한 통증이 들었다. 붉은 피가 배어났다. 뒤이어 차가운 목소리가 들렸다.

"웬 놈이냐."

강인한 목소리는 분명 용복의 것이었다. 낮에 조시에서 마주친 나약한 그것이 아니었다. 일전에 왜관에서 수도 없이 들었던 무게가 있고 분명한 용복의 목소리였다. 강단 있고 우직한, 본래 알던 그 소리를 듣고 나니 그녀는 순간 긴장이 풀렸다. 몰래 사람을 만나고 평소엔 미친 시늉을 한다는 사실을 알았으니, 용복이 무언가 꾸미고 있다는 것이 분명해졌지만 상관없었다.

용복이 미친것이 아니라면 그녀의 품안의 서신은 부끄러운 것이었다. 나오코는 단지 그 사실을 확인한 것만으로도 가슴이 벅차왔다. 비밀을 지키기 위해 본인이 희생 된다면 그것만으로도 큰 의미가 있었다. 어차피 삶에 미련 따위는 없었다. 바른 길로 가기 위한 신념을 지키기 위해 희생된다면 그뿐이라는 생각이 들었다. 나오코는 천천히 몸을 일으켜 용복을 마주했다. 얼굴을 확인한 용복 또한 적잖이 놀란 상태였다. 그는 차분하게 왜어로 물었다.

"관수왜가 여긴 어인 일로."

요시히사가 작게 목례했다. 용복의 칼날이 여전히 요시히사의 목에 바짝 닿아있었다.

"일행이 있소?"

용복의 말은 서릿발처럼 차가웠다. 요시히사가 고개를 가로저었다.

"결코 없습니다."

용복이 칼자루를 쥔 손에 더 힘을 주었다. 그러나 그는 어떤 동작도 하지 못한 채 머뭇대었다. 요시히사는 그것으로 충분하다는 생각으로 입을 열었다.

"단죄하십시오. 비밀의 힘은 나눌수록 가벼워지는 법입니다."

"대마도주의 혈육이라면, 쉽게 손댔다간 일이 커질 것이오."

용복이 망설이는 이유였다. 틀린 말은 아니었다. 요시히사는 당장 용복이 싸워야 할 쓰시마 도주의 동생이었다. 게다가 그가 조선에 와있다는 사실 또한 공공연한 데다 관수왜라는 직책까지 맡고 있는 이였다. 그런 그가 밤새 사라졌다는 소식이 전해지면 큰일일 터였다. 당장 담판은커녕 도리어 쓰시마 도주를 자극하는 꼴이 될 가능성이 컸다. 나아가 새로운 왜란의 불씨가 될 수도 있었다. 용복은 침착하게 요시히사를 응시했다. 그의 표정에서 악의는 읽을 수 없었으나 그렇다 하여 경계를 늦출 수도 없었다.

요시히사는 그 자리에 무릎을 꿇었다. 품 안의 서신을 전할 용기가 없었다. 그것은 분명 주제넘은 서신이었다. 어깨에서 배어나온 피가 어느덧 흘러내려 그녀의 소맷자락을 적시고 있었다. 용복 또한 당황했으나 아직 그의 의중을 파악하지 못한 상태로 경계를 늦출 수는 없었다.

"오늘 낮에 어물전에서 뵈었던 것을 기억하십니까. 제가 기억하는 안공은 그런 분이 아님에도 모든 의욕과 기개를 잃으신 모습이었습니다. 모른 체 돌아서야 했으나 진종일 머릿속이 복잡했습니다. 그리하여 주제넘은 줄 아오나 안공을 믿고 있는 이가 하나쯤은 있다는 것은 알려드리고자 걸음을 한 것인데….”

그답지 않게 요시히사가 말끝을 흐렸다. 어깨의 통증이 점점 심해졌기 때문이었다. 약한 모습을 보이는 요시히사의 모습은 용복에게도 낯선 것이었다. 순간 냉정을 되찾은 용복이 칼끝을 요시히사의 목덜미에 바투 들이대었다.

“왜인이 조선인을 걱정해? 고양이가 쥐 걱정을 하는가?”

용복의 말에 날 선 가시가 돋아 있었다. 요시히사가 품안의 서신을 꺼내들었다. 살아남기 위해 결백을 주장하려는 것은 아니었다. 단지 용복이 자신을 오해하지 않기를 바라는 마음 때문이었다. 알아선 안 되는 비밀을 알았고, 신념을 위해 죽어도 좋았지만 부디 그가 자신의 속뜻을 오해하는 것만은 말아주길 바라는 마음뿐이었다. 왜 그런 미련이 남는 것인지 그녀는 본인 스스로도 그 이유를 미처 깨닫지 못했다.

요시히사가 내민 서신을 용복이 받아 펼쳐들었다. 꽃을 꽂았다 뺀 흔적이 미약하게 남아 있었다. 그녀는 자신도 모르게 연서戀書인 양 꾸몄었다. 급한 마음으로 써내려갔으나 글씨는 정갈했다. 요시히사의 말 그대로였다. 가슴이 뜨겁게 벅차오를 만큼 고마운 내용이었다. 잠시 스쳐간 이에게 던질만한 믿음은 아니었다. 용복은 그를 지그시 바라보았다. 요시히사는 고개를 들지 못했다.

용복은 머리가 복잡했다. 숱한 갈등이 그의 머릿속에서 소용돌이쳤다. 이 말들이 거짓이라고 여기고 싶지 않았다. 그간 그가 보여주었던 수많은 모습들에서 가식은 없었다. 대대로 쓰시마를 다스려온 소우 가문이라곤 믿어지지 않을 정도였다. 비열하고 기회주의적인 가문의 분위기에서 오히려 그는 돌연변이 같았다. 융통성이 없어 답답할 정도로 원칙을 중시했고 그것은 신분고하를 막론했다. 그렇기에 스스로 솔선수범하여 원칙을 준수하곤 했다. 50여 일간 용복이 왜관에 갇혀 지내는 동안 파악한 그의 성품이었다. 그는 몸은 다소 왜소했지만 분명 책임감이 강하고 신의를 저버리지 않는 강직한 이였다.

다만 문제라면 그가 왜인이라는 것이었다. 비약이 심했으나 최대한 나쁜 쪽으로 생각해 본다면 그가 그동안 보여준 모습까지 모두 짜놓은 계략일 수 있었다. 그만큼 소우 가문은 집요했고 끈질겼다. 아버지가 그랬고 형님들이 그랬으니 그 또한 은연중에 그들의 가치관을 배우고 습득했을 가능성이 높았다. 그것을 부인하고 꿋꿋이 제 신념을 지켜온다는 것은 웬만한 정신력으로는 불가능한 일이었다.

선뜻 답을 내릴 수 없는 문제였다. 결국 용복이 요시히사를 믿느냐, 마느냐의 문제였다. 지금껏 치밀하게 이웃들을 모두 속일 정도로 모든 일을 철두철미하게 잘 진행해왔다. 그러던 용복이 왜인 하나 때문에 이렇게 갈등한다는 것은 본인 스스로도 이해하기 어려운 일이었다. 대의가 새어나가는 것을 막기 위해 숨통을 끊는 것이 옳았다. 그러나 그 당연한 사실 앞에 용복은 망설이고 있었다.

"죽이십시오. 죄를 지었으니 할 말이 없습니다."

요시히사가 먼저 말했다. 그녀는 늘 죽음을 염두에 두고 살아왔다. 혼기가 지났지만 지켜야할 가족도 만들지 않았고 가문 사람들은 하나같이 모두 못마땅했다. 이승에 미련이라고는 생길 것이 없었다. 그녀는 그저 주어진 일을 열심히 하며 살아왔을 따름이었다. 그러니 당장 떠나도 아쉬울 것이 없는 삶이었다. 그런 그녀가 유일하게 감정을 소모했던 일이 바로 오늘 용복과의 만남이었다. 그리고 그 모든 것이 기우였음을 알게 된 이 순간, 그 미련 또한 사라졌다. 그가 허무하게 변하지 않았다는 사실을 확인한 것만으로 충분한 위안이 되었다. 만족스러운 결과였다. 그녀는 용복을 찾아온 것을 결코 후회하지 않았다. 요시히사는 눈을 질끈 감았다.

"관수왜를 죽일 수는 없소. 대마도에서 그 사실을 알게 된다면 분명 귀찮은 일이 생길 것이오."

용복의 말이었다.

"대신, 그대를 이용할 것이오. 그대를 활용하여 대마도의 동태를 감시하고 유사시에 그대를 인질로 삼을 것이오."

결국 용복은 그를 죽이지 않겠다는 의사를 밝혔다. 그러자 도리어 요시히사의 머리가 하얘지는 기분이 들었다. 이 자는 무엇을 믿고 이토록 낭만적인 선택을 한단 말인가. 행여 자신이 다른 생각을 품고 있다면 이는 얼마나 위험한 선택이 될 것인가. 이와 같은 따뜻한 가슴이 그토록 조선만을 위해 애쓰는 추진력을 만들어주는 것이 아닐까. 과연 용복다운 선택이었다. 이젠 요시히사가 그에게 답을 줄 차례였다. 그가 이 선택을 후회하지 않게 만들 칼자루는 이제 요시히사가 쥐고 있는 셈이었다.

"내가 그 뜻에 불복한다면?"

요시히사가 서늘하게 물었다. 예상치 못한 반응에 용복이 주춤 물러섰다. 저도 모르게 나온 방어태세였다. 요시히사는 미동도 없이 용복을 똑바로 쳐다보았다.

"왜인이, 그것도 관수왜가 왜관을 벗어났다는 사실만으로도 그대는 위험에 처한 셈이오. 그 사실을 아는 건 바로 나고. 약점을 잡힌 이상, 내 뜻에 불복할 순 없을 테지."

"적어도 목숨 줄 정도는 틀어쥐어야 진짜 약점이라 하지 않겠습니까?"

요시히사가 천천히 몸을 일으켰다. 그녀를 겨눈 칼을 쥔 그의 손에 땀이 흥건히 배어 나와 있었다. 어떻게 변할지 알 수 없는 상황으로 용복은 목이 바짝 타들어갔다.

요시히사는 꼿꼿이 자리에 서서 천천히 하오리를 벗었다. 정황을 도저히 이해할 수 없으니 용복이 무어라 말릴 수도 없었다. 요시히사가 천천히 옷을 벗는 동안 용복은 쥐고 있는 칼자루에 더욱 힘을 바투 주는 것 외엔 달리 할 수 있는 것이 없었다.

요시히사는 덩치를 부풀리기 위해 겹겹이 껴입은 옷들을 하나씩 벗었다. 점점 드러나는 목덜미가 유난히 희고 고왔다. 용복은 이 알 수 없는 계략에 말려들어선 안 된다는 생각으로 겨누고 있는 칼끝에 더욱 힘을 주며 긴장의 끈을 놓지 않았다.

마침내 옷가지를 모두 끌러내고 나니 가슴팍에 친친 휘감은 천이 보였다. 단단히 동여매어 분명하지 않았지만 마른 가슴팍으로 짓눌린 살집이 보였다. 작은 체구의 남성에겐 어울리지 않는 가슴 모양새였다. 요시히사는 망설임 없이 천을 끌러내기 시작했다. 휘감은 강도가 느슨해질수록 가슴팍이 봉긋하게 솟아났다. 흰 윗 가슴에 있는 작은 점 하나가 유난히 도드라졌다.

"그만하시오!"

결국 참다못한 용복이 외쳤다. 순간 요시히사의 손이 멈췄다. 용복이 믿을 수 없다는 듯 물었다. 뇌헌과 주고받던 말소리만 큼이나 조심스럽고 나직한 목소리였다.

"여, 여인이시었오?"

"직접 보시면 알겠지요."

나오코가 멈추었던 손을 다시 움직였다. 당황한 용복이 칼 대신 손을 뻗어 그녀의 손을 붙들었다. 더 이상 보이지 않아도 된다는 뜻이었다. 외간 사내에게 젖가슴을 내어 보인 여인의 미래를 상상하고 싶지 않았다. 그에게 손목을 붙잡힌 나오코는 순간 발끝이 저릿해옴을 느꼈다. 난생 처음 겪는 기분이었다.

"끝까지 확인을 하서야지요. 그래야 이 숨통을 틀어쥐지 않겠습니까?"

언제 다시 움직일지 모르는 나오코의 손목을 틀어쥔 용복이 고개를 가로저었다.

"아니오, 됐소. 이만하면 분명히 알았소. 그 솟아오른 앞섶을 보고 어찌 의심할 수 있겠소."

용복의 얼굴이 붉게 물들었다. 나오코가 어느 정도 진정한 듯 보이자, 그가 붙들었던 손을 거두었다. 그러나 나오코는 그대로 그의 손을 다시 붙잡아 제 가슴으로 당겼다. 용복의 투박한 손바닥에 뭉클한 살집이 닿았다. 당황한 용복이 서둘러 손을 떼었으나 그 감촉은 너무나 선명했다. 얼굴은 싸늘했지만 귀가 새빨갛게 달아오른 나오코가 옷을 주우려 몸을 숙였다.

순간 날카로운 통증이 어깨를 파고들었다. 저도 모르게 신음이 새었다. 뒤늦게 혀를 깨물어 보았지만 이미 늦었다. 그제야 용복도 그녀의 어깨에 깊게 패인 상흔을 생각했다.

"우선 방으로 들어 치료합시다."

용복이 그녀를 부축하여 일으켰다. 가까이 몸이 밀착되자 나오코가 흠칫 놀라 몸을 뺐었다. 머쓱해진 용복도 그녀를 놓아주었다.

"돌아가서 치료하겠습니다."

"이미 피를 많이 흘려서 아니 되오."

용복이 결코 강압적이지 않은 표정으로 그녀를 방으로 이끌었다. 주변을 살피며 경계심을 늦추지 않던 그녀는 결국 그의 방으로 이끌려 들어갔다.

용복은 부러 나오코를 등지고 앉아 깨끗한 천을 건네었다. 그녀가 수치심을 느끼지 않게 최대한 돕는 것이었다. 그의 떡 벌어진 등을 바라보며 나오코는 작게 웃었다. 안도감이었다. 도대체 어떤 사내가 이런 상황에 등을 지고 앉을 수 있을까. 모든 것이 용복의 인품을 보여주는 감동적인 요소였다.

여전히 그는 나오코에게서 등을 지고 앉아 약초를 꽁꽁 찧어 그녀에게 건네주었다. 물론 그녀의 시선을 피한 채였다. 스스로 상처에 약초를 바르고 잘 동여맨 나오코는 서둘러 옷을 껴입었다. 옷이 워낙 많아 다행히 하오리까지 피가 배어나진 않았다.

"어찌 여기까지 왔소?"

용복이 그제서야 조심히 물었다.

"여인의 몸으로 굳이 사내 노릇까지 해가며 타국에 올 이유가 없지 않소? 좋은 가문에, 그만하면 미모도, 지식도 수준급인데."

머뭇대던 나오코가 시선을 떨구며 간신히 말했다.

"안공을… 만나기 위해서였는지도 모르지요."

전혀 예상지 못한 답에 용복이 놀라 나오코를 돌아다보았다. 부끄러움에 고개를 푸욱 떨군 그녀의 뒷목덜미가 유난히 희게 빛나보였다.

서궐의 대전大殿인 융복전隆福殿에서 미세한 불빛이 새어나오고 있었다. 오늘도 숙종은 숙빈 최씨의 처소로 행차한 체 하고 대전에 머물러 있었다. 그의 앞에는 어김없이 남구만이 머리를 조아린 채 마주 앉아 있었다. 두 사람은 그 어느 때보다 진지한 대화를 나누고 있었다. 쓰시마의 외교관 다치바나 마사시게가 골머리를 앓게 한 탓이었다.

"귤진중이 대마도로 돌아갔다기에 모두 마무리된 것으로 알고 있었는데 오히려 골치가 아프게 되었소."

"전하께오서도 보시어 아시겠지만 그는 참으로 교활하고 끈질긴 자이옵니다. 따라서 지난번처럼 안일한 대처를 하시었다가는 정정마저 어려워지실 것이오니 다시는 그런 일을 반복하시는 것은 아니 되실 것으로 사료되옵니다."

지난번 안일한 대처에서 이어진 새로운 문제가 화두였다. 쓰시마 도주가 칭한 '다케시마'를 인정하되 '울릉도'와는 다른 섬인 것으로 인식한 체 했더니 울릉도와 관련한 대목은 지워 달라고 청해온 것이다. 뻔뻔하고도 대담한 청이었다. 게다가 속셈이 빤히 들여다보이는 요구이니 보통 난감한 것이 아니었다. 만약 그 청을 곧이곧대로 들어준다면 분명 나중에 매서운 화살이 되어 돌아올 것이 자명했다. 당연히 그 청은 들어줄 수가 없는 것이었다. 그럼에도 조정 대신들은 여전히 미봉책으로 입막음을 해 대충 넘어가려고만 들었다.

다치바나 마사시게는 숙종이 원하는 대로 서신을 수정해주기 전까진 조선을 떠나지 않겠다며 동래부 왜관에 오래도록 머무르고 있었다. 그는 쓰시마 도에서 소우 가문 다음 가는 세력을 유지하고 있었다. 그 또한 야망이 소우 가문 못지않아 늘 그 가문의 곁에서 크고 작은 일들을 도맡아 하며 지내왔다. 그의 야망 또한 다르지 않았기에 언제든 조선을 찬탈하기 위해 호시탐탐 기회를 엿보고 있는 중이었다. 다만 도주島主의 신분이 아닌 외교관이기에 그의 행동은 더욱 노골적인 양상을 띠곤 했다. 굳이 체면치레를 할 필요가 없기 때문이었다. 그는 언제나 문제를 만들어 구체적이고 분명하게 조선 측에 요구를 해왔다. 언제든 울릉도를 쓰시마 소유로 돌리려는 속셈이 확연해 보였다. 지나치게 뻔뻔한 그의 태도에 조선 조정은 선뜻 답을 하지 못하고 늘 쩔쩔매고 있었다.

그러나 남구만은 달랐다. 진정으로 조선을 위한 일이라면 서슴없이 나서서 일을 진행하였다. 처음 다치바나에게 주었던 서신을 돌려받고자 행동한 것도 남구만이었다. 왜인들이 울릉도를 점거하면 가까운 강릉과 삼척이 큰 위해를 당할 것이라고 예측한 결과였다. 시작은 강릉, 삼척 등지의 동쪽 해안일지 모르나 점점 뻗어나간다면 조선 전체가 위험에 처하게 될지도 몰랐다.

이에 남구만은 기어이 다치바나에게서 서신을 돌려받는 것에 성공했다. 모두 숙종이 뒤에서 든든히 버텨준 덕이었다. 그러나 숙종은 전혀 전면에 나서지 않았다. 남구만과 그 측근 몇이 소수로 단행한 일처럼 보이게 했기 때문이었다. 많은 대신들이 그들을 경계하고 왜란이 일어날 것을 두려워했지만 남구만은 개의치 않았다.

그는 서둘러 서신을 정정했다. 우선 쓰시마 도주가 칭한 다케시마가 울릉도임을 인지했다는 사실이 중요했다.

울릉도와 다케시마는 동일한 섬을 지칭한다. 그러나 울릉도는 조선이 꾸준히 수토사를 보내어 관리하는 조선의 영토이다. 따라서 왜인들의 울릉도 출입을 엄금한다.

정정된 답신을 받아든 다치바나는 크게 분개했다. 그는 곧장 쓰시마로 돌아가지 않고 동래부에 계속 머무르고 있었다. 일종의 시위였다. 원하는 대로 서계를 다시 작성해주지 않으면 평생이라도 견딜 요량으로 보였다. 그는 동래부 왜관에 거주하는 왜인들에게 지급되는 조선의 쌀을 한 톨도 먹지 않았다. 지급되는 새 옷도 거부해서 거지꼴처럼 보일 지경이었다. 그의 그런 행동은 강력한 항의의 뜻이었기에 동래부사 이희룡이 수차례에 걸쳐 그를 꾸짖었으나 소용이 없었다. 그는 뜻을 굽히지 않았고 원하는 내용의 서계만을 원했다. 이에 대신들은 더욱 두려움에 떨고 있었다. 그의 분노가 거세어질수록 왜란의 위험이 커졌다. 이미 그의 분노는 당장이라도 전쟁을 치를 것처럼 차오른 상태였다. 그러나 남구만만은 흔들림 없이 일을 진행했다. 숙종 또한 그런 그를 지지해주었다.

그렇게 오래도록 왜관에 버티고 있던 다치바나가 갑자기 쓰시마로 돌아가겠는 뜻을 전했다. 갑작스런 쓰시마 도주 소우 요시쓰구의 병환 때문이었다. 본디 건강이 좋지 않던 그가 기어이 악화되어 병상에 누웠다는 것이었다. 초여름의 후텁지근한 날씨에 병상을 지고 누워있을 그를 생각하니 그는 가슴이 저몄다. 전前 도주인 요시자네가 서둘러 그의 귀환 명령을 보내왔다. 자칫 도주가 바뀔지도 모르는 상황이었다.

독이 오를 데로 오른 다치바나는 어차피 제대로 사용하지도 않으면서 버티고 서있는 조선이 못마땅하기만 했다. 그는 별수 없이 당장 쓰시마로 돌아가야 하는 처지였지만, 마음 같아선 수년이고 수십 년이고 버텨서라도 원하는 서계를 받아내고야 말겠다는 심정이었다. 결국 그는 동래부사를 통해 노골적인 서신을 보내는 것으로 일단락을 지었다. 언제고 다시 돌아올 의사가 있고 어떻게든 소우 가家를 도와 울릉도를 왜의 영토로 귀속시킬 작정이라는 내용이었다.

수시로 공차를 파견하여 다케시마를 수색하고 검사했다는 조선의 주장은 사실이 아니다. 쓰시마에서 수시로 왕래했지만 단 한 차례도 공차를 마주친 적이 없다. 따라서 다케시마는 조선의 영토라 할 수 없다.

조선과 왜가 통호한 후에 다케시마를 왕래하던 어민들이 표류하여 귀국 땅에 이르면 표류민을 돌려주는 일로 서신을 보냈다. 그 횟수만 하여도 벌써 세 차례인데, 이것을 침략이나 범월로 여겼다면 일찍이 세 차례의 서신에서 밝혔어야 한다. 그러나 범월과 침섭의 뜻을 밝히지 않았다.

첫 번째 회신에서는 울릉도와 다케시마를 다른 섬이라 칭했다. 그러나 정정 이후엔 두 섬이 두 개의 이름을 가진 하나의 섬이라 주장한다. 이는 국가 간의 서계가 오가는 진중한 자리에 경솔하게 말을 번복하는 것인가?

숙종과 남구만은 새로이 깊은 고민에 빠졌다. 모두 그간 안일하게 울릉도를 관리해온 탓이었다. 실로 조선 조정에서는 꾸준히 울릉도에 수토사를 보냈다. 쇄환정책을 시행하고 있었기에 숨어든 조선인들을 색출하기 위한 것도 있었다. 주로 공납을 피하거나 죄를 저지르고 도망한 경우가 많았다.

다만 당시 조선인에게 항해는 두려운 일이었다. 주로 태어난 고을에서 멀리 벗어나지 않은 채 생을 마감하는 이가 대부분인 시대였다. 그런 때에 배를 타고 섬에 간다는 것은 그 자체로 공포였다. 높은 파도를 견디지 못하고 배가 부서지는 경우도 있었고, 항로를 잘못들어 표류하는 경우도 많았다. 따라서 목숨이 아까운 이들은 수토사의 사명을 다하지 않고 거짓 보고를 하기도 했다.

이에 숙종은 거짓 보고를 피하고자 증거를 가져오라 일렀다.

울릉도에서만 볼 수 있는 붉은 흙을 가져오라는 명이었다. 울릉도의 주토굴朱土窟에서만 나는 주황빛을 띠는 흙이었다. 그러나 나중에는 이 증거조차 돈을 주고 사는 경우가 생겼다. 몰래 울릉도에 숨어 사는 이들에게 사주해 흙을 따로 구하는 방법이었다. 결국 항해가 두려운 관리들의 무책임에 울릉도는 점점 버려진 섬으로 변해갔다. 오로지 생업을 위해 나서는 백성들만이 목숨을 걸고 항해를 감행하곤 하는 곳으로 되어갔다.

그러나 왜인들과 조선 수토사가 만난 적이 없다는 것으로 영토의 주인을 따진다는 것은 우스운 일이었다. 따라서 그 항목은 큰 문제가 되지 않았다. 진짜 문제는 그 다음부터였다. 실로 일찍이 왜인들은 울릉도에 수시로 왕래하였다. 분명 법으로 엄금되어 있었으나 어민들부터 해적까지 다양하게 드나드는 탓에 일일이 막아내기가 어려운 실정이었다. 이를 그때마다 깊게 문제 삼지 않고 넘어갔던 것들이 이렇게 뒤통수를 치게 된 것이었다. 울릉도와 다케시마를 다른 땅인 체 했다는 대목은 할 말이 없었다. 뒤늦게 정정했지만 처음 했던 안일한 대처가 큰 부스럼을 만드는 꼴이 되고 말았다.

날이 바뀔수록 숙종의 얼굴에는 수심이 깊어갔다. 곁에 앉아 함께 고민하던 남구만도 마찬가지였다. 인고의 시간이 흐르고 숙종이 오랜 고민 끝에 입을 열었다.

"괜히 돌려 말을 해 위험을 줄이려다 이런 큰일을 당했소. 그러니 이제는 그런 얕은 수는 쓰지 않는 것이 좋겠소."

무언가 결단이 선 듯한 말이었다. 남구만은 그런 숙종의 어안을 살피며 머리를 조아렸다. 숙종은 곧장 지필묵을 대령케 했다. 그리곤 망설임 없이 답신을 손수 써내려갔다. 정갈한 필체에서 결연한 그의 의지를 느낄 수 있었다.

조선은 울릉도에 꾸준히 수토사를 파견해왔다. 이는 '여지승람'에도 기재되어 있는 명백한 사실이다. 그러므로 수토사를 만난 바가 없어 조선이 울릉도를 버린 것이라는 주장은 억측이다. 우리는 울릉도를 결코 포기한 적이 없으며 앞으로도 꾸준히 조선의 영토로서 관리해 나갈 것이다.

왜의 어민들을 고스란히 돌려보내준 것은 정의正意 논리에 입각한 것이다. 인도주의적 차원에서 죄를 묻지 않고 무사히 귀국시킨 것일진대 왜가 이를 트집 잡는 것은 불가하다.

또한 애매모호한 문장은 관원의 실언이었다. 왜인들도 알고 있듯 다케시마는 조선의 울릉도와 같다고 서계를 고쳐준 바 있으니 이제와 문제 될 것이 없다.

다치바나가 쓰시마로 돌아가는 6월 10일에도 어김없이 날이 밝아왔다. 아직 조정에선 답신이 오지 않은 상태였다. 답답한 마음이 들어 동래부사를 수차례 만나 독촉을 하였으나 도무지 답이 오지 않고 있었다. 이대로 쓰시마로 돌아간다면 당분간 이 일을 진행할 수 없을 것이라는 생각에 그는 더욱 마음이 초조했다.

차왜가 동래부에 오고 갈 때마다 조선에선 하선연下船宴, 상선연上船宴을 성대하게 열어주곤 하였다. 유일하게 쓰시마를 통해 왜와 교역하는 입장에서 하는 우호적인 환영이었다. 오늘도 다치바나를 위한 상선연이 성대하게 마련되었다. 그간 하사한 쌀이나 옷 등 수많은 소모품을 거절해온 그로서도 상선연에 불참할 수는 없었다.

다치바나가 상선연에 당도하자 동래부사 이희룡이 들고 있던 답신을 건넸다. 조정으로부터 간밤에 인편으로 도착한 답신이었다. 자리에 앉지도 않은 채 서둘러 답신을 읽어 내려가던 다치바나의 낯빛이 싸늘하게 굳어지더니, 그는 그 자리에서 답신을 구겨버렸다. 지켜보던 동래부사와 군관들이 칼자루에 손을 얹으며 긴장 태세를 갖추었다.

"그간 그리도 미루더니 고작 이따위 답신인가…."

부들부들 떨며 분통을 터트린 다치바나는 마련되어 있던 제자리에 씩씩대며 앉았다. 속이 있는 대로 뒤틀려있던 그는 밥알을 한 톨도 입에 대지 않는가 싶더니 연회가 진행되는 동안에도 오로지 상에만 얼굴을 처박고 있었다. 그러던 그가 뭔가 결심이 선 듯 곧장 그 자리에서 조선 측에 반박 답신을 작성했다. 잔뜩 울화가 치민 그의 얼굴을 보고 있자니, 이대로 돌아가면 당장이라도 수만 대군을 이끌고 조선으로 쳐들어올 기세였다.

다치바나는 반박 답신을 쓰자마자 자리를 박차고 일어섰다. 연회가 끝나기를 기다릴 만한 인내심마저 바닥이 나 버린 듯했다. 그는 조선 측에서 준비한 선물들은 거들떠보지도 않은 채, 방금 작성한 반박 답신을 이희룡에게 내던지듯 건네고는 홀연히 연회장을 떠버렸다. 그런 그의 무례한 태도를 바라보던 이희룡이 치밀어 오르는 분노를 참느라 부들대는 주먹을 쥐락펴락했다.

이 모습을 처음부터 지켜보던 동래부 사람들은 당장이라도 왜란이 터질 거라며 두려움이 가득한 얼굴로 수군대기 시작했다. 그런 상황에 동래부사까지 경거망동을 할 순 없는 노릇이었다.

이희룡은 아랫입술을 지그시 깨물며 조용히 다치바나를 따라갔다. 어차피 상선연의 끝자락은 성대한 배웅이 포함되어 있었다. 다만 마음가짐이 달랐다. 이희룡 또한 분이 잔뜩 오른 터였지만, 그 또한 사태가 크게 번질까 우려되는 것도 사실이었다. 마음 같아선 당장 다치바나를 관아로 끌고 가 호되게 문초하고 죗값을 치르게 하고 싶었다.

"스스로 얼마나 무례한 행동을 했는지는 잘 아실 것이오."

묵직하게 이희룡이 운을 떼었다. 다치바나는 아주 못마땅하다는 듯 돌아보았다.

"전하께오서 하사하신 하사품들을 거부하시다니요. 그간 차왜께서 보이신 온갖 무례들을 다 눈감아 드렸습니다. 그런데 은혜도 모르고 이따위 조악한 답신을 전하라 하십니까? 차왜께 벌을 주어도 모자랄 일입니다."

다치바나가 기가 막히다는 듯 이희룡을 노려보았다. 그러나 이희룡 또한 그에 밀리지 않고 그의 강렬한 시선을 똑바로 맞받았다.

동래부사 이희룡은 그간의 동래부사들과는 차원이 달랐다. 유난히 사람이 많이 바뀌었던 관직이었다. 그만큼 말도 많고 탈도 많은 자리였다. 동래부는 왜와 손을 잡는 것은 기본이요, 온갖 탐관오리들이 판을 치기 딱 좋은 지역이었다. 상인들이 많기에 따로 뒷돈을 받아 챙기기에 이곳만큼 좋은 곳이 없기도 했다. 그러나 이희룡은 달랐다. 털끝만큼의 타협도 없었으며 오로지 조선을 위해 일하는 강직한 벼슬아치였다. 그런 그가 타국의 관료를 이토록 묵직하게 질타를 하다 보니, 삽시간에 주변 공기가 차갑게 얼어붙어 있었다.

순간 다치바나도 속으로는 더럭 겁이 나는 게 사실이었다. 그러나 짐짓 그는 아무렇지 않은 체하며 부러 더욱 허리를 꼿꼿이 세웠다. 행여 이대로 이곳에서 옥살이를 할 수도 있다 생각하니 순간 눈앞이 아득해졌다. 야망에 눈이 멀어 조선의 왕을 상대로 너무 경거망동한 것이 자못 후회가 되기도 했다. 이대로 쓰시마 도주 요시쓰구의 임종을 지키지 못하게 된다면 평생을 얼마나 사무치게 괴로울 것인가.

이희룡은 잠시 상념에 잠긴 다치바나의 시선을 곧장 잡아내었다. 그러나 굳이 지적을 해가며 티를 내지는 않았다. 대신 남구만과의 만남을 떠올렸다. 이희룡이 막 동래부사로 부임했을 때였다.

부임하기 무섭게 그는 동래부의 탐관오리들을 단속했다. 특히 개인적으로 왜인들과 관계를 맺는 것을 엄중히 경계하라고 일렀다. 왜관이 있는 탓에 유난히 왜인들을 자주 마주치는 이 지역이 바로 침략의 발판이 될 수도 있는 곳이었다. 대부분의 동래부사들은 그 사실을 간과하고 당장 개인의 이익만을 챙기기에 바빴다. 그런 부사들 밑에서 일해 온 숱한 관원들 또한 마찬가지였다. 이에 이희룡은 제일 먼저 그런 관행을 바로 잡으며 동래부사로서 자리를 잡으려 한 것이었다. 그런 이유로 그는 거의 모든 관원들의 원성을 샀지만 백성들은 이희룡을 칭송했다. 부녀자들을 괴롭히고 조선 상인들의 자리를 빼앗는 왜인들을 엄중히 단속해준 덕에 백성들이 살기에 한결 나아진 덕이었다.

그런 이희룡의 이야기를 들은 남구만은 서둘러 그를 찾았다. 그리곤 비밀리에 준비 중이던 자신의 세력에 이희룡을 가세시킨 것이다. 물론 남구만이 아니었더라도 그는 홀로 꿋꿋이 조선을 위해 일을 할 자였다. 그러나 남구만을 필두로 한 세력의 전폭적인 지원 덕에 그도 힘을 상당히 얻게 되었다. 그는 혼자가 아니라는 생각에 마음의 부담을 덜어낼 수 있었고 자신이 행하는 일에 더욱 확신을 가지게 되었다.

덕분에 그는 다치바나에게도 위험을 무릅쓰면서까지 이런 가시 돋친 말을 당당하게 할 수 있었다. 그의 태도는 공손했으나 이는 분명 경고였고, 꾸짖음이었다.

"내 당장 차왜를 옥에 가두고 이 무례함을 벌할 수 있소. 그러나 백성들이 두려움에 떨고 있으니 내 차왜께 기회를 한 번 더 드리도록 하겠소."

이희룡은 강경한 자세를 조금 누그러뜨리며 다치바나가 배에 오를 수 있도록 길을 터주었다. 이에 다치바나는 간신히 배에 오를 수 있었다. 잠깐이었지만 간담이 서늘한 순간이었다.

다치바나의 배가 떠나는 것을 지켜보며 이희룡은 천천히 이를 갈아 물었다. 이런 가치도 없는 싸움을 본인 혼자 힘으로 끝낼 수 있다면 얼마나 좋을까를 생각했다.

간신히 숨을 돌리고 앉은 숙종은 갑갑한 옷섶을 풀어헤쳤다. 남구만도 없이 고요한 실내에 정적이 감돌았다. 구석에 없는 듯 조아리고 있던 상선이 조심히 몸을 움직였다. 숙종은 습관처럼 그의 행동을 응시했다. 그가 소맷자락에서 작은 서신을 꺼내어 숙종께 올렸다. 서신을 받아든 숙종이 의아한 낯을 보였다. 정식으로 올린 문서도 아니고 몰래 상선영감이 따로 서신을 전할 이유가 무엇이란 말인가? 그는 조급한 마음이 들어 서둘러 열어보니 용복에게서 온 서신이었다. 한글로 정성껏 적힌 서신은 체를 교정하려 애쓴 티가 역력했다. 비록 한글이나 임금께 보내는 서신이니 정성을 다하려 한 그의 마음이 여실히 드러나 보였다.

서신의 내용은 예상보다 충격적이었다. 관수왜가 협력하겠다는 의사를 해왔는데 그는 남장을 한 여인이라는 것이었다. 함부로 소우가의 여식을 쳤다간 어떤 형태로 보복이 올지 알 수 없는 것이고 일단 큰 약점을 하나 잡은 셈이니 협력 약조는 무르지 않았으며 그녀는 소우가와 의견을 달리한 탓에 조선에 보내어졌고 이에 그녀 또한 협력 의지가 분명하니 일단은 믿어보겠다는 내용이었다.

서신 끝엔 결과적으로 임금의 명에 따르겠다는 문장이 적혀 있었다. 숙종은 잠시 상념에 잠겼다. 냉정하게 득과 실을 따져

보려는 것이었다. 여인이라는 약점까지 잡힌 그녀가 실로 조선을 도울 마음이 있다면, 쓰시마의 경계를 풀기 위한 좋은 미끼가 될 터였다. 그러나 이것이 거짓 편승이라면 모든 것이 수포로 돌아가게 되는 것은 물론 큰 난을 당하게 될 수도 있는 위험한 일이었다. 숙종은 자세한 정황이 적힌 서신을 다시 꼼꼼히 읽었다. 그녀가 여인이라는 것을 염두에 두고 서신을 읽자니절로 웃음이 터졌다. 분명 심각한 사안이었으나 웃음이 새는것을 멈출 수가 없었다. 관수왜인 소우가의 여식이 안용복을흠모하고 있었다. 게다가 스스로 먼저 약점을 잡히고자 여인인것을 밝혔다니 기가 막힐 노릇이었다.

이에 숙종은 확신하고 짧은 답신을 작성했다.

允許.

윤허. 숙종의 얼굴에 엷은 미소가 번졌다. 가문 내에서도 반기를 드는 이가 있다는 것은 소우가의 성에 이미 구멍이 났다는것을 의미했다.

그 무렵 쓰시마에서는 은밀한 이야기가 오가고 있었다. 다치바나의 일과는 별개로 쓰시마 도주가 따로 벌이던 일이었다.바로 나오코와 관련한 일이었다. 도주 요시쓰구가 병상에 눕고난 뒤 이 일은 전 도주인 아버지, 요시자네의 몫이 되었다.

"나오코가 안용복을 찾아갔단 말이지?"

요시자네가 눈썹을 씰룩이며 물었다. 그 앞에는 젊은 자객으로 보이는 남자가 부복하고 있었다. 바로 쓰시마 도주가 나오코를 감시하기 위해 심어놓은 첩자였다. 평소엔 서신으로 보고서를 전달하던 그를 이번만큼은 직접 불러들인 것이었다. 그것은 나오코가 안용복을 찾아가 만났다는 사실 때문이었다.

"그 뿐만이 아닙니다."

첩자가 다시 나즉히 입을 열었다. 요시자네도 긴장한 듯 마른 침을 삼켰다. 건너 방에서 요시쓰구의 거친 기침소리가 들려왔다. 당장이라도 숨이 끊어질 듯 괴로운 소리였다. 이에 아버지인 요시자네 또한 마음이 좋진 않았으나 한가롭게 병약한 아들 곁을 지키고 앉아있을 시간이 없었다. 어려서부터 폐가 안 좋아 잔병치레가 많았으니 어쩌면 이미 예견된 일이었는지도 몰랐다.

요시자네는 요시쓰구를 위해 더욱 재촉하듯 첩자에게 고개를 끄덕였다. 빨리 상황을 파악해야한다는 생각에 조급증이 난 탓이었다. 첩자는 혹여 누가 들을 세라 주변을 경계하며 조심히 말을 이었다.

"안용복이 다시 움직일 준비를 하는 듯했습니다."

"안용복이? 그 호된 고문을 받고도 다시?"

믿기지 않는 말이었다. 충성심이 대단한 장수도 그러지는 못할 터였다. 호된 고문은 둘째 치고 그는 조국에게도 배신을 당한 사람이었다. 충심 하나로 타국에서 그 모진 일들을 당하고, 조국에 돌아가서는 영웅은커녕 월경 죄인으로 지목되어 의금부에 붙잡혀 고문을 당했다. 그런 상황을 모두 알고 있는 요시자네는 안용복의 속을 도무지 이해할 수가 없었다.

"다시 왜로 넘어와 큰일을 치르려고 준비 중인 듯 하였습니다."

"전란이라도 일으키겠다는 말인가? 일개 어부 하나가?"

"그것은 아니옵고 아무래도 저희 소우가를 저지시키려는 의도가 아닌가 싶습니다만…."

안용복의 목적은 왜와의 관계 악화가 아니었다. 오로지 조선의 영토를 찬탈하려는 쓰시마의 야망을 막는 것이었다. 요시자네는 지그시 입술을 깨물었다. 잔챙이 같은 어부 하나 때문에 가문의 위업이 흔들리게 된 탓이었다. 그대로 당하고 있을 쓰시마가 아니었다.

울릉도를 차지한다 해도 당장 쓰시마에게 돌아올 이익이 그리 크진 않았다. 오히려 다케시마울릉도, 마쓰시마독도와 그나마 거리가 가까워 자주 드나드는 장본인들인 호키주에 분명한 득이 될 것이었다. 그러나 요시자네는 이 일을 그렇게 근시안적으로 보고 있지 않았다. 호키주의 득은 나아가 왜에 직접적인 이득으로 발전할 것이 분명한 사안이었다. 그렇다면 그 왜의 이득을 누가 이끌어냈는가? 바로 집요하게 일을 성사시킨 소우가의 업적이었다. 소우가의 야망은 바로 거기에 있었다. 울릉도와 독도를 일본의 것으로 만들어, 막부의 큰 인정을 받는 것. 그것이 곧 쓰시마를 위한 일이 되고, 소우가를 번성시키는 일이 될 수 있기 때문이었다. 그렇기에 그는 더욱 울릉도와 독도를 포기할 수 없었다. 방해꾼인 안용복이 헛된 꿈을 꾸기 전에 반드시 막아내야만 했다.

"그런데 나오코를 미행하는 자네가 그 놈의 일을 어떻게 알았나?"

"아가씨와 그 자의 대화를 엿들었사온데 아가씨께서 그 안용복 일당에 합류하기로 하신 듯합니다."

"뭐라?"

요시자네가 자리를 박차고 일어섰다. 아무리 생각해도 이건 정말 있을 수 없는 일이었다. 아무리 대의를 중요시 여기고 가문의 위업에 불만을 품었다 하더라도 이건 천륜에 어긋나는 행동이었다. 어찌 제 가족의 등에 칼을 꽂는단 말인가. 요시자네의 눈이 분노로 이글거렸다. 혈육이라는 끈 하나만으로 미약하게나마 남아있던 그녀에 대한 믿음과 애정이 송두리째 사라지는 순간이었다. 그는 이내 날카로운 눈으로 첩자에게 명했다.

"당장 동래부로 돌아가 상황을 더 지켜보라. 그리고 지체 없이

매번 보고하라. 필요하다면 인력을 더 보내주겠다. 그리고, 때가 되면 안용복을 쳐서 그들의 계획을 무산시켜야한다.

요시자네가 다시 자리에 앉았다. 그리고는 냉정하리만치 차가운 어조로 말을 덧붙였다.

"소우 나오코는 그 자리에서 처단한다."

비정한 아비가 되더라도 대업을 달성할 수만 있다면 거칠 것이 없었다. 도주인 요시쓰구가 건강하게 자리를 지키고 있었다 하더라도 그는 같은 결정을 내렸을 것이다. 달리 방도가 없었다. 이미 이성을 잃어버린 그는 분노로 그러쥔 손을 바들바들 떨고 있었다.

달빛도 없는 캄캄한 밤, 왜관 문이 조용히 열렸다. 기척 하나 없이 작은 발 하나가 잽싸게 왜관을 벗어났다. 나오코였다. 그녀가 종종 걸음으로 사라지자 그 뒤엔 검은 인영이 따라 붙었다. 쓰시마 도주가 붙여놓은 첩자였다. 그는 나오코가 눈치 채지 못할 정도의 거리를 유지하며 조심이 그녀의 뒤를 밟았다. 사주 경계를 게을리 하지 않는 나오코도 눈치 채지 못할 만큼 고요한 미행이었다.

용복의 초가 앞에 다다른 나오코는 언제나처럼 주변을 둘러보았다. 비밀 유지가 가장 중요한 탓이었다. 왜관에서부터 집요하게 뒤를 밟던 인영은 금세 어둠 속으로 자취를 감춘 뒤였다. 아무것도 모르는 나오코가 조심히 어두운 용복의 방으로 숨어들었다.

"오시었소?"

용복이 낮은 목소리로 나오코를 맞이했다. 나오코도 작은 목례로 답을 했다. 나오코는 싸안고 온 보퉁이를 끌렀다. 소중한 것이라도 든 양 조심히 안고 온 것이었다. 달큰하고 개운한 내음이 방 안을 가득 메웠다. 용복의 시선이 절로 보퉁이에 머물렀다. 나오코는 그런 그의 눈빛을 느끼며 수줍은 미소를 지었다.

"음식을 좀 가져왔습니다."

왜의 조리법으로 만든 전골이었다. 고기와 채소가 듬뿍 들어간 것이어서 냄새가 아주 그만이었다. 용복이 절로 고이는 침을 어쩌지 못하고 고개를 돌렸다. 그는 왜관에 머무를 때조차 왜의 음식은 거의 입에 대지 않던 이였다.

"한 번만 잡수어 보시지요."

"왜의 음식은 먹지 않소."

"조리법만 왜의 형식일 뿐 모든 재료는 조선에서 난 것들입니다."

아침마다 열리는 조시에서 얻은 재료들로 만든 음식이었다. 임금이 직접 아량을 베푼 쌀과 조시에서 얻을 수 있는 각종 식재료가 왜관에서 볼 수 있는 음식의 전부였다. 거기에 다양한 왜의 조리법이나 조미료가 더해져 화식和食이 되곤 했다. 이 같은 조리법은 동래부 여기저기에 퍼져 조선 민가에서도 화식을 흉내 낸 식단이 심심찮게 등장했다. 간이 세지 않고 담백한 것이 조선인 입맛에도 잘 맞은 덕이었다.

나오코는 선뜻 다가서지 못하는 용복 앞에 수저와 그릇을 놓았다. 먹을 만큼 덜어 먹으라는 의미였다. 그래도 먼저 손을 내밀지 않자 나오코는 그제야 퍼뜩 정신이 들었다. 그는 아직도 그녀를 경계하고 있었다.

그녀가 먼저 조심히 음식을 덜었다. 그리곤 아무렇지 않은 양 조금씩 먹기 시작했다. 그 모습을 용복이 물끄러미 바라보았다.

그 때 문고리를 부딪치는 소리가 들리는가 싶더니, 방문이 빼꼼이 열렸다. 당황한 나오코가 몸을 숨기려는 것에 비해 용복은 의연했다. 용복의 어머니였다. 어머니는 웃으며 찐 감자 소쿠리를 방으로 밀어 넣었다. 그리곤 편히 있다 가라는 듯 나오코를 향해 싱긋 웃어 보였다.

"*저의 어머니시오.*"

용복의 소개에 나오코가 깍듯이 고개를 숙였다. 어차피 용복의 어머니는 왜어를 알아듣지 못할테니 그녀는 뭐라 말도 없지도 못하고 머뭇대었다. 대신 기쁜 표정을 고스란히 드러내며 김이 무럭무럭 나는 감자를 손에 들어 보였다. 어머니는 손짓으로 많이 들라며 권하고는 방을 떠나려 했다.

"잠깐만요."

나오코의 말에 어머니가 멈칫하며 돌아보았다. 목소리만 잃었지 청력은 그대로인 덕이었다. 나오코는 서둘러 전골을 한 그릇 떠 어머니에게 건넸다. 무엇인지 전혀 알지 못하는 어머니가 고개를 갸웃하다말고 용복을 쳐다보았다. 용복의 의견을 묻는 것이었다. 용복은 그제야 피식 웃으며 어머니를 자리에 앉히고는 제 앞의 그릇을 집어 어머니가 드실 것을 권했다.

"이분이 맹글어 온 거라예. 왜인들이 먹는 화식이라는긴데 좀 드셔보이소."

어머니는 맛나게 한 그릇을 비우고는 빙긋이 웃어주었다. 모처럼의 고기였으니 어머니 몸보신에도 도움이 될 것이었다. 용복도 한 그릇을 깨끗하게 비웠다. 전골 대신 찐 감자를 맛있게 먹던 나오코가 기쁘게 웃었다.

결국 전골냄비는 깨끗하게 비워졌다. 다 먹은 식기를 가지런히 다시 싸는 그녀의 모습이 천상 여자의 모습이었다. 그녀의 작은 등을 가만히 보고있던 용복이 문득 입을 떼었다.

"왜 어려운 길을 가시오?"

"아닌 길을 피하는 것뿐입니다."

용복의 입가에 작은 웃음이 번졌다. 자신이 굳이 왜에 가려는 이유와 상통한 때문이었다.

"후환이 두렵지 않으시오?"

나오코가 분주히 움직이던 손을 멈추었다. 그리곤 잠시 생각하더니 단호하게 대답했다.

"이미 두려울 것이 없는 몸입니다."

그녀의 결연한 답에 용복이 고개를 주억였다. 어려운 선택일 터였다. 아무리 뜻이 다르다 하여도 혈육이고, 자칫 자신의 가문을 욕보일 수도 있는 일이었다. 도왜 중 왜인과 충돌이 있을 때마다 그녀가 방패막이가 되기 위해 그녀는 자신의 신분을 십분 활용해야 할 것이고, 그럴수록 소우가는 그녀에게 배신을 당하는 셈이 되는 것이었다. 당연히 혈육에게 환영받을 수 없는 몸이 되는 것이니 그녀는 모든 것을 내어놓은 상태였다.

"아내와 자식, 아버지까지 모두 왜놈에게 잃었소."

용복은 힘든 기억을 되살렸다. 그의 아픈 과거를 듣고 난 나오코는 용복 앞에 납작 엎드렸다. 당황한 용복이 허둥대며 그녀를 일으키려 했으나 꿈쩍도 않았다.

"미안합니다. 제가 대신 사죄하겠습니다. 이런 것으로 달라질 것이 없지만, 정말 미안합니다."

그녀는 한동안 고개를 들지 못했다. 물론 그녀의 잘못은 하나도 없었다. 도리어 잠상패를 척결하기 위해 애쓰던 그녀의 모습이 떠올랐다. 그럼에도 그녀는 온 마음을 다해 왜인들을 대신해 백배 사죄를 했다. 즉각적으로 보인 깍듯한 몸짓에서 털 끝만큼이라도 거짓을 찾을 수가 없었다. 결국 용복 또한 그녀 앞에 함께 절을 했다. 그녀에게 문득 고마운 마음이 일어서였다. 용복이 함께 머리를 조아리자 당황한 나오코가 고개를 들었다. 그녀의 허둥대는 모습이 우스워 용복이 너털웃음을 터뜨렸다. 얼마만의 웃음인지 알 수 없었다.

"이렇게 순수한 사람이라는 것을 나 말고 아는 사람이 또 있소?"

용복이 눈가에 맺힌 눈물을 훔치며 말했다. 배가 아프도록 웃어서 맺힌 눈물이었으나, 그녀가 고마워 흐른 눈물인지도 몰랐다. 용복의 말에 나오코의 얼굴이 금세 발갛게 달아올랐다.

"순수하다니요, 독하다는 말밖엔 들어본 적이 없습니다."

부끄러운 시선을 돌리며 하는 그녀의 말속에 아픔이 녹아있는 것이 고스란히 느껴졌다. 웃음을 짓던 용복의 마음까지 눅눅하게 아려왔다. 아내를 황망하게 잃고 난 후 처음 가져보는 여인에 대한 감정을 느끼며 용복은 가슴이 먹먹해졌다.

"모든 것이 잘 끝나고 갈 곳이 없으면 조선으로 오시오."

나오코가 쓰게 웃었다. 그 어떤 확답도 돌아오지 않는 미소였다. 용복은 그녀 가슴 속의 헤아릴 수 없는 상처가 얼마나 클 것인가에 대해 어렴풋이나마 짐작이 되었다.

나오코는 화선지를 달라고 하더니 무엇인가를 그리기 시작했다. 쓰시마 관아의 간략한 위치를 설명하는 그림이었다. 용복은 그녀 곁에 바짝 다가앉아 그녀의 설명을 하나도 놓치지 않으려고 집중해서 그녀의 말을 새겨들었다. 그의 계획대로 쓰시마에 당도했을 때 아무런 저항이 없다면 어렵지 않게 관아에 잠입할 수 있을 것이다. 그 때를 대비해서 그곳의 자세한 건물구조가 필요했다. 소란을 최소한으로 줄이고 원하는 협상을 깔끔하게 끝내는 것이 최종 목표였다.

그런 중요한 설명을 듣는 와중에도 용복은 가끔씩 다른 생각으로 멍해지곤 했다. 뇌헌이 걱정된 탓이었다. 영의정 남구만을 만나러 뇌헌이 직접 한양으로 떠난 후 돌아오기로 한 날이 며칠이나 지났는데 아직까지 감감무소식이었다.

전국 각지를 돌며 이번 계획의 발이 되어주고 있는 그였다. 스님이라는 신분이다 보니 그는 전국을 떠돌아도 아무런 의심을 받지 않았다. 그런 이유로 그가 따로 남구만의 집에 드나드는 것을 의심 살 일은 전혀 없었다. 그런 일을 용복이 도맡는다면 곧장 눈에 띄어 관아에 보고가 될 것이다. 의금부에 월경 죄인으로 잡혀간 바 있는 천민인 그였기에 더욱 그랬다.

용복은 오로지 도왜만을 위해 조용히 동래부를 지켰다. 괜한 일로 긁어 부스럼을 만들어 일을 그르칠 수는 없었다. 그런 속사정으로 그는 그저 여전히 왜가 두려운 사람인 것 마냥 죽은 듯이 지냈다. 용복의 신변에 문제가 생긴다면 그대로 도왜은 수포로 돌아갈 수 있기 때문이고, 항해에서 선장을 맡을 사람도 바로 용복이기 때문이었다. 왜어를 능숙하게 할 수 있는 그의 몫은 누구보다 중요한 자리였다. 이번 도왜 밀명에 있어서 그의 부재는 상상할 수도 없는 것이었기에 그는 더욱 조심해야 했다.

그 때 문 밖에서 부산스런 기척이 들렸다. 소란은 아니었으나 자세히 들어보면 긴박한 발소리인 듯도 했다. 본디 워낙 인적이 없는 고요한 동네였다. 용복이 퍼뜩 자리를 박차고 일어나 문을 열었다.

문을 열어젖히자 멀리 보이는 커다란 고목 아래에서 뇌헌이 허우적대고 있었다. 이상한 일이었다. 그는 더 자세히 보려 눈살을 찌푸렸다. 그제야 상황 파악이 되었다. 검은 옷을 입은 자객과 뇌헌이 힘을 겨루는 중이었다. 뇌헌의 손에 작은 단검이 들려 있었고 자객의 손엔 일본도가 쥐어져 있었다. 그 때 용복을 제치고 나오코가 빛처럼 뛰쳐나갔다. 그녀의 손에서 장검長劍이 빛났다.

몸을 날리듯이 달려간 나오코는 능숙하게 뇌헌을 떼어내었다. 그리곤 그 빈틈으로 본인이 끼어들었다. 그녀가 칼을 들고 자객을 경계하자 자객도 칼을 고쳐 쥐었다. 두 개의 일본도가 어둠 속에서 우는 소리를 내었다. 서늘한 그 소리에 주변 공기가 다 얼어붙는 듯하였다. 요시히사가 매서운 목소리로 그에게 물었다. 그녀의 모습은 어느새 완벽한 사무라이 요시히사가 되어 있었다.

"누구냐?"

"어차피 죽을 것, 알아 무엇 하겠는가."

당돌한 대답에 나오코가 칼을 높이 쳐들었다. 그녀의 칼날이 밤공기를 가르며 상대를 향해 꽂혔다. 그러나 자객 또한 만만치가 않았다. 그는 정확한 가늠으로 요시히사의 쏟아지는 칼날을 잘도 받아내었다. 아무래도 자객과의 힘겨루기에서는 나오코가 불리해 보였다. 그래도 그녀는 지지 않았다. 그동안 닦아온 기백으로 온 힘을 다해 칼날을 받아내었다. 칼을 맞잡은 두 사람의 손이 바들바들 떨고 있었다.

그 때 나오코는 자객의 칼자루에 박힌 선명한 문양을 발견했다. 고급스러운 금장으로 마무리된 소우 가문의 문장紋章이었다. 순간 그녀는 손에서 힘이 빠지는 것을 느꼈다. 그 바람에 칼날이 튕겨 나오코는 저 멀리 밀려나고 말았다. 자객은 그때를 놓치지 않고 그녀에게 바짝 다가와 가차 없이 나오코를 향해 칼을 꽂았다. 그는 분명 요시히사의 눈을 똑바로 쳐다보았다. 그는 자신이 누구를 향해 겨누고 있는지 분명히 알고 있었다. 그 순간 나오코는 머리가 하얗게 굳어지는 것을 느꼈다. 기어이 고명딸인 자신을 처치하기 위해 자객을 보냈다는 사실을 믿을 수가 없었다. 자객의 목표가 자신이라는 것이 뚜렷해진 때문이었다.

"안 돼!"

나오코를 향해 떨어지는 칼을 막아낸 건 용복이었다. 급한 대로 곁에 있던 장작으로 칼날을 막아내었다. 칼날이 장작에 깊이 박히자 자객 또한 몹시 당황했다. 장작에 박힌 칼은 쉽게 뽑히지 않았다. 그 사이 나오코가 자리에서 일어나 그에게 칼을 겨누었다. 그의 목 언저리에서 나오코의 날카로운 칼날이 빛났다. 자객은 그대로 꼼짝하지 못했고 나오코는 싸늘하고도 서러운 목소리로 그에게 물었다.

"소우 요시자네가 보냈더냐."

자객은 말이 없었다. 나오코가 한 번 더 물었다.

"언제부터 내 뒤를 밟았지?"

하지만 자객은 계속 입을 열지 않았고 결국 나오코는 일말의 망설임도 없이 칼을 높이 쳐들었다. 선혈이 솟고 자객이 그 자리에 바로 거꾸러졌다. 나오코의 가슴이 가쁘게 오르내렸다.

그사이 간신히 숨을 돌린 뇌헌이 다가왔다. 용복은 일전에 말했던 요시히사라며 나오코를 소개했다. 뇌헌은 여전히 미심쩍은 눈으로 그녀에게 목례를 했다. 뇌헌은 요시히사를 완전하게 신뢰할 수는 없었으나 용복의 말과 방금 벌어진 정황으로 그녀를 의심할 여지가 없어 일단 믿기로 했다.

"일단 안으로 드시지예."

용복이 뇌헌을 안내했다. 뇌헌은 익숙하게 신을 챙겨 들고 초
가로 들었다. 마당엔 다시 정적이 감돌고 나오코와 용복이 남
았다. 용복은 조용히 자객의 시신을 끌어다 치웠다. 당장 구덩
이를 크게 팔 여유가 없으니 일단은 급한 대로 볏짚더미로 가려
두었다. 그가 그렇게 사건을 수습하는 동안 나오코는 아직 충
격을 진정시키지 못한 채 우두커니 서있었다. 용복이 시신 처
리를 마치고 다가오자 나오코는 그제서야 정신을 차리고 입을
열었다.

"죄송합니다. 큰 누를 끼칠 뻔하였습니다."

"무슨 소리요. 그럴 리가."

"저를 노리고 온 자입니다."

단호하게 정황을 설명하는 나오코의 표정이 절망적이었다.
그 표정을 정확하게 읽은 용복은 그녀의 어깨에 손을 얹어 위로
의 뜻을 전했다. 갑작스런 그의 손짓에 놀란 나오코의 눈가가
촉촉하게 젖어있었다. 용복이 다시금 그녀를 다독여주었다.

"가당치 않소. 누구보다 가장 놀라지 않았소."

나오코가 슬픈 눈으로 용복을 올려다보았다. 사실이었다. 누
구보다 가장 놀라고 서러운 건 나오코 자신이었다. 몸져누운

오라비 대신 아버지 요시자네가 자객을 보낸 것을 알게 된 나오코는 올 것이 왔다는 심정이 되었다. 바로 다음 대를 이을 동생 요시미치는 아직 한참 어렸다. 이런 파격적인 명령을 내릴 수 있을 리 만무했다. 자객의 오늘 목표는 분명 안용복이 아닌 소우 나오코였다. 우연히 그것을 먼저 발견한 뇌헌이 공연한 사투를 벌였을 따름이었다.

나오코의 눈에서 애써 참고 있던 눈물이 주르륵 흘러내렸다. 그녀에게 오라비도 아니고 아비가 자객을 보내 자신을 해하려 했다는 충격은 너무나도 컸다. 그녀는 눈물이 봇물 터지듯 멈추지 않고 흘러내렸다. 나오코는 이미 많은 것을 서로 교감한 탓에 용복 앞에서는 요시히사의 모습을 유지하기 힘들었다. 여린 여인의 모습이 자꾸만 비어져 나왔다.

"왜 이토록 너그러우십니까?"

울먹이는 그녀의 질문에 용복이 조심히 다가섰다. 그리곤 입을 꾹 다문 채 애써 울음을 삼키는 그녀를 가만히 안아주었다. 이번엔 그녀도 저항하지 않았다. 용복은 그런 그녀의 등을 차분히 쓸어주었다. 그녀는 애써 눈물을 참아내느라 작은 몸이 바르르 떨고 있었다.

한동안 그의 품에 안겨있던 나오코는 간신히 울음을 삼켜내었다. 이미 엎질러진 물이었다. 운다고 해결이 될 일이 아니었다. 그녀는 조용히 용복의 품을 벗어나 깍듯하게 허리를 숙여 인사를 했다. 그리곤 잰 걸음을 옮겼다.

그 때였다. 처참한 몰골이 된 필득이 쓰러지듯 초가 마당에 당도했다. 미처 나오코가 초가를 다 벗어나지 못한 때였다. 당황한 용복이 그를 부축했다. 갑작스런 기척에 뇌헌도 문을 열고 동태를 살폈다. 몰골이 엉망인 필득을 보곤 그도 버선발로 뛰어나와 함께 부축을 했다. 여기저기 옷에 묻은 피가 이상했다. 그는 턱까지 차오른 숨을 몰아쉬며 용복에게 끊어지듯 말을 전했다.

"성님요, 배가 타뿟십니더. 끈다꼬 용써봤는데도 나무로 만들어가 금시 번져뺏습니더."

"뭐라꼬? 인마야? 필득아? 자세히 말 좀 해본나!"

용복이 필득을 다그쳤다. 그러자 그가 돌연 울음을 쏟아내었다.

"왜놈들이 어떻게 알고 쳐들어 와가 닥치는 대로 사람들을 직이뿌렀십더. 그 난리에 배 만들던 명식이도 죽고, 아들 밥해 믹이던 기장댁도 죽고….'

나오코의 손에 바짝 힘이 들었다. 더 듣지 않아도 어떻게 된 상황인지 고스란히 읽혀졌다. 누군가 자신만을 노린 이유도 알 것 같았다. 이미 용복이 만들고 있던 배를 태워 도왜을 막았다고 확신한 후 그녀를 응징하러 온 자객이었던 것이다. 나오코는 갑자기 가슴이 숨을 쉴 수 없을 정도로 옥조여왔다. 모든 것이 자신에게서 비롯되었음을 직감적으로 알 수 있었다. 나오코는 더욱 용복에게 죄스러운 마음이 들자 가던 발걸음을 움직일 수조차 없었다.

용복은 서둘러 필득을 방에 뉘이곤 그대로 말에 올랐다. 뇌헌도 서둘러 그 말에 함께 올라탔다. 그는 지체 없이 말의 고삐를 잡아당겼다. 말이 요란한 울음소리를 내며 달려주었다. 배가 불타버렸다는 현장으로 곧장 가는 길이었다. 뇌헌은 모든 것이 나오코의 탓이라는 생각으로 그녀를 차가운 시선으로 쏘아보았다.

나오코는 그 상황에서 단 한마디도 할 말이 없었다. 용복이 또다시 말고삐를 당겼다. 말이 지체 없이 울부짖으며 더욱 속도를 내어 달렸다. 초가에 덜렁 남겨진 나오코는 멍하니 선 채 멀어져가는 용복의 뒷모습을 바라보았다. 용복은 단 한 번도 뒤를 돌아보지 않았다. 용복의 어미가 불안한 표정으로 용복의 뒷모습과 나오코의 얼굴을 번갈아 보며 울먹였다.

용복은 잠시도 머뭇대지 않고 칠흑 같은 어둠 속을 내달렸다. 그리 먼 곳은 아니었으나 동래를 아예 벗어나야 했으니 짧은 거리도 아니었다. 벌써 밤이 지나고 어슴푸레 새벽빛이 들기 시작했다. 용복은 마주 불어오는 맞바람을 견디며 눈을 부릅떴다. 뇌헌도 낙마하지 않기 위해 용복의 허리춤을 더욱 꽉 틀어쥐었다. 둘은 속도를 내어 달리면서 서로 단 한 마디도 주고받지 않았다. 다만 두 개의 심장만 거세게 고동치고 있었다. 꾸욱 다문 두 사람의 입안이 바싹 말라있었다. 최악의 상황이 눈앞에 그려진 때문이었다. 지옥을 본 듯 괴로워하던 필득의 얼굴이 자꾸만 시야에 겹쳐왔다. 용복은 고삐를 더욱 세게 그러쥐었다. 모든 것이 괜한 노파심이길 바랐다. 사실은 별 일이 아닌데 괜히 필득이 넘겨짚고 호들갑을 떠는 것이길 바랐다. 여명 속에 등이 흥건히 젖어 들었다.

요란한 말의 울음소리가 터졌다. 용복이 갑자기 고삐를 더욱 세게 끌어당긴 탓이었다. 그 바람에 뇌헌도 놀라 허리를 곧추세웠다. 말이 제자리에 서고 뇌헌은 용복의 시선을 쫓았다. 무언가에 홀린 듯 망연하게 바라보는 그의 눈망울이 떨려왔다. 용복의 시선 끝을 마주한 뇌헌 또한 같은 표정이 되고 말았다. 멀리서 검은 연기가 무수히 피어오르고 있었다. 떠오르는 해도 가릴 만큼 시커먼 것이었다. 그들은 그 연기의 정체를 알고 있었다. 바로 도왜에 쓰려고 몰래 제작 중이던 어선이었다.

용복은 애써 마음을 추슬러보려고 마른침을 삼켰다. 이제 필득의 말이 거짓이길 바라는 것은 부질없는 것이었다. 그는 그대로 다시 말고삐를 당겼다. 가까이 가서 사태를 제대로 파악해야했다. 최대한 인명피해는 줄이고 볼 일이었다. 용복은 당장 품속에 단검을 확인했다. 피할 수 없다면 살생도 불사할 작정이었다. 조선 땅에서 유혈사태를 일으키고 싶진 않았지만 어쩔 수 없었다. 오히려 그 편이 가장 조용히 해결할 수 있는 방법일 것이기 때문이었다. 용복은 뇌헌과 결연한 눈빛을 주고받았다. 당장 오늘 죽어도 최선을 다하자는 맹세의 시선이었다. 그리곤 다시 말의 걸음을 재촉했다. 말도 용복의 다급한 마음을 읽기라도 한 듯 요란한 울음소리와 함께 힘껏 내달렸다.

매캐한 연기가 눈을 찔렀다. 이미 다 전소되어 버린 어선이 검은 연기만 뿜어내고 있었다. 용복은 긴 한숨과 함께 눈물이 어룽져 앞이 잘 보이지 않았다. 그러나 그는 이를 악 물었다. 사위가 불분명했지만 당장 소중한 동료들을 찾아내야만 했다.

말에서 내려 검게 탄 배를 올라서는 용복의 발끝에 무언가가 걸렸다. 움찔 놀라 내려다보니 분명 사람이었다. 혹시나 하는 마음에 얼굴을 살피니 명식이었다. 대대로 조선업을 해온 집안 출신으로 용복과는 어릴 적부터 친하게 지내온 사이였다. 이번 도왜 계획을 세웠을 때 용복이 제일 먼저 가서 상의를 했던 자이기도 했다. 그는 수완이 좋아 벌이가 많은 기술자였다. 그럼에도 벌이 좋은 일을 제쳐놓고 용복의 부탁을 들어주었다. 많은 위험을 무릅써야하는 부담스런 큰일이었다. 긴 항해를 버텨낼 만큼 견고하고 튼튼하면서도 규모가 제법 있는 어선을 만들어야 했기 때문이었다. 그러나 이 일은 무엇보다도 은밀히 진행해야 하는 일이었기에 뜻하지 않은 의심의 눈초리를 받을 때마다 의연하게 대처하는 강심장도 겸비해야 했다. 용복은 그런 일에 명식이 제격임을 잘 알고 있었다. 그렇기에 용복의 부탁으로 명식 또한 한 치의 망설임 없이 오랜 벗의 청을 들어주었다. 그런 그가 지금 용복의 발밑에 싸늘한 시체로 쓰러져 있었다.

용복은 왈칵 눈물이 솟구쳤다. 싸늘하게 식어버린 목석같은 벗은 아무 미동도 없이 그대로 있었다. 용복은 그를 그대로 껴안은 채 숨죽여 울음을 삼켰다. 이를 질끈 깨물고 참아보려 했지만 창자가 끊어질 듯한 처절한 울음이 끝도 없이 그의 목젖을 밀고 넘어왔다.

어슴푸레하던 여명이 채 가시기도 전에 조금씩 솟아오르는 아침햇살이 조금씩 시린 하늘을 물들이고 있었다. 벗의 죽음을 괴로워하던 용복이 그를 내려놓고 일어섰다. 연기가 아직 가시진 않았지만 가까이 있는 것은 얼추 알아볼 수 있을 정도로 날이 밝아오고 있었다. 용복은 긴장을 풀 수가 없어 연신 마른 침을 삼켰다.

서서히 연기가 걷히자 바닥에 쓰러진 사람들이 보이기 시작했다. 필득의 말대로 좋은 마음으로 늘 사람들의 식사를 맡아

주던 기장댁의 모습도 보였다. 그녀의 등에 업힌 갓난쟁이가 자지러지게 울어대고 있었다. 인기척이라고는 느낄 수 없는 긴 긴장감이 팽팽한 그곳에서 아이의 울음소리가 묵직한 고요를 흔들어대고 있었다. 용복은 갑자기 누군가 목젖을 짓누르는 것만 같이 숨이 막혀왔다.

"안형!"

그때 그의 감성을 흔들어놓기라도 하듯 뇌헌이 쩌렁쩌렁한 목소리로 소리를 질렀다. 다급한 그의 비명 같이 질러대는 소리에 깜짝 놀란 용복이 돌아보자 뇌헌이 순식간에 다가와 적의 칼을 막아내었다. 뇌헌이 든 장검과 적이 든 왜도倭刀가 부딪치며 엄청난 파찰음을 내었다. 적의 모습은 잘 보이지 않았으나 그가 든 검은 왜도가 분명했다.

뇌헌의 검은 조선의 환도여서 왜도보다 손잡이가 짧고 비교적 곧은 날이 특징이었다. 짧은 손잡이 덕에 한 손으로 휘두르기가 용이했다. 검신 자체가 왜도에 비해 짧았다. 왜란 이후 왜도의 영향을 받아 많은 조선의 무사들이 변형된 환도를 선호했다. 길이는 더욱 길어지고 형태도 왜도와 닮아갔으나 뇌헌은 조선 전통의 환도를 고집했다. 왜도의 화려한 가공법은 단지 조선의 철보다 경도가 약한 탓에 개발한 꼼수라고 생각하는 그였다.

그에 비해 적의 검은 분명한 왜도의 특징을 띄고 있었다. 두 손으로 잡기 좋은 긴 손잡이와 눈에 띄게 긴 검신, 그리고 각이 선 칼 끝. 그리고 가장 큰 특징이자 뇌헌이 비웃는 요지인 혈조 血槽가 선명했다. 검의 면에 깊고 길게 파인 홈을 이르는 것으로, 단순하게는 피가 흐르는 틈새였다. 이는 검의 모양 변화를 막고 강도를 높여주었으며 무게감은 줄여주는 왜도의 핵심적 특징이었다.

한창 힘겨루기 끝에 뇌헌이 간신히 적을 밀쳐내었다. 그가 뒤로 조금 밀리는 바람에 연기가 걷히고 그의 얼굴이 드러났다. 처음 보는 면이었으나 왜상투를 튼 것으로 보아 왜인임엔 틀림이 없었다. 용복은 그 순간 나오코가 떠올라 참담한 기분을 떨치기 어려웠다. 그 찰나에 왜인은 다시 뇌헌에게 검을 뻗었다. 미처 계산하지 못한 동작에 뇌헌은 그대로 팔을 베였고 그 틈에 용복이 잽싸게 그의 몸통에 단검을 찔러 넣었다.

뇌헌의 팔엔 꽤나 깊은 상처가 나고 말았다. 뇌헌은 쉴 새 없이 흘러내리는 검붉은 피에 정신이 아찔해져 왔다. 그러나 그는 조금도 주저함이 없이 옷자락을 찢어 팔을 단단히 붙잡아매었다. 그리곤 아무 일도 없었다는 듯 다시 결연하게 검을 틀어쥐었다.

바닥엔 왜인과 조선인의 시체가 어지러이 널려 있었다. 조선인의 시체가 훨씬 많았으나 왜인의 시체도 적지 않았다. 연기가 많이 가신 터에 고요한 긴장이 감돌았다. 용복과 뇌헌은 서로의 등을 마주 댄 채 주변을 경계했다. 아직 얼마나 많은 적이 남아있는지 알 수가 없었다. 그들은 서로의 온기로 위안을 받으며 천천히 걸음을 옮겼다.

그때 순식간에 그들의 눈앞에 인영이 스쳤다. 왜인 몇이 더 남아있었다. 하지만 왜인들은 더 이상 덤벼들지 않고 곧바로 등을 보이고 빠른 속도로 사라져 버렸다. 그들의 도망을 끝으로 더 이상 남은 왜인은 없는 듯했다. 용복은 망연한 눈으로 잿더미를 바라보았다. 손으로 쓸어보니 힘없이 바스러지는 것이 분명 꿈이 아닌 현실이었다.

곁에 섰던 뇌헌이 바닥에 쓰러지듯 주저앉았다. 과한 출혈로 어지럼증이 도는 모양이었다. 용복은 서둘러 그의 혈색을 살폈다. 핏기 없는 얼굴이 심히 걱정이 되었다.

그 때 누군가 천천히 용복의 곁으로 다가왔다. 용복은 반사적으로 피 묻은 단검을 빼어들었다. 그러나 소리의 근원은 눈에 익은 얼굴들이었다. 간신히 목숨을 부지한 선원들이었다. 그들은 용복과 뇌헌을 보더니 누가 먼저랄 것도 없이 일제히 울음을 터뜨리며 그들 곁으로 다가왔다. 용복 또한 뜨거운 눈물이 솟구쳤다. 그들이 순식간에 겪었을 공포와 허무가 가슴으로 느껴졌기 때문이었다.

"선장님예, 무사하시니 참말로 다행입니더. 지들은 고마 다 끝났는갑다 허고⋯."

다가선 선원들은 더는 말을 잇지 못하고 울음을 쏟아내었다. 전국 각지에서 모여든 선원들이었다. 조선造船 작업이 막바지에 이르자 다들 조용히 찾아와 허드렛일을 돕던 차였다. 하루빨리 도왜하여 조선의 안녕을 기하고 싶은 이들이었다. 그러다 갑자기 무장한 왜인들이 들이닥쳐 불을 지르고 사람을 코앞에서 죽이는 것을 당하고는 넋이 나가있었다.

"다친 곳은 엄꼬?"

"지들은 개안십니더. 우리보다도 스님께서 저라고 마이 다쳐가 우짤란지."

살아남은 선원들이 뇌헌을 걱정했다. 뇌헌은 파리한 얼굴로 웃어 보이며 걱정을 덜어주려 애썼다. 용복은 선원들을 일일이 살피고 자초지종을 물었다. 그들은 생생한 얼굴로 말을 얹었다.

"한창 배를 맨든다꼬 다들 정신이 없었십니더. 그란데 곽중에 배 구석으로 멋인가가 날아드는가 싶더만 곧장 불이 붙더란 말입니더. 다들 당황해서가 불을 끈다꼬 이리뛰고 저리 뛰고 난리도 아니었십니더. 그라고 있는데 웬 왜놈 하나가 나타나서는 무서운 얼굴로 으름장을 놓더란말입니더. 뭐라 씨부리는지 몬 알아들었지만서도 배를 태아뿔라는 수작으로 보였십니더. 우리캉 애써 만든 긴데 그냥 두고 볼 수 있나. 용식이캉 창구캉 몇이 달라들어 왜놈들을 막아볼라꼬 했십니더. 그란데 이 잡놈들이 우리캉 가차 없이 칼을 휘둘렀다 아입니꺼. 그 때부터는 난리도 그런 난리가 없었십니더. 그라다 정신 차려 보니께네 배가 새카맣게 타고 재만 남은 뒤였십니더."

처참한 광경이었다. 용복은 반쯤 넋이 나간 선원들의 눈빛을 보며 모든 정황을 한눈에 알 수 있었다. 적지 않은 인원이 여기저기에 있었음에도 굳이 찾아내어 몰살시키지 않았다는 것이 중요했다. 이는 인명피해를 최소화하여 소란을 줄이고자 하는 의도인 것 같았다. 다만 그들의 목적은 분명히 배에 있었다. 그렇기에 배를 불태우지 못하게 막는 자는 가차 없이 숨을 끊어낸 것이리라. 이로써 사건의 주동자는 단 한 명으로 좁혀졌다. 바로 누구보다 용복 일행의 도왜을 막고 싶은 사람, 바로 쓰시마 도주 소우 요시쓰구였다.

이미 엎질러진 물은 어쩔 수 없는 것이었다. 이제 와서 누구를 탓한다 한들 나아질 것이 없었다. 그저 작정하고 달려든 악한들을 막아내지 못한 것이 한이라면 한이었다. 용복은 남아있는 선원들에게 도왜 준비는 곧 다시 시작할 것이니 마음을 잘 추스르고 기다려달라는 말과 함께 뒤처리를 부탁했다. 선원들은 그의 말 한 마디에 애써 불안을 씻고 그의 뜻에 따를 것을 다짐했다. 왜인들의 시체는 수습해 태워버리고 조선인들의 시체는 가족들을 찾아 좋은 곳에 묻어주라는 말을 남기고 용복은 급히 뇌헌과 함께 다시 초가로 돌아갔다. 지금 그 어떤 것보다 가장 시급한 문제는 조정과의 다리 역할을 해주는 뇌헌이 다치는 바람에 당장 소식을 전할 길이 없어졌다는 것이었다. 용복은 어려운 대사를 도모하는 동안 크고 작은 어려움에 부딪치곤 했지만 이번만큼 막막한 생각이 든 적은 없었다. 그가 몸을 추스리려면 얼마나 걸릴지 알 수 없기에 더욱 그랬다. 그렇다고 지금껏 제정신이 아닌 체 하며 살아온 본인이 조정으로 직접 갈수도 없는 노릇이었다. 그렇다면 뇌헌을 하루빨리 낫게 하여 한양으로 보내는 것만이 방법의 전부였다. 미처 생각지 못했던 쓰시마 도주의 기습으로 지금껏 쌓아온 모든 것이 한순간에 물거품이 되어 버렸다. 용복은 자꾸만 차오르는 한숨을 애써 흩어내었다. 자신이 용기를 잃으면 도왜 계획 전체가 위태로워진다는 것을 너무나도 잘 알기 때문이었다. 그것이 바로 선장의 덕목이자 멍에였다.

초가 마당엔 나오코가 여전히 무릎을 꿇은 채 앉아 있었다. 언제부터 그렇게 있었는지는 모르겠으나 현재의 이런 상황에서 그녀의 그런 행동은 어떤 도움도 되지 않았다. 그러나 고개를 숙인 그녀의 모습에서 진정으로 용서를 구하는 마음이 느껴졌다. 용복은 우선 뇌헌을 방으로 옮겼다. 피를 많이 흘려 정신이 없는 와중에도 뇌헌은 나오코를 보며 몸부림쳤다. 모든 것이 요시히사 탓이라는 듯 성난 이리처럼 으르렁대었다. 용복은 그런 그를 잘 다독여 방에 뉘였다. 먼저 누워 있던 필득이 그를 보고 놀라 달려들었다. 용복은 필득에게 뇌헌을 맡기고는 다시 마당으로 나왔다.

분명 반나절 전까지만 해도 그녀는 불쌍한 사람이었다. 보듬어주고 싶은 사람이었고 마음이 따뜻하고 순수한 사람이었다. 그러나 그녀로 인해 일이 이토록 커진 것이 분명했다. 모든 것을 포기한 채 대의만을 위해 쥐 죽은 듯 지내온 날들이 그의 눈앞에 스쳐갔다. 숙종의 얼굴과 남구만의 얼굴이 비수처럼 다시 그의 머릿속을 뚫고 들어와 박혔다. 틀어쥔 그의 주먹이 바들바들 떨렸다.

"도망쳤어야지요."

용복이 간신히 말을 뱉자, 나오코가 결연하게 답을 했다. 용복의 눈도 마주치지 않은 채 단단한 모습이었다.

"소우 요시히사, 안공께 사할 수 없는 죄를 지었습니다."

그녀의 목소리가 가늘게 떨려왔다. 지칠 대로 지친 용복이 그녀를 원망스레 바라보았다.

"왜에서는 본디 무장武將이 씻을 수 없는 죄를 범하면 죽음으로 그 죄를 갚습니다. 소우 요시히사, 무예를 겸한 무장으로서 안공 곁에 머물렀으니, 죽음으로 갚겠나이다."

나오코는 그대로 고개를 숙여 정중히 용복에게 절을 하였다. 가늘게 떨리는 그녀의 등에서 속절없는 아픔이 베어 나왔다. 그녀는 차마 감추지 못한 눈물을 뒤로 하고 곁에 둔 왜도倭刀를 집어 들었다. 칼집에서 빠져나온 왜도에는 간밤에 벤 자객의 피가 스며있었다.

"베풀어주신 무한한 신뢰, 감사합니다."

나오코는 거꾸로 틀어쥔 왜도를 자신의 배를 향해 힘껏 찔러 넣었다. 굽혀진 팔꿈치 깊이만큼 왜도가 그녀의 복부로 깊숙이 파고들었다. 순식간의 일이었다. 한 번 칼을 꺾듯이 찔러 그대로 숨이 끊어져야 하는데, 검이 더 들어가지 않았다. 질끈 감았던 눈을 떠 검을 살피니 용복이 칼자루를 붙들고 힘을 쓰고 있었다. 더 이상 찌르지 못하도록 막은 것이었다.

용복은 그녀의 손을 있는 힘껏 틀어쥐고 있었다. 나오코는 아무 소리도 내지 못한 채 고통스레 그를 쳐다보았다. 왜 이렇게까지 하느냐고 나오코가 젖은 눈으로 물었다. 용복은 아무런 대답도 없이 그녀의 눈을 피했다. 그 모든 것을 고목 뒤에서 지켜보고 섰던 왜인 하나가 서둘러 걸음을 옮겼다. 나오코가 할복하여 자진했다는 사실을 쓰시마에 알리러 가기 위함이었다. 그 모든 것을 알아챈 용복은 나오코를 막는 데에 사력을 다했다. 이미 떠나간 첩자를 붙잡는 것은 무의미했다.

확실한 것은 나오코가 결백하다는 것이었다. 그녀의 죄는 오로지 소우 가문에서 태어나 맞지 않는 가문의 위업을 강요받은 것이 전부였다. 어제 밤 고목 근처에서 뇌헌과 힘겨루기를 하던 왜인이 생각났다. 그는 나오코를 발견하자마자 가차 없이 죽이려 달려들었다. 이는 나오코의 말처럼 소우 가문이 그녀를 버렸다는 것을 뜻했다. 확실히 죽는 것까지 확인하라 명한 쓰시마 도주의 잔인함에 소름이 돋았다. 그런 그녀가 소우 가문을 위해 첩자 노릇을 했을 것이라는 것은 현실적으로 불가능한 일이었다.

"정신 차리시오! 이보시오!"

나오코는 그대로 혼절하고 말았다. 칼에 찔린 그녀의 복부에서 피가 솟구쳐 흘러나오고 있었다. 용복은 어찌 할 바를 모르고 머뭇거리다가 하는 수 없이 그녀를 들어 안았다. 이른 아침이라 아직 거리엔 사람들이 많지 않았다. 용복은 가까운 의원을 떠올렸다. 그리곤 망설임 없이 그쪽을 향해 달음박질을 쳤다. 그녀의 상처가 깊고 출혈이 크니 빠른 치료만이 살 길이었다. 그가 내딛는 걸음마다 나오코의 선혈이 바닥으로 방울져 흘러내렸다. 용복은 걸음을 더욱 재촉해야했다. 맞닿은 그녀의 살결이 아직 따뜻했다.

5

험난한 여정

아랫목이 유난히 뜨거웠다. 나오코는 땀으로 흥건해진 등이 축축하다는 것을 느끼며 눈을 떴다. 아직 불을 땔 날씨가 아니었다. 허름한 초가의 흙벽 방. 용복의 집이었다. 그것을 깨닫는 순간 그녀는 화들짝 놀라 황급히 몸을 일으켰다. 동시에 감당할 수 없을 지경의 고통이 복부에서 느껴졌다. 옷섶을 헤쳐 보니 천으로 칭칭 동여맨 것이 보였다. 가슴부터 배까지 상반신이 전부 친친 감겨 있었다. 가슴은 여인인 것을 숨기기 위해 나오코 스스로, 배는 상처를 보호하기 위해 다른 사람이 동여맨 것이었다. 순간 그녀는 간담이 서늘해졌다.

그녀는 애써 기억을 더듬었다. 그러자 정신을 잃기 직전의 상황이 아스라이 떠올랐다. 용복이 자신을 들쳐 업고 열지도 않은 의원 문을 소란하게 두드렸던 생각이 어렴풋이 났다. 한참만에야 의원 문이 열렸고 자다 깬 늙은 주인이 문을 열었다. 장님인 의원을 굳이 찾아간 것 또한 용복의 배려였다.

그것이 나오코의 마지막 기억이었다. 그대로 정신을 잃어 이대로 짧고 비루한 생이 모두 끝났다고 생각했는데 아직 숨이 붙어있었다. 그녀는 고통으로 가쁜 숨이 원망스럽기까지 했다.

그녀는 묵직한 통증에 이를 악물었다. 그렇지 않으면 절로 신음소리가 터져 나올 것 같아서였다. 그러나 그녀는 이대로 누워있을 수 없다는 생각이 들었다. 그녀는 있는 힘껏 허리에 힘을 주어 일어났다. 문을 열고나니 숨이 턱 막힐 듯한 후덥지근한 바람이 그녀의 얼굴로 덤벼들었다. 도대체 며칠이나 누워있었던 것인지 감이 잡히지 않았다.

"깨어났군."

낯선 목소리에 그녀는 반사적으로 몸을 돌렸다. 뇌헌이었다. 나오코는 엉겁결에 목례를 했다. 여전히 나오코가 못마땅한 뇌헌은 시선을 곧장 그녀에게 주지 않았다. 그녀가 아무리 주변을 둘러보아도 뇌헌 외엔 아무도 보이지 않았다. 용복이 보이지 않자 적잖이 당황한 그녀가 어쩔 수 없이 냉랭한 표정의 뇌헌에게 간신히 용기를 내어 물었다.

"저… 안공은 어디에…"

"한양으로 불려갔소."

"한양에요?"

나오코가 무심결에 되물었다. 그러자 뇌헌은 서릿발 같은 눈초리로 그녀를 쏘아 보았다. 카랑카랑한 조선어였다.

"소상히 알려드릴 의무는 없소."

그녀는 간담이 서늘해졌다. 물어보고 싶은 것이 많았지만 말문이 막혔다. 그녀로선 다시 방으로 돌아가는 것이 최선이라는 생각이 들었다. 그녀가 방 쪽으로 걸음을 옮기려는데 그녀의 등 뒤로 뇌헌의 목소리가 들렸다.

"안형의 부탁이라 어쩔 수 없이 간호한 것이오. 여인인 것을 듣고 조심히 다루었소."

나오코가 천천히 그를 돌아보았다. 용복이 자신을 맡기기 위해 뇌헌에게 사실을 알린 모양이었다. 그럼에도 아직 국가적 소란은 일어나지도 않고 의금부에서 자신을 찾지도 않으니 거기까지인가 싶었다. 결국 용복은 나오코를 내치지 않은 셈이었다.

"오래도록 누워만 있었소. 가끔 의식이 드는지 중얼대었는데 눈을 뜨진 못했소. 간간히 묽은 미음을 넘기긴 했지만 거의 먹지도 못하더군."

전혀 기억에 없었다. 바싹 마른 손목이 뇌헌의 말을 증명하는 듯 했다. 나오코는 고개를 숙이는 것으로 감사를 표했다. 뇌헌은 그런 그녀를 편치 않은 표정으로 바라보았다. 나오코가 자리에 몸져 누워있는 내내 용복은 도무지 돌아오지 않았다. 임금께서 그를 어찌 책할지 알 수 없는 일이었고, 만일 그런 까닭에 돌아오지 않는 것이라면 실상 목숨을 부지하기 어려운 것일지도 몰랐다. 자신의 염려가 모조리 나오코의 탓이라고 생각하고 있던 뇌헌이 더는 참지 못하고 입을 열었다.

"그 사건 이후로 모든 것이 멈추었소. 준비했던 모든 것은 물거품이 되었고, 안형은 아예 돌아오지 못할지도 모르오. 한양까지 불려갔는데 좋은 일은 아닐 테지."

뇌헌의 말에 나오코의 가슴이 철렁 내려앉았다. 그제야 모든 것이 선명해졌다. 나라에서 준비하는 큰 과업을 망친 것이니 결코 용복이 무사할 리가 없었다. 그녀는 큰 충격에 현기증이 일어 몸이 휘청대었다. 용복이 돌아오는 대로 인사만 하고 떠나려던 생각이 얼마나 사치스러운 것이라는 것을 깨닫는 순간이었다. 그의 곁에서 더는 짐이 되어선 안 된다는 생각뿐이었다. 차라리 그 순간 죽어버렸다면 좋았겠지만 그러지도 못했으니 지금이라도 최대한 그에게서 멀리 떠나가는 것만이 늦게나마 그에게 폐를 덜 끼치는 것이었다. 그가 다시 붙여준 목숨을 그에게 방해가 되지 않도록 멀리 멀리 떠나야 한다는 생각에 미치자 그녀는 그에게 진 마음의 빚이 너무나 크다는 생각이 들었다. 뇌헌은 그녀에게서 냉정하게 등을 보인 채 미동도 없었다. 그는 끓어오르는 분을 간신히 삭이고 있는 것이 역력해 보였다.

이렇게 된 이상 다른 선택은 없었다. 나오코는 곧장 작은 봇짐을 쌌다. 몇 되지 않은 옷가지가 짐의 전부였다. 마음의 결정이 끝난 지금 어서 서둘러 이 곳을 떠나야 했다. 이것으로 빚을 다 갚을 수 없다는 것이 자명했으나 이보다 더 나쁜 상황을 만들어선 안 되었다. 그녀는 정갈히 갠 이불 위에 보자기를 내려 놓았다. 비단 보자기 속엔 나오코가 가진 전 재산이 들어있었다. 여인의 몸으로 지냈다면 장신구라도 몇 개 있었을 것이나 그녀에겐 그런 사치품이라고는 아무 것도 없었다. 걸쳤던 고급 하오리가 그나마 값나가는 물건이었다. 그녀는 보자기에 조선과 왜의 화폐, 입었던 하오리, 그리고 칼을 놓았다. 최고급 일본도인 그녀의 칼은 왜란 이후 조선에 떠돌던 유행에 따라 값을 제법 받을 수 있었다. 그녀는 이런 것들로는 그 어떤 것도 속죄할 수 없다는 것을 너무나도 잘 알고 있었지만 이렇게라도 자신의 비통한 마음을 조금이나마 전할 수 있기를 바라는 마음뿐이었다.

그녀가 방문을 나섰을 때 마당엔 아무도 없었다. 용복의 어미도 뇌헌도 보이지 않았다. 그녀는 서둘러 걸음을 옮겼다. 발을 내어 딛을 때마다 배의 상처가 아렸지만 그녀는 이를 악물고 견뎌내었다. 그녀는 곧장 왜관으로 돌아가 빠른 배편에 몸을 싣고 쓰시마로 돌아갈 생각이었다. 자신을 죽이려 했던 아비 곁으로 돌아가는 것이 최선의 방법이라는 생각이 더욱 그녀를 서글프게 했다. 귀족 생활을 하며 전국 어디에도 갈 곳조차 없이 성장했다는 것 자체가 한스러울 뿐이었다.

마침 부엌간에서 나오던 뇌헌이 종종 걸음으로 떠나는 나오코의 뒷모습을 보았으나 그녀를 잡지 않았다. 처음부터 그녀가 용복의 곁에 있는 것 자체가 납득이 되지 않았던 그였다. 이해가 가지 않을 정도로 그녀를 살뜰히 챙겨주는 용복을 볼 때마다 그는 보통 울화가 치미는 게 아니었다. 물론 용복과 나오코 둘 사이에 본인들도 모르게 싹튼 마음을 짐작하고 있었다. 그렇기에 이 비극이 더욱 한심하다는 생각이 들었다. 다만 용복이 없는 도왜은 상상도 할 수 없기에 그의 뜻을 따를 뿐이었다. 때문에 그녀가 직접 떠나준다면 더없이 고마운 일이었다. 뇌헌은 이제라도 정신이 든 나오코를 위해 용복의 어미가 차려준 미음소반을 도로 부엌간으로 가지고 들어가려다 말고 서서 그녀의 뒷모습을 한동안 바라보았다. 그녀의 비틀대는 걸음이 신경은 쓰였지만 그는 고개를 내저으며 서둘러 생각을 흩어내었다.

숙종의 얼굴빛은 그의 속맘을 가늠키 어려웠다.

"안용복은 고개를 들라."

한양으로 불려온 지 며칠이 지났으나 임금은 통 용복을 부르지 않았다. 나흘이 지나서야 명이 하달되었고 그제야 임금을 알현한 용복은 부복한 채 고개를 들지 못했다. 임금께 면목이 없는 탓이었다. 미천한 본인을 믿고 막중한 임무를 맡겨 준 임금 앞에 주변을 제대로 살피지 못한 까닭에 일을 그르쳤다는 생각 때문이었다.

"고개를 들라."

용복이 천천히 고개를 들었다. 다만 시선은 여전히 반질반질 윤이 나는 마루에 고정되어 있었다. 숙종은 그대로 아무 말이 없었다. 용복은 마루 끝을 쳐다보며 이를 악 물었다. 제 잘못을 어떻게 고한다 한들, 이미 수포로 돌아간 계획이 다시 돌아오지는 않을 것이기 때문이었다. 숙종은 잔뜩 불안한 표정으로 떨고 있는 용복을 보며 천천히 입을 열었다.

"낯빛이 좋지 않구나."

"전하, 소인을 죽여주시옵소서."

숙종은 더욱 움츠러드는 용복의 등을 씁쓸하게 바라보았다. 대소신료들이 고하는 뻔한 사죄의 말과는 그 무게가 사뭇 달랐다. 숙종은 움찔대는 그의 무거운 어깨 위로 용복의 울분이 그대로 느껴지는 것을 느끼며 슬그머니 주먹을 그러쥐었다. 그는 용복이 괘씸하지 않았다. 그저 왜인들이 또다시 어떤 파렴치한 행보를 보일지 모른다는데까지 생각이 미치자 가슴 저 깊은 곳에서부터 뜨거운 덩어리가 치밀어 올라왔다. 용복은 숙종의 묵직한 분노가 본인을 향한 것으로 생각되자 더욱 등을 바닥에 대고 납죽 엎드린 채 숨을 죽였다. 제 목숨을 다 바쳐도 씻지 못할 대죄를 저지른 때문이었다.

"소인이 아둔하여 미처 정황을 파악하지 못하고 대사를 그르쳤습니다. 전하께오서 이토록 신경을 써주시었는데도 부응하지 못하고 모든 것을 망친 것은 다 소인의 불찰입니다. 부디 저를 단죄하시어 다시는 이런 불경한 일을 만들지 마시옵소서. 소인, 어떤 벌이든 달게 받겠십니다."

용복의 단호한 목소리가 대전을 울렸다. 그런 용복을 숙종은 물끄러미 바라보았다. 용복은 잔뜩 웅크린 채 납작 엎드려 떨고 있었다. 그것은 두려움 때문만은 아니었다. 숙종은 순간 마음 한 켠이 뭉클해져오는 것을 느꼈다.

숙종은 짐짓 굳은 표정으로 자리에서 일어났다. 그리곤 용복에게로 걸음을 옮겼다. 크지 않은 발소리에도 용복에게는 천지가 뒤흔들리는 듯한 울림으로 다가왔다. 코앞까지 다가온 숙종이 몸을 낮추었다. 그리곤 용복의 양 어깨를 잡아 일으켰다. 용복은 영락없이 용안을 마주하게 되었다.

"이리도 나약한 모습을 보이다니, 실망스럽도다."

"송구하옵니다. 전하."

그의 얼굴이 눈물로 범벅이 되어있었다.

"정녕 조선을 위하는 그대의 마음은 예까지인가?"

"아니옵니다. 소인, 목숨을 내어놓고 시작한 일이니 무엇이든 할 수 있십니다. 다만 이미 한 번의 실패로 많은 것을 잃은 바, 그 죄를 받는 것이 먼저라고 생각되어…."

"틀렸다."

숙종이 용복을 다시 돌아보았다.

"그대가 죄를 갚는 것은 반드시 도왜에 성공하여 울릉도와 독도를 지켜내는 것이다."

숙종의 눈엔 흔들림이 없었다. 용복 이상 가는 적임자를 찾을 수 없는 것이기도 했지만 그 같은 충신을 잃고 싶지 않은 탓이 더 컸다.

"한번 실수는 병가지상사라 하지 않았더냐. 비록 적지 않은 목숨과 재물을 바치게 되었으나 그대의 다음은 반드시 성공하게 될 것이다."

숙종의 목소리가 낮게 깔렸다. 용복은 더욱 강렬한 투지로 이글거리는 임금의 눈을 보며 마른 침을 삼켰다.

"과인은 반드시, 그들의 야욕을 뿌리 뽑고야 말 것이다. 그 때까지 그대는."

용복을 바라보는 숙종의 용안이 매섭게 빛났다.

"그대의 손으로 그대와 과인이 꿈꾸는 나라를 만들어주게."

용복은 차마 아무런 대답도 하지 못한 채 뜨거운 눈물을 흘리며 고개를 더욱 조아렸다. 더 이상의 실패는 있어서도 안 되고 존재할 수도 없는 것이었다. 용복은 고개를 끄덕이고 또 끄덕이며 다시 한 번 기회가 주어진다면 이번에는 어떠한 수를 써서라도 반드시 성공을 하고야 말겠다는 결연한 의지를 다졌다.

"전하, 소인 다른 방법을 찾겠습니더. 반드시 다른 방법을 찾아가 성공시키겠습니더."

"과인은 지난날처럼 그대를 중히 믿을 것이네."

"성은이 망극하옵니다!"

용복은 숙종의 믿음을 하사 받은 채 말고삐를 그러쥐었다. 무슨 방법이든 찾고야 말리라는 강한 의지가 그를 한달음에 동래까지 달리게 했다. 뇌헌은 밤이 늦었음에도 여전히 잠들지 못한 채 앞마당을 서성이던 중이었다.

"안형!"

"별 일 없었는교?"

두 사람은 서로를 와락 부둥켜안았다. 무사히 돌아왔다는 안도감 때문이었다. 두 사내는 뜨거운 마음으로 서로의 얼굴을 쳐다보았다.

"전하께옵서는?"

"새로운 때가 만들어질 것이라며 기다리라 명하셨십니더."

순간 뇌헌의 눈시울이 붉어졌다. 그 역시 이번 일에 왜에 대한 앙금이 더욱 깊어져있었다. 이를 와드득 물어 입술을 굳게 닫은 뇌헌은 고개를 끄덕이며 방안으로 걸음을 옮기었다.

"끼니는 챙긴 것이오?"

뇌헌이 묻자 용복이 고개를 가로 저었다. 벅찬 마음을 다스리는데 급하여 끼니 생각은 하지도 못한 채 말을 달려 온 길이었다.

"때를 기다리기도 전에 굶어 죽으면 어쩌려고 그러시오. 곧 참을 챙겨 오겠소. 잠시 쉬고 계시오."

"어무이께선 주무시는교? 억수로 놀라셨을 텐데예."

"염려 마오. 워낙 강인한 분이셔서.."

용복은 잠자리에 드신 어머니가 깰 새라 조심히 방으로 들었다.

뇌헌은 곧장 부엌간으로 들어서며 용복을 한 번 더 힐끔 쳐다보았다. 나오코의 이야기를 먼저 꺼내야 하는 것인지 가늠이 되지 않아서였다.

용복은 다시 제집 방에 몸을 뉘일 수 있다는 것이 신기할 따름이었다. 방 구석구석을 훑어보니 문득 허전함이 느껴졌다. 필득과 나오코가 보이지 않는 것이었다. 그리고 보니 용복이 돌아왔음에도 뇌헌 외엔 그 누구도 나와 보지 않았다. 용복은 혹여 그들이 잘못된 것은 아닌지 걱정이 되었다.

"필득이는 제 몸이 다 낫기도 전에 다친 사람들을 보살피러 갔소. 다들 많이 회복했다는데도 막무가내요."

용복의 기척을 눈치 챈 뇌헌이 대답해 주었다. 그러나 나오코에 대한 말은 없었다. 용복은 뇌헌을 빤히 쳐다보았다. 아직 답이 끝나지 않았을 터이니 계속 하라는 뜻이었다. 더는 미룰 수도 없게 된 뇌헌은 하는 수없이 입을 열었다.

"제 발로 떠났소. 안형이 한양으로 불려갔다는 소리를 듣고 스스로 짐이라 느꼈는지 떠나버렸소. 잡을 틈도 없었소. 잠깐 비운 사이 사라졌으니까."

동시에 뇌헌이 용복 앞으로 무언가를 내밀었다. 나오코가 두고 간 비단 꾸러미였다. 열어보니 하오리와 얼마간의 은화가 들어있었다. 용복이 영문을 몰라 뇌헌을 보았으나 그는 고개를 돌린 채 말이 없었다. 용복은 꾸러미 안을 이리저리 살피다 작은 쪽지를 발견했다. 펼쳐 보니 정갈한 필적이 그녀의 것이었다.

'부디 저 때문에 목숨을 잃고 다치신 분들을 위해 써주십시오. 검을 팔면 값이 좀 될 것입니다.'

용복은 짧은 쪽지를 거푸 읽었다. 암만 뒤집어 봐도 더 이상의 내용은 없었다. 어떠한 감정적 설명도 들어있지 않다. 참으로 나오코 다운 쪽지였다. 뇌헌이 용복 앞으로 나오코의 검을 내밀었다. 먼지 하나 없이 깨끗하게 손질되어 있었다. 아마 놓고 떠나기 직전 묵은 얼룩과 핏자국들을 열심히 지워낸 모양이었다. 그녀가 늘 분신처럼 허리춤에 차고 다니던 왜관에 머물적부터 항상 보았던 그것이었다. 그는 무심결에 피식 웃음을 흘렸다. 참으로 이름처럼 곧은 성미의 여인이라는 생각 때문이었다. 그는 문득 아마 다시는 그런 여인을 만날 수 없으리라는 생각이 들었다.

"참말로 그래도 그렇지 이렇게 두고 가면 어찌 마음 편히 쓰라는 건지 모르겠십니더. 아주 지멋대로인 여자요. 여자다운 맛도 하나 없는 것이."

뇌헌이 여전히 불만인 듯 말했다. 그러나 이내 머쓱한 듯 용복의 눈치를 살폈다.

"하지만 그 편이 나을게요. 예 있어 봐야 괜히 시야만 흐리고⋯."

뼈가 있는 뇌헌의 말에 용복이 그를 바라보았다. 뇌헌도 이번에는 지지 않고 눈을 맞췄다. 그녀를 붙잡지 않은 것을 용복이 화를 낸다면 맞받아칠 요량이었다. 늘 무쇠처럼 단단한 심지를 갖고 있던 용복이 한낱 여인의 등장에 흔들린다면 붙들어줘야 하는 것 또한 자신의 임무라는 생각에서였다. 게다가 그냥 여인도 아니고 왜인인데다, 심지어 대마도주의 혈통이었다. 용복이 위험하기 짝이 없는 그녀를 늘 싸고도는 것이 야속한 생각마저 들었기 때문이었다.

용복은 꾸러미를 다시 동여매고는 차분히 입을 열었다.

"내일 필득이캉 불러다 이 물건들을 팔아주실랍니까. 최대한 값을 후하게 받아야겠십니더."

뇌헌은 짐짓 놀랐다. 용복이 선뜻 그것들을 팔아 버릴 것이라고는 생각지 못했다. 늘 나오코에게만은 관대하던 그였다. 눈치껏 그들이 서로를 연모함을 알고 있었으니 이 물건을 따로 두었다가 언젠가는 그녀에게 돌려주리라고 짐작했었다. 그러나 용복은 생각 이상으로 나오코의 뜻을 존중하고 있었다. 단순히 마음이 가는 여자로서 그녀를 대한 것이 아니라, 그녀의 가치관까지 존중한 처사라는 생각이 들었다.

"괜찮으시겠소?"

뇌헌의 말에 용복이 헛웃음을 날렸다.

"괜찮지 않을 것이 뭐가 있겠는교."

용복의 눈이 잠시 젖어들었으나 그뿐이었다. 용복은 그저 나오코가 제 살길을 도모하여 어디든 뿌리를 내리고 살다가 한 번쯤 보게 된다면 반가울 것이고, 그렇지 않아도 그만일 것이라며 애써 마음을 털어내는 중이었다.

두 사람의 마음은 흔한 말로 연정이라고 설명할 수는 없었다. 오랜 벗이 서로의 생각을 말하지 않아도 읽듯, 그들은 그렇게 소리 없이 많은 것을 나누고 있었다. 용복의 심정을 그제야 정확히 헤아리게 된 뇌헌은 잠시나마 나오코라는 여인으로 인해 용복의 의지가 흐려졌다는 염려가 경솔한 것이었다는 데에 생각이 미치자 슬그머니 미안한 마음이 들었다.

도왜이 실패로 끝난 뒤 벌써 여러 달이 지나가고 있었다. 내리쬐던 한여름 볕도 서서히 기운이 약해져 있었다.

용복전은 한층 무거운 분위기가 감돌고 있었다. 꽤 가까운 거리에 마주 앉은 숙종과 남구만의 낯빛이 무겁게 가라앉아 있었다. 울릉과 독도에 대한 걱정 때문이었다. 쓰시마 도주 소우 요시쓰구의 치밀함과 비열함은 그들의 걱정을 몇 배나 깊어지게 만들었다. 지난 여름 이후로 그들은 한 시도 그것을 잊은 적이 없었다. 게다가 도왜 계획이 한 번 발각된 이상, 훨씬 더 치밀한 계획을 세워야 한다는 압박감이 그들의 마음을 더욱 옥죄고 있었다.

그런 고민을 이어가며 숙종의 입에선 거푸 뜨거운 한숨이 터져 나왔다. 비단 용복에게만 책임을 전가할 수만도 없는 노릇이었다. 본래 조선 조정이 움직였어야 하는 큰일이었다. 숙종은 더 이상 물러설 수가 없었다. 바야흐로 임금이 나설 때였다.

"쓰시마 도주의 건강이 많이 악화되었다 하옵니다."

남구만이 조심히 건넨 말이었다. 이에 숙종이 천천히 고개를
끄덕였다. 20대의 젊은 도주인 소우 요시쓰구는 어려서부터 폐
가 좋지 않아 늘 투병생활을 해왔다. 그러던 차에 집권 2년 만
에 건강이 심히 악화되어 정무를 원활히 보지 못한다는 소문이
돌았다. 남구만은 쓰시마 도에 심어둔 정보통의 소식이라며 숙
종에게 전했다. 실로 소우 요시쓰구의 건강이 매우 좋지 않다
는 것이 결코 헛소문이 아니라는 것이었다.

"요즘 대마도주가 잠잠한 이유가 그것이었는가."

"하여, 송구하오나 소신은 괜한 부스럼이 되진 않을는지 노파
심이 들게 되옵니다."

늘 숙종과 함께 강력하게 도왜을 주장해오던 그였다. 숙종은
별 다른 말이 없이 그를 바라보았다. 그도 나름의 생각이 있을
테니 들어보자는 심산이었다. 그가 다시 조심히 말을 이었다.

"지난 2년간 울릉도를 무던히 괴롭히던 소우 요시쓰구가 당
장 언제 숨이 끊어질지 모른다 하옵니다. 다음에 즉위할 그의
동생 소우 요시미치는 아직 10살이 채 안 된 어린 아이이옵니
다. 가만 두어도 더 이상 조선을 함부로 하지는 못할 것이옵니
다. 이런 상황에 공격성이 다분한 도왜를 감행했다가 공연히
왜란으로 번지진 않을런지…."

틀린 말은 아니었다. 작은 부스럼이 큰 왜란으로 번지지 않게 하려고 이 고생을 하고 있는 게 아니었던가. 무엇보다 막부와는 이렇다 할 관련이 없는 일이었다. 모든 것이 대마도주의 독단적 행동일 뿐이었다. 그러나 숙종은 기억을 더듬었다. 그간 울릉과 얽혔던 숱한 분쟁들. 이유 없이 당했던 추궁과 약빠른 침탈 야욕들. 이내 숙종은 결심한 듯 남구만에게 시선을 고정했다.

"그러나 어떤 대마도주도 정당하고 타당하게 주장해온 일이 없지 않았는가?"

도주가 바뀌고 세대가 바뀌었으나 그들은 단 한 번도 상식으로 응대한 적이 없었다. 자신들만의 소신으로 이쪽의 사실을 무시하고 들어왔다. 다행히 문제를 키우지 않고 잘 거절해오긴 했지만 여간 끈질긴 것이 아니었다. 마치 지칠 때까지 찔러서 기어이 원하는 것을 탈환하고야 말겠다는 근성으로 승부하려는 듯이 보였다.

"과인은 이 일을 무조건 추진할 것이네."

마음의 결정을 끝낸 강한 의지를 담은 숙종의 눈빛이 더욱 강렬하게 빛을 발하고 있었다.

"명을 받들겠나이다, 전하."

"안용복은 도착했는가?"

"준비를 마치고 하명을 기다리고 있사옵니다."

"들라하라."

숙종의 말에 상선이 고개를 조아렸다. 곧 융복전의 문이 차례로 걷히고 얌전히 단장하고 선 용복의 모습이 보였다. 여름을 지나고 겨울을 맞이하는 동안 그의 몸은 더욱 단단하고 질기게 다져져 있었다. 그을린 피부에서는 강인한 의지가 보였고, 형형한 눈빛은 마치 먹잇감을 찾는 매와 같았다.

"찾아계시옵니까, 전하."

숙종은 때를 기다리라 명한 순간부터 스스로를 단련하고 다시금 새로운 계획을 준비하고 있던 용복을 보며 대견하다는 생각이 들었다.

"참으로 오랜 시간을 궁리하였다. 허나 명쾌한 답이 나오지 않는구나. 그것은 과인이 겁이 많은 군주인 탓이다."

숙종의 말에 용복이 고개를 푹 숙였다.

"당치 않사옵니더, 전하."

"그것은 과인이 때를 기다리려고만 하였지. 때를 만들 생각을 하지 못하였던것에 있었다. 대령하라."

숙종이 명하자 상선이 준비된 무언가를 꺼내 가져왔다. 그것은 곱게 비단으로 싸여 마치 고가의 금궤처럼 보이기도 하였다. 상선은 용복에게 그것을 곧장 내밀었다. 무엇인지 전혀 감이 오지 않는 용복은 어리둥절하여 조심히 숙종을 올려다보았다. 숙종은 다시 자리로 돌아가 앉아 근엄한 표정을 지었다. 그리곤 짧게 턱짓을 했다. 그러자 상선이 곱게 싸인 비단을 걷어내었다.

물건을 본 용복은 소스라치게 놀랐다. 상황 파악이 쉽게 되지 않은 그는 당황하지 않을 수 없었다. 그것은 용복이 선뜻 손을 댈 수 없는 물건이었다. 갈색 녹각은 반듯하게 조각되어 있었고, 호롱불빛을 반사하여 영롱하게 빛나기까지 하였다. 물건엔 선명한 글씨가 새겨져 있었다. 용복이 어깨 너머로 글을 배우지 않았다면 선뜻 이해할 수 없을 물건이었다.

通政大夫 安龍福 甲午生 東萊
통정대부 안용복 갑오생 동래

호패였다. 심지어 기재된 내용은 정 3품에 해당하는 높은 신분의 녹각 호패였다. 용복은 짧은 글월로 한자를 더듬더듬 읽어 보았다. 통정대부. 당상관 문반관료나 종친들이 받는 높은 직급이었다. 용복은 제 품에 있는 호패를 떠올렸다. 소박한 참나무로 만들어 천한 신분만큼 긴 내용이 기재된 것이었다. 나이와 주소까지 소상히 적힌 천민의 호패와 눈앞에 놓인 반질반질한 고급 호패는 차원이 달라도 너무나 다른 것이었다. 숙종은 용복에게 벼슬과 동시에 신분을 하사한 셈이었다. 용복은 눈앞에 그것을 직접 보고 있으면서도 제 눈을 믿을 수가 없었다.

"그대가 감당할 수 있겠느냐?"

숙종의 물음이었다. 하사한 신분의 무게를 견딜 수 있느냐는 물음이었다. 용복은 마른침을 삼켰다. 태어나 지금까지 살아오는 동안 단 한 번도 가져보고 싶다는 상상조차 해본 적이 없는 높은 신분이었다. 본인 주제에는 평생을 노력해도 얻을 수 없는 신분이었다. 그는 너무 놀라 선뜻 호패를 만질 엄두조차 나지 않았다. 분명 제 이름 석 자가 적힌 주인이 명백한 물건이었음에도 그러했다.

"대마도에서 담판을 짓고 그들의 기세를 꺾기란 쉽지 않을 것이다. 게다가 도주를 만난다 한들 현상태로 보아 말이 통할것 같지 않아보인다. 그렇다면 아예 그들의 수도인 에도로 가는 것이 어떠하겠느냐? 아무리 독단적인 행보를 걷는 대마도라 할지라도 막부의 명을 무시하기란 쉽지 않을 것이다."

함께 듣는 남구만과 상선 또한 숙종의 말에 집중하였다. 팽팽한 긴장감이 그들을 에워쌌다.

"그러나 그곳에 당도하기까지 여정은 요시쓰구 세력이 가만두고 보지는 않을 것이다. 보는 눈도 많고 곳곳에 그들과 같은 세력이 있으니 말이다. 이 징표는 과인이 자네의 뜻을 지지하고 있음을 보여주겠다는 것이다. 그대의 뒤에는 조선의 군주가 있다는 것을 말이다."

굳은 의지를 담은 숙종의 말에 입을 꾹 다문 채 듣고 있던 용복의 눈은 잔뜩 긴장한 나머지 벌겋게 충혈되어 있었다. 그런 그의 눈빛을 읽은 숙종이 잠시 말을 멈추는가 싶더니 어느새 슬픈 눈이 되고 말았다.

"그러나 애석하게도 과인은 그대의 뒤를 끝까지 지켜줄 수가 없다."

그 말이 무슨 뜻인지 너무나 잘 아는 남구만이 고개를 떨구었다. 독도와 울릉도를 지키기 위해 조선 모두를 걸 수는 없음을 뜻함이었다. 때문에 양반도 아닌 천민 용복에게 모든 짐을 지우게 되는 것이었다. 만일 어떤 문제든 복잡한 충돌이 생긴다 한들, 용복의 목숨 하나만으로 잡음이 더 번지지 않도록 해야 할 입장이었다. 숙종은 다른 어떤 방법도 찾지 못해 긴 궁리 끝에 내놓은 자신의 말이 참으로 간악하여 씁쓸한 웃음을 지었다. 그러나 섬을 지키기 위해 조선 팔도 땅 위의 모든 백성을 전란의 불구덩이로 밀어 넣을 수는 없는 일이었다. 왜란. 그것은 지극히 끔찍한 비극이었다. 다시는 겪지 않아야 할 것이었다. 숙종은 호패를 물끄러미 바라보는 용복을 보며 잔인한 말을 이어갔다.

"차후에 문제가 생긴다면 그대는 홀로 모든 책임을 감당해야 할 것이다. 조선의 군주인 과인은 그대 뒤에 서 있으나, 조선은 그대 뒤에 존재하지 않는 셈이다."

숙종도 알고 있었다. 이것이 얼마나 두렵고 부담이 되는 제안인지. 그래서 용복이 거절하고 포기할지도 모른다는 생각도 했었다. 그러나 그는 용복의 결단을 믿어보자는 결론을 내렸다. 뭇 백성이라면 열에 열이 도망을 갈 테지만 그는 안용복이 아닌가. 조선을 위해서라면 없던 배포도 만들어 호기롭게 내보일 그라는 것을 믿고 생각해낸 방법이라면 방법이었다. 숙종은 어느덧 그를 마음 깊이 신뢰하고 있었다.

"전하, 소인 안용복 명 받들겠십니더."

용복이 추호의 망설임도 없이 결연한 목소리로 힘을 주어 답을 올렸다. 숙종은 안심하는 마음과 미안한 마음이 뒤섞인 속내를 애써 숨겨야 할 만큼 실로 엄청난 제안이었다.

"할 수 있겠는가?"

"이미 죽은 것이나 다름없던 이 미천한 목숨 줄, 전하께옵서 명하시면 무엇이든 받들겠나이다. 하물며 지엄하신 명엔 그릇된 것이 하나도 없사온데 소인 안용복, 곧장 분부하신 명대로 어명 받들겠나이다."

숙종은 가만히 고개를 끄덕이는 것으로 모든 나머지 말을 대신했다. 괜한 인사치레는 오히려 거추장스러운 것이었다. 이미 용복에게 하사한 호패가 모든 기대와 믿음을 의미하고 있기 때문이었다.

더불어 용복의 말대로 숙종의 말은 틀린 것이 하나도 없었다. 용복도 계획이 무산됨과 동시에 다음 도왜을 다시 생각했었다. 그러나 이미 용복의 움직임을 눈치 챈 쓰시마 도주가 가만히 있을 리 없었다. 경계를 더욱 삼엄히 할 것이 자명했다. 쓰시마로 가는 길목마다 지키고 서서 갖은 공격을 퍼부을 것이다. 무슨 방도를 쓰든 간신히 당도를 한다 해도 그 다음이 문제였다. 갖은 술수를 써서 자신들 쪽이 유리하게 만드는 것에 이력이 난 이들이었다. 그들에게 잘못 걸렸다가는 공연한 분쟁을 막기 어려울 것이 자명했다. 그들은 이미 잃을 것이 없었다. 몸을 사리는 것은 백성들을 사랑하는 조선의 몫이었다.

에도의 명이 쓰시마에 당도하는 데엔 시간이 걸릴 것이다. 게다가 쓰시마는 조선과의 교역을 담당하는 이상 나름대로의 권력을 쥐고 있었다. 막부의 명을 무시할 순 없으나 유연하게 빠져나갈 여지가 충분했다. 그러나 교역이란 것이 본디 두 나라가 존재하지 않으면 권력 또한 잃게 되는 법. 조선이나 왜, 둘 중 하나와의 관계가 어긋난다면 그대로 낙동강 오리알 신세가 될 것이 분명했다. 이는 곧 쓰시마의 자멸이었다. 관건은 에도까지 가는 길목을 통과하는 것이었다. 직접 용복이 막부에 가든, 말만 전하든 성패 여부는 위치에 달려 있었다. 왜에서 용복을 인정한다면 그리 할 것이고, 그게 아니라면 지난 도왜을 빌미 삼아 호되게 다그칠 것이 뻔했다. 때문에 조선의 위용이 필요했다. 인원이 적은 용복 일당에겐 더욱이 그런 뒷배가 필요했다. 사실 여하를 떠나 그들을 납득시켜야 하는 것이 가장 큰 숙제였다. 숙종은 자신이 전면에 나서 도울 수 없는 것을 이렇게라도 대신하고 싶었다.

"상선은 나머지 물건들을 가져오라."

임금의 명령에 내관들과 궁녀들 몇몇이 바삐 몸을 놀렸다. 의복과 사모관대, 그리고 곱게 접힌 깃발들이었다. 용복은 평생한 번도 걸쳐 본 적이 없는 고운 빛깔의 비단 의복들이었다.

"통신사를 보낼 때에 지급하는 것이다."

남구만이 눈이 휘둥그레진 용복에게 설명을 해주었다. 숙종은 주로 외국에 사절단을 보낼 때 입히는 의복을 용복에게 하사했다. 용복은 너무나 황송하여 말을 제대로 잇지도 못하였다. 숙종은 다른 선원들이 입을 의복까지 정갈하게 준비해주었다. 옷감이 좋고 고급이라 꽤 무거운 짐이 되었다. 무엇보다 장신구와 신발까지 갖춰져 있어 그 무게가 어마어마했다. 당장 동래까지 가져갈 것이 문제였으나 용복은 가슴이 벅차올라 아무런 걱정도 되지 않았다. 이번에야 말로 뭐든 해내리라는 의지가 더욱 굳건해지는 순간이었다.

"배는 이 곳 한양에서 만들어 뇌헌 편에 보내도록 하겠다."

왜와 가까운 남해안에서 배를 제작하다 이 모든 화가 일어난 셈이었다. 게다가 이번만큼은 한 눈에 조선 조정에서 나온 이들처럼 보여야 했으니 얇은 어선으로는 어림도 없었다. 최고의 조선造船 기술로 크고 튼튼한 배를 만들어야 했다. 때문에 이번 조선은 남구만의 지휘 하에 조용히 진행하기로 했다. 이 모든 것은 처음부터 끝까지 숙종의 생각이었다. 본래 계획대로 어선을 만들어 조용히 침투하려다가는 강한 풍랑에 배가 전복될 수도 있었다. 중요한 사명을 품고 가는 길에 단 한 명의 선원도 잃어서는 안 될 일이었다.

"이번에는 한양에서 암암리에 마칠 것이니 걱정 말라."

숙종은 다만 이전보다 더 조심스럽고 철저하게 대비해서 일을 진행해야 한다고 일렀다. 비록 위장술로 비춰지겠으나 조선의 위용을 업고 항해에 나서는 것인 만큼 준비해야 할 것들이 너무나 많았다. 무엇보다 중요한 것은 이번이 마지막 기회라는 것이었다. 용복은 앞에 놓인 녹각 호패를 조심히 들어 올려보았다. 묵직한 무게는 제가 가진 본래의 호패와는 비교를 할 수 없을 만큼 다른 느낌을 주었다. 그는 그것이 본인에게 놓인 사명의 무게라고 여기며 품 안에 잘 여며 넣었다.

"실패는 생각지 않을 것일세."

"명 받들겠나이다, 전하."

용맹한 충심 하나로 그 모든 것을 감당하겠다는 용복에게 이런 호사스러운 지원이라니 성은이 망극할 따름이었다.

"이왕 하는 것 제대로 해야 할 터이니 전선 못지않은 배를 준비해야 할 것이야."

두 사람은 다시 한 번 강렬한 눈빛을 주고받은 뒤 은밀히 헤어졌다.

남구만은 직접 대전 밖까지 배웅하며 당부의 말을 전했다. 서둘러 계획을 진행하라는 것이었다. 마침 쓰시마 도주의 건강이 위독하니, 절호의 기회였다. 용복은 천군만마 같은 임금의 신뢰와 응원을 등에 업게 된 지금, 최악의 상황이 닥쳐온다 할지라도 반드시 해낼 수 있다는 자신감이 불끈 치솟았다. 그는 지난 실패로 잃었던 모든 것을 되찾은 기분이 들었다.

그러나 숙종의 마음은 용복의 마음처럼 든든하지도 홀가분하지도 않았다. 남구만과 용복이 떠나고 난 텅 빈 대전에 홀로 남은 숙종은, 스스로가 한심하다는 생각에 휩싸여 미동도 없이 오랫동안 자리를 뜨지 못했다. 그의 낮고 무거운 한숨이 넓은 대전 마루에 몇 겹씩 쌓여가고 있었다.

"오호 통재라."

구슬프기 짝이 없는 숙종의 목소리였다. 그의 그런 마음속 깊은 곳까지 이미 다 읽고 있는 상선이 더욱 낮게 허리를 굽혔다. 늘 마지막까지 숙종의 곁에 남는 건 머리가 하얗게 센 상선영감뿐이었다.

"제 나라 영토 하나 직접 나서서 지킬 수 없는 것이 과연 이 나라의 왕이 맞기나 한 것이오? 졸렬하기 짝이 없게도, 용감한 백성을 부추겨 그 뒤에 숨는 꼴이니. 자리나 지키려는 위선자가 아니냔 말이오."

상선은 숙종의 괴로운 심정을 온몸으로 느끼며 스스로가 죄인이라도 되는 양 몸을 더욱 낮게 조아렸다. 상선은 그런 그가 비열하고 나약한 왕이 아님을 누구보다 잘 알고 있었다. 다만 그 어떤 말로도 그를 위로할 수 없기에 머리를 조아리며 듣기만 할 따름이었다. 숙종은 괴로운 듯 고개를 숙였다. 괴로워하는 숙종을 바라보는 상선의 마음 또한 까맣게 타들어가는 듯했다. 선왕들을 극진히 모셔오다가 현재의 숙종까지 보필하고 있는 그였다. 그는 그동안 보아온 선왕들 중에 숙종이 가장 명민하고 외로운 군왕이라는 생각이 들었다. 그러기에 상선은 결코 그의 곁을 잠시도 떠나는 법이 없었다. 본인이라도 늘 임금의 곁을 지켜야 한다고 여긴 때문이었다.

한동안 그렇게 죽은 듯 앉아있던 숙종은 깊은 심호흡을 끝으로 몸을 일으켰다. 상선이 흐트러진 의복 매무새를 고쳐드리려 하자 숙종이 거절하였다.

"의복만 정제한다고 반듯한 왕이 되겠소. 마음이 이리 반듯하지 못할진대."

"망극하옵니다. 전하."

숙종은 그 길로 숙빈의 처소로 발길을 향했다. 그 뒤를 바짝 따르는 상선은 숙종이 평생을 짊어지고 가야하는 어마어마한 왕권의 무게를 이미 알고 있었다. 오늘따라 유난히 숙종의 걸음이 더디었다.

뇌헌의 눈이 휘둥그레 해졌다.

"이것들이 다 무엇이란 말이오?"

뇌헌이 용복에게 바투 다가앉으며 물었다.

"전하께옵서 내리신 하사품들입니더."

뇌헌은 신이 나 장황하게 설명하는 용복의 말을 들으면서도 선뜻 이해가 가지 않는다는 얼굴이었다. 숙종이 직접 꾸린 거대한 계획에 대해 구구절절 설명하는 용복의 눈은 그 어느 때보다도 밝게 빛나고 있었다. 용복의 얘기가 길어질수록 뇌헌의 입은 점점 더 크게 벌어져 닫힐 줄을 몰랐다. 실로 듣고도 믿을 수 없는 말들이기 때문이었다. 말의 끝자락에서 용복이 품에서 꺼낸 녹각 호패는 화룡점정이었다. 보고도 믿을 수 없는 듯 뇌헌은 몇 번이나 호패를 이리저리 뒤집어보며 만지작거렸다. 용복의 얘기가 다 끝나고 나서야 그는 간신히 입을 다물었다.

"한 마디로 우리가 왜를 상대로 거대한 속임수를 쓴다는 말씀이시오?"

"온전히 속임수를 쓴다꼬 왜놈들이 속겠십니꺼. 왜놈들이 스스로 우리를 의심해가 뒤를 캐본다카면 그 뒤로는 속임수가 되는거 아니겠는교."

"그렇다면 준비해야 할 것이 만만치 않을 터인데…."

이내 뇌헌의 걱정이 되돌아왔다. 용복도 고개를 주억거렸다. 맞는 말이었다. 그저 비단옷을 입고 호패를 늘어뜨린다고 하여 해결될 일이 아니었다. 사신단을 맞아본 적이 있는 왜인들의 눈을 감쪽같이 속여야 하는데 그러자니 준비해야 할 것이 적지 않았다. 작게는 양반 행세부터 크게는 조선의 대표로서의 행동 지침 등, 꽤나 골머리가 아픈 일이었다. 지난 도왜 계획과는 달리 상당히 격이 다른 준비가 필요했다. 무엇보다 한동안 무예에만 전념했던 그들이었다. 그러나 이번 밀명에는 육탄전이 아닌 조리 있는 언변이 훨씬 중요했다.

"우짜피 스님하고 다른 승려들은 그대로 가면 되니께네 별 걱정이 없는데…."

"당장 안형이 큰 문제겠소."

뇌헌도 용복의 걱정을 곧장 알아채고 말을 받았다. 본디 승려인 뇌헌과 승담勝淡, 연습連習, 영률靈律, 단책丹責은 크게 준비할 것이 없었다. 사신단의 행동 강령만을 숙지하여 조심히 행동하면 될 터였다. 게다가 일본은 승려들에게 우호적인 나라이니 의심 받을 여지도 적었다. 그러나 함께 배에 오르기로 한 나머지 선원들의 사정은 용복과 크게 다르지 않았다. 이인성을 제외한 모두가 양반이 아닌지라 그들 또한 철저한 교육이 필요했다. 그 중에도 단연 으뜸은 용복이었다. 천출인데다 이번 도왜에서는 우두머리를 맡아야 하니 그 소임의 무게가 대단했다. 양반들의 행동부터 몸에 익히는 것이 급선무였다. 용복의 평소 행실이 바르다고 하여도 신분 차이에서 오는 자잘한 행동들을 다 고쳐야하는 것이 큰 문제였다.

"요것이 하루 이틀 줄글을 맹근다꼬 몸에 배겠느냐 이말입니더?"

용복의 걱정스런 물음에 뇌헌이 잠시 고민하더니 대뜸 무릎을 쳤다.

"평산포에서 온 이인성에게 배웁시다. 그가 성미도 온화하여 선생 노릇하기에 제격이오. 나라녹도 먹어봤던 자이니 글도 꽤 하고 말이오."

그러나 서당에 한 번 다녀본 적 없는 용복으로선 서른이 넘은 나이에 글공부라니. 평생 상상도 못하던 일이었다. 적어도 글 귀 몇 자는 읽을 줄 알아야 할 것이고, 기품 있는 양반 행세를 해내야 했다. 당장 밥 먹듯 쓰는 말들 중에도 양반답게 고쳐야 할 단어가 수두룩했다.

이튿날부터 용복의 바쁜 일과가 시작되었다. 해가 뜨기 전인 이른 새벽엔 평소와 같이 어선에 올랐다. 용복은 그저 묵묵히 뱃일을 하며 고기를 건져 올렸다. 꽤 여러 달이 지났음에도 불구하고 사람들은 아직도 남해안에서 피어오른 검은 연기에 대해 이야기를 꺼내곤 했다. 그것을 누구보다도 잘 알고 있는 용복은 시침을 뚝 떼고 모르는 체 했다. 대신 그의 머릿속에는 천자문이 맴돌고 있었다. 그는 한 번도 읽어본 적 없는 글이라 그저 해괴한 그림처럼 보였다. 그런 글자들을 일일이 다 외워 그대로 구사하자니 여간 어려운 일이 아니었다. 가끔씩 글자들을 떠올리느라 그물을 붙잡고 멍해질 때가 있었다. 사람들은 으레 정신이 산란하여 그렇겠거니 하고 혀를 찼다. 다행이었다.

배가 다시 뭍에 닿았을 무렵엔 해가 뉘엿뉘엿 지고 있었다. 진종일 바다 위에서 고기를 건져 올린 그는, 지친 몸으로 잡어 몇 마리를 들고 초가로 돌아와 홀어머니께 내밀고는, 뜨끈한 된장국 물에 밥을 말아 목구멍에 밀어 넣고 나면, 아무렇지 않은 듯 방문을 닫은 이후엔 새로운 일정이 시작되었다. 이인성과의 양반 교육이었다. 양반들처럼 비단옷을 격식에 맞춰 차려입는 것부터, 식사 예절, 말투 교육까지 배워야 할 것이 한두 가지가 아니었다. 곁에 모인 선원들도 어깨 너머로 조금씩 행동강령을 익혀갔다.

"안형, 그러다 참말 양반 되것음매?"

호탕하게 웃으며 말을 얹는 이는 황해도 연안에서 온 김순립이었다. 그의 말투에서는 늘 고스란히 고향의 느낌이 묻어나곤 했다. 본디 호방하고 화끈한 성미에다 장난기가 많은 대장부였다. 그는 유일하게 양반 교육에 참여하지 않고 연방 웃으며 그 광경을 지켜보기만 했다.

"전하께서 호패를 하사하셨으니 이미 양반이나 다름없소."

이인성이 딱딱하게 맞받아쳤다. 올곧고 바른 성미인 이인성의 눈에는 김순립은 천덕꾸러기처럼 보였다. 그는 참지 못하고 선장인 용복을 무시하는 투로 툭 던진 말에 한 마디 쏘아준 것이었다. 그러나 악의 없는 농담에 지나지 않았다. 김순립은 이인성의 대꾸를 신경도 쓰지 않고 용복의 곁에 엉덩이를 부리고 앉았다. 그의 얼굴에선 여전히 웃음기가 묻어있었다. 용복 곁에 바짝 붙어 앉은 김순립도 풍채가 용복 못지않았다. 이인성은 그의 덥수룩하게 기른 수염이 산 도적 같아 보인다고 생각했다.

"그란데 왜 내캉 직접 왜어를 쓰면 안 된다는 것인교? 내는 조선어 못지않게 왜어를 구사할 수 있다 아입니꺼."

용복이 이해가 가지 않는 듯 이인성에게 물었다. 그러자 그는 온화한 표정과 조근조근한 말투로 말을 이어갔다.

"조선의 사신단 대표로 떠나시는 것입니다. 벼슬아치 중 왜어를 능숙하게 구사하는 이는 거의 없습니다. 있다하더라도 감추겠지요. 오랑캐 언어를 구사해서 무엇에 쓰겠습니까. 역관을 통해 말씀하시는 것이 모양새가 더 좋습니다."

용복은 그제야 체념을 하듯 작게 한숨을 지었다. 할 줄 아는 것도 함구해야 하니 답답할 노릇이었다. 양반들은 어찌 그리 복잡하게 생각하고 어렵게 사는지 이해가 잘 되지 않았다.

"그람 유형은 왜어를 공부하니께네 언제든 어려운 것이 있으면 내캉 답변해 줄테니께네 물어보이소."

용복이 황해 출신 유일부에게 말했다. 그가 선원들 중 용복 다음으로 왜어를 잘 구사하는 이였다. 그래도 용복의 실력에는 한참 못 미쳤다. 동래에 지내며 숱한 왜인들을 만나본 용복의 왜어는 거의 현지인 수준이었다. 왜의 천한 신분부터 고위 관료까지 만나본 그로서는 각 계층의 왜어를 모두 구사할 수 있었다. 때문에 딱딱한 구어체 정도밖에 구사하지 못하는 유일부는 역관을 했었음에도 도리어 용복에게 배워야 했다.

"늘 한 박자 느리게 답하시고 느리게 행동하십시오. 입 밖으로 내기 전에 한 번 더 생각하시는 겁니다. 그것이 기품 있는 양반이자 고위 관료의 품격입니다."

용복이 고개를 끄덕였다. 그의 곁에 바짝 붙어 앉아있던 김순립이 또다시 비웃듯 큰 소리로 껄껄대었다. 양반님네라고 모조리 굼벵이처럼 굴지는 않는다는 것이었다. 이인성은 아랑곳하지 않고 용복의 눈만 쳐다보았다. 용복은 문득 그 시선이 부담스럽게 느껴졌다. 하루의 일과가 고됐던 탓인지 집중력도 흐려졌다. 그는 잠시 이인성과의 수업을 물리고 심호흡을 했다.

비좁은 초가 안에 많은 사람들이 모여 있었다. 모두 함께 배에 오르기로 한 이들이었다. 세어보니 11명이었다. 긴 여정을 함께 하기에 결코 많은 수는 아니었다. 그러나 은밀하게 진행하기엔 딱 적절한 수였다. 다른 인원은 한양에서 준비해준다고 하니 천만다행이었다. 그 많은 인원을 용복이 준비하자면 여간 힘든 게 아닐 것이다. 대신 용복은 그 일행들의 우두머리가 될 이들 11인을 이끄는 셈이었다. 둘러앉은 전국 각양각색의 사람들의 면면을 보다 말고 용복은 문득 마음이 뭉클해졌다. 동시에 스스로의 어깨의 무게를 다시 한 번 실감했다.

"이렇게 한 자리에 모두 모인 것은 이번이 처음인 듯합니더."

용복이 입을 떼며 한 명 한 명 눈을 맞추었다. 잘 부탁한다는 무언의 인사가 깃들어 있었다. 홍해에서 온 역관 유일부, 영해에서 온 유봉석, 평산포 출신 선비 이인성, 낙안에서 온 김성

길, 연안에서 온 행동대장 김순립. 그리고 뇌헌을 따라 순천에서 온 승려 승담, 연습, 영률, 단책. 유난히 앳된 영률의 얼굴을 보며 용복은 또다시 마음을 다잡았다. 승려이기 이전에 그들도 조선의 백성이었다. 노소를 불문하고 조선의 영토를 지키고 싶은 의혈단인 셈이었다. 그 선봉장에 선 이가 용복 자신이라는 걸 깨닫고는 그는 다시 한 번 정신이 번쩍 들었다. 당장 몸이 고단하고 괴로워도 뭐든 이겨내야 하는 자리였다.

"전하께옵서 우리들에게 큰 힘을 실어주신 만큼 그 사명을 다할 수 있도록 마 최선을 다하십시더."

용복이 다소 떨리는 목소리였지만 결연히 말했다. 둘러앉은 선원들 모두가 같은 마음으로 고개를 끄덕였다.

"암! 그 자리에서 목심이 다한다 혀도 상관 없시야!"

김순립의 쩌렁쩌렁한 목소리가 방안을 울렸다. 아직은 서로를 속속들이 다 알지는 못할지라도 이 자리에 모인 이유만은 분명히 같은 사람들이었다. 용복에겐 그들의 존재 자체가 든든한 힘이 되어 주었다. 홀어머니의 보살핌도 그들에게 큰 몫을 해주었다. 아들이 꾸미는 일이 예사로운 것이 아닐 것이라는 짐작이 있음에도, 일체 묻지 않고 묵묵히 그들의 뒷바라지를 해주는 어머니가 든든하다는 생각이 새삼스레 드는 저녁이었다. 존재만으로도 힘이 되고 행동의 이유가 되는 사람들. 용복은 모처럼 기분 좋게 웃었다.

　이제 남은 것이라곤 최선을 다하여 조용히 도왜을 준비하는 것뿐이었다. 함께 배는 타지 않게 되었지만 필득을 비롯한 숱한 지인들이 자진하여 보초를 서주었다. 지난 도왜 실패와 같은 일은 만들지 않으리라는 마음가짐 덕이었다. 용복은 든든한 마음으로 다시 이인성과 마주 앉았다. 서둘러 양반 교육을 마쳐야 다른 일들을 총괄할 수 있기 때문이었다. 저마다 각자 맡을 일들을 논하며 밤이 깊어갔다. 용복 또한 이마에 땀이 맺히도록 공부에 열을 올렸다.

　개천이 서늘하게 얼어붙었다. 해가 바뀌어 맹렬한 추위가 어부들의 뺨을 에었다. 모두 추위에 몸을 옹송그렸으나 용복은 오히려 가슴이 탁 트인 듯 시원하게 느껴졌다. 다시 맞이할 수 없으리라 여겼던 새해였다. 이제 이 추위가 가시고 바다가 잔잔해지면 도왜이 결행된다는 뜻이었다. 얼떨결에 숙종을 만나 일을 도모하기 시작한 게 엊그제 같은데 벌써 근 2년이라는 세월이 흘러있었다. 이제는 곧 대사를 실행에 옮길 때가 하루하루 다가오고 있었다. 그러다보니 그들은 새해를 맞이한 기쁨에 마냥 젖어있을 여유가 없었다. 용복은 생각할수록 그 어느 때보다 큰 무게의 책임감이 중첩되어 가슴이 두근거렸다.

"조만간 배를 가지러 다녀와야겠소."

뇌헌의 목소리에 용복이 몸을 돌렸다. 그는 요즘 부쩍 마당에 나와 저도 모르게 멍하니 생각에 잠기곤 했다. 뇌헌이 그의 상념을 뚫고 들어와 말을 이었다.

"영감께서 배를 가지러 오라 하신 때가 임박했소."

"세월 참 억수로 빠르다 아입니꺼."

용복의 답이었다. 뇌헌도 그의 곁에 서서 겨울의 끝자락의 칼바람을 함께 느꼈다. 도왜이 끝날 때까지 부디 이렇게 날씨가 좋았으면 하는 바람이 서로의 마음속에 소망으로 자리를 잡는 순간이었다. 용복은 따로 뇌헌에게 이렇다 할 조언을 할 필요가 없었다. 용복 못지않게 뇌헌 또한 배에는 이골이 난 이였다. 오래 전부터 대형 상선을 몰아본 적이 있는 그였기에 그가 이번 배를 운반해오는 일을 안심하고 맡길 수 있었다. 뇌헌 또한 말하지 않아도 자신이 맡을 일이라는 것을 너무나도 잘 알고 있었다. 배가 완성된다는 구체적인 날짜를 받았으니 이제 구색을 갖추어 배를 가지러 떠나면 될 일이었다. 배가 동래 근방에 당도하는 대로 도왜 준비는 막바지로 치달을 것이다. 남은 것은 마지막 결의를 곤고히 하는 단단한 마음가짐뿐이었다.

"다녀오시는 사이에 복색을 준비할까 합니더."

용복이 뇌헌에게 계획을 일러주었다. 뇌헌은 말없이 고개를 끄덕였다. 두 사람은 서로를 깊이 신뢰하고 있었다. 그럼에도 자잘한 계획 하나하나를 숨김없이 나누었다. 그것이 더욱 깊은 신뢰의 바탕이 되었고 앞으로도 믿음으로 도왜을 해낼 수 있는 밑거름이 될 터였다. 그런 작은 배려 하나하나가 용복의 인간 됨을 반증하는 셈이었다. 뇌헌이 그의 곁에서 수족 노릇을 하고 있긴 하나 우두머리는 누가 뭐래도 용복이었다. 그것은 용복 자신을 포함한 11명의 선원들이 인정하는 사실이었다. 따라서 그는 독선적으로 모든 일을 추진할 수도 있었다. 그럼에도 용복은 늘 선원들의 의견을 물었고 실행 전에 조언을 구했다. 그렇기에 선원들도 하나같이 주인의식을 갖고 도왜을 준비할 수 있었다. 신뢰가 바탕이 된 우두머리 덕분이었다.

"여기가 안용복의 집이오?"

낯선 이의 목소리였다. 용복과 뇌헌은 저도 모르게 경계 태세를 취했다. 소리를 따라가 얼굴을 살피니 허름한 행색의 파발꾼이었다. 급히 말을 타고 왔는지 온몸에 흙먼지가 뽀얗게 묻어있었다. 용복은 긴장을 늦추지 않은 채 그에게 다가갔다. 그가 대뜸 말에서 내렸다. 무기가 없는 걸로 보아하니 위해를 가하려는 이는 아닌 듯 보였다. 그렇다고 경계를 늦출 수는 없었다. 용복은 만일을 대비해 옷섶에 들어있는 단검을 슬쩍 확인했다.

파발꾼은 아무런 의심도 없이 용복에게 종이를 내밀었다. 서신이었다. 용복이 그것을 받아들기가 무섭게 그는 바로 다시 말을 몰아 사라져버렸다. 뽀얀 흙먼지가 초가 마당에 자욱하게 피어올랐다.

용복은 주변을 조심히 살피며 서둘러 방으로 들어갔다. 서신을 아무 곳에서나 펼쳐 볼 수 없다는 생각에서였다. 그가 상기된 얼굴로 방으로 들어와 조용히 서신을 열어보니 과연 그것은 한양에서 온 것이었다. 서신의 끝에는 남구만의 인장이 선명하게 찍혀 있었다. 용복은 마른 침을 삼키며 서둘러 글을 읽었다. 이제는 그도 누구의 도움이 없이도 그 정도의 서신은 충분히 읽어 내려갈 수 있었다. 그의 피나는 노력의 결과였다. 길지 않은 서신을 다 읽은 용복은 뒤통수를 맞은 듯 멍한 기분에 휩싸였다.

"대마도주 소우 요시쓰구가 죽었다카네에."

덩달아 놀란 뇌헌이 곧장 편지를 받아 방에 있던 몇몇 선원들이 들을 수 있도록 크게 소리를 내어 읽었다. 본디 지병이 있던 소우 요시쓰구가 무려 일 년도 전에 유명을 달리했다는 내용이었다. 그 소식이 조선까지, 또 동래까지 오는 데에 이토록 시일이 걸렸다. 용복은 그간 무엇을 위해 이토록 애써왔던가를 생각하니 갑자기 허망한 마음이 들었다.

그의 피맺힌 의지에 뿌연 안개가 낀 기분이 되었다. 수많은 사람들을 죽이고 울릉도와 독도를 강탈하려 부단히 애쓰던 소우 요시쓰구. 그의 야비한 미소를 띠던 얼굴이 소름끼치도록 선명하게 떠올랐다. 어둔과 왜에 납치 되었던 날들부터 차례로 소우 요시쓰구와 대치했던 나날들이 그의 눈앞에 천천히 하나 둘씩 나타났다 멀어지곤 했다. 그 이후 정신이 온전치 못하게 된 어둔을 생각하니 그의 마음이 또다시 납덩이처럼 무거워졌다.

용복의 초가에는 한동안 정적이 감돌았다. 누구 하나 선뜻 입을 떼지 못했다. 서신에는 별 다른 말이 없었다. 단순한 사실을 전할 뿐 그 어떤 행동 지침도 담겨 있지 않았다. 그럼에도 불구하고 도왜을 감행하라는 것인지, 다음 기회로 미루자는 것인지 갈피가 잡히지 않았다. 이인성은 여느 날과 마찬가지로 양반 수업을 시작했다. 처음엔 어려워하며 잘 따라오지 못하던 선원들도 이제는 곧잘 해내었다. 글도 잘 읽었고 행동도, 말투도 제법 고상해져있었다. 전혀 동참하지 않을 것처럼 굴던 김순립까지도 힐끗거리며 어깨 너머로 배우던 것들이 이젠 제법 흉내를 낼 만큼이 되었다.

밤이 깊어 대부분의 선원들이 깊은 잠에 빠졌다. 하루하루가 고된 나날이었기에 해가 떨어지면 벌써 코 고는 소리가 여기저기에서 들려왔다. 크지 않은 초가에 사내가 11명이 모여 지내다보니 밤만 되면 꽤나 고약한 소리가 났다. 용복은 오늘따라 더욱 잠을 이루지 못한 채 자리를 뒤척였다. 그는 쉽게 잠이 올 것 같지 않자 종내에는 아예 방을 나섰다. 마당에 나가 찬바람이라도 쐬일 생각이었다.

용복이 마당 한 켠에서 휘황하게 밝은 달을 멍하니 올려다보며 서 있었다. 그런 용복의 기척을 알아챈 뇌헌이 따라 나와 말없이 그의 곁에 섰다. 뇌헌도 일행들의 식사를 용복의 어머니께만 맡기지 않았다. 밥솥에 불을 지피기도 하고 심지어는 찬거리를 만드는데도 솜씨를 내기도 하고 설거지까지도 도맡다 보니 하루가 고단했을 터인데도, 그는 용복의 일거수일투족에 관심을 잃지 않았다. 그는 용복의 수족이자 책사 노릇을 톡톡히 해내고 있었다.

"심란하시오?"

"머릿속이 어지럽다 안캅니꺼."

"한양으로 급히 사람을 보내어 의중을 물어보는 게 낫지 않겠소?"

뇌헌이 답답해하는 용복 대신 해결책을 내놓았다. 그 편이 가장 빠르고 확실한 답일 것이다. 그러나 용복은 고개를 가로 저었다. 필시 파발꾼 편에 서신을 보낼 때에도 그런 생각을 하지 않았을 리 없었다. 그럼에도 단순한 사실만을 적어 보냈다는 것은 아무래도 계획엔 변화를 주지 말라는 뜻으로 여겨졌다. 그런 생각을 뇌헌에게 늘어놓자 그는 도리어 의아한 생각이 들었다. 확신이 있는데 어째서 고민하는지 선뜻 이해가 되지 않아서였다.

"개인적인 허무함인 것 같십니다. 지난 몇 년 간을 그토록 증오하며 지냈지 안았습니꺼, 그는 내 삶의 목표와 같은 인물이 되었더란 말입니더. 그란데 그런 그가 그리도 허무하게 죽었다카니, 내 사마 무엇을 위한 복수인가 카는 회의감이 들어서리."

뇌헌도 그의 마음을 충분히 이해했다. 그러나 도왜은 단순한 복수를 위해 시작한 일만은 아니었다. 어서 용복의 마음을 추슬러야 했다. 그것이 자신의 맡은 바 소임이기도 했다. 뇌헌은 부드러운 목소리로 천천히 그를 다독였다.

"이 일은 개인에 대한 원한으로 시작한 일이 아니지 않소. 우리는 요시쓰구가 아닌 대마도를 대상으로 싸우는 것이오. 울릉도와 독도를 제 집처럼 드나드는 못된 행실을 고쳐주려고 말이오. 그가 죽었다 해도 대마도주의 자리는 비지 않을 것이오. 누구든 그 자리를 다시 꿰차 가문의 위업이랍시고 다시 울릉도를 넘볼 것이 뻔 하오. 우리는 그 일을 막기 위해 모인 것 아니오."

용복의 긴 한숨이 아직은 차가운 밤공기를 가르며 허공으로 흩어졌다. 두 사람 모두 이미 다 알고 있는 사실이었다. 그러나 용복은 마음이 심란하여 도무지 정돈이 잘 되지 않았다. 그것을 뇌헌이 나서서 마음을 다잡아주려 애쓰는 것을 느끼고는 용복은 다시금 마음을 추슬러야한다고 스스로의 마음을 다잡았다.
아마 혼자서 준비했다면 여기까지 오지도 못하고 벌써 멈추었
을지도 모를 일이었다. 용복은 곁에 이렇게 진정 뜻을 함께하고
있는 사람들이 있다는 사실에 문득 든든한 생각이 들었다. 더불
어 이런 감정 소모로 지체할 시간이 없다는 것 또한 새삼 깨닫게
되었다. 자신만을 따르며 오직 조선을 위해 싸울 준비가 된 이
들이 이곳에 모여 있었다. 그들이 보는 앞에서 이런 감상에 젖
어 있을 여유가 없었다. 사실은 사실로 받아들이고, 하던 대로
지체 없이 서두르되 꼼꼼히 계획을 진행시켜야만 했다.

　짧은 찰나에 뇌헌은 그런 용복의 생각을 거의 읽어 내었다.
불자로서 전국을 떠돌며 많은 사람들을 만나면서 체득된 능력
이었다. 그는 상대의 낯빛과 표정만으로도 그 사람의 인생과
생각을 거의 읽어낼 수 있었다. 그에게 용복 또한 예외는 아니
었다. 뇌헌은 그의 감정의 기복을 이미 다 헤아리고도 남았다.
그래서 그는 더더욱 용복의 곁에 늘 있었다.

　"빠른 시일을 정해가 떠나셔야겠십니더."

　"내일 밤 승려들을 데리고 나서겠소."

　두 사람은 서로 나누는 눈빛만으로도 더 많은 대화를 나눌 수
있었다. 뇌헌은 내일 새벽 곧장 길을 떠나 배를 가져오고 그동
안 용복은 선원들을 챙기며 도왜에 필요한 막바지 준비에 임하

기로 했다.

뇌헌이 다시 동래로 돌아오는 데에는 많은 시간이 걸렸다. 한양으로 가는 길을 도보로 이동해서이기도 하지만 아직 배가 완벽하게 완성되지 않은 탓에 생각보다 꽤 오랜 시간이 걸려야 했다. 그러나 항해에는 전혀 지장이 없다는 것을 입증하듯 뇌헌은 튼튼하게 잘 건조된 배를 이끌고, 숙종이 선별해 보내준 건장한 선원들과 각종 물품들을 바리바리 싣고 동래까지 무사히 당도했다. 용복은 평정심을 유지하려 애썼지만 워낙 기다렸던 만남이라 반가움이 더했다. 그 사이 김순립도 천자문을 떼게 되었고 이제는 제법 다들 선비들 같아 보였다. 숙종이 하사한 옷을 걸치기만 한다면 걸음걸이 하며 너털웃음까지 제법 고위 관리로 보일 정도로 모양새가 그럴 듯 해져있었다. 며칠간 뇌헌 일행의 여독이 풀리는 데로 곧장 출발할 수 있도록 모든 준비가 잘 마무리 되었다.

아직 바람 끝은 찬 기운이 남아있긴 했지만 제법 공기가 포근해진 삼월이었다. 이제 남은 것이라곤 해신제 뿐이었다. 그 어느 때보다도 중요한 항해를 해야 하는 만큼 바다 신께 제사를 올리는 것이 그 무엇보다도 중요했다. 봄 바다는 워낙 변덕이 잦긴 했지만 오늘따라 유난히 성이 난 파도는 모든 것을 집어삼킬 듯이 아우성을 치고 있었다. 바다의 일기는 그간의 노력을 허사로 만들지 않으려면 결코 지나쳐서는 안 되는 일이었다. 용복은 그 어느 때보다 성실하게 해신제를 준비했다. 이번 항해는 무엇보다 중요한 사명인 만큼 큰 규모로 준비하고 싶었다. 그러나 사람들 눈을 피해야 하는 이번 도왜의 특성상 약소하되 정성껏 준비하기로 마음을 모았다.

밤이 깊었다. 자정을 넘긴 심야에 조용한 행렬이 줄을 이었다. 바로 용복의 초가에서부터 시작된 줄이었다. 11명의 선원들과 그들을 돕는 수 명의 작은 행렬이었다. 보자기에 싼 돼지머리도 있었고, 매의 날갯죽지도 보였다. 생선이랑 과일까지 푸짐한 제사에 필요한 음식들을 준비하여 서낭당으로 오르는 중이었다. 진짜 통신사들처럼 영가대에서 성대히 치르고 싶었으나 그럴 수 없는 것이 아쉬웠지만 어쩔 수 없는 일이었다.

밤이 깊어 음산해 보이기까지 하는 서낭당에 사내들이 둘러섰다. 누구 하나 말을 꺼낼 수 없는 엄숙한 분위기가 이어졌다. 당집으로 만든 작은 제단에 준비해 온 음식들을 올렸다. 정중앙에 놓은 유난히 탐스러운 돼지머리가 온화한 미소를 짓고 있었다. 그들은 정성을 다해 마련한 음식들을 앞에 놓고 용왕님께 차례로 절을 올리고 술을 바쳤다. 절차가 거의 끝나갈 무렵 용복이 다시 제단 앞에 큰절을 올리고 술을 올린 후 서낭당 나무 여기저기에 촉촉이 뿌렸다. 그리고는 다시 제단 앞에 무릎을 꿇고는 용왕님께 진심을 담아 간곡한 부탁을 올렸다.

"높으신 용왕님, 그간 하나만 생각하고 살았십니더. 먼저 간 마누라와 아들래미를 생각해서라도 부디 여기 모인 모두가 바라는 대로 이뤄지게 도와주시믄 안되겠십니꺼.

거센 풍랑을 만나지 않고 무사히 이번 소명을 마칠 수 있기를 도와주이소. 그리만 해주시며는 앞으로 이 놈, 다른건 안바라고 오로지 조선백성들만을 위해서 살겠십니더."

그때 갑자기 휙 하고 거센 바람이 불어 닥쳤다. 나무 뒤에서부터 산줄기를 타고 내려오는 칼바람이었다. 모여 선 사람들의 옷자락이 마구 펄럭였다. 일교차가 심한 봄밤이었다. 그럼에도 다행히 바람 끝은 차지 않았다. 마치 용왕님이 용복의 부탁에 답을 준 것처럼 느껴졌다. 용복은 결연한 표정을 풀고 조금 웃어 보였다. 그리고는 마지막으로 잔을 한 번 더 올리고는 경견한 마음으로 다시 절을 올렸다. 그가 뒤로 물러서 다 함께 다시 절을 올리는 것으로 해신제는 마무리 되었다. 참으로 조촐한 해신제였다. 산 중턱임에도 불구하고 어디선가 바람 끝에 묻어온 짭짤한 바다 냄새가 났다.

그 날 밤 용복의 초가는 텅 비었다. 홀로 계실 어머니가 걱정된 용복은 어차피 거쳐야 할 울산에 있는 외가에 어머니를 모셔다 드리는 것으로 일행들과 상의했고 그의 어머니 또한 순순히 응해주었다. 예사롭지 않은 출행 길임을 눈치 챈 어머니였지만 아들의 하는 일에 그 어떤 것도 묻지 않은 채 간단한 봇짐만을 싸서 아들을 따라나섰다.

용복 일행은 모두 동래 부근의 조그만 나루터로 모여들었다. 그곳엔 뇌헌이 매어놓은 배가 정박해 있었다. 임금이 직접 개입한 만큼 위용이 대단한 배였다. 척 봐도 자재가 좋고 견고하기 이를 데 없는 최상품의 전선이었다. 상단으로 임할 때에도 유사시를 대비해 전선을 몰아본 바 있는 뇌헌에겐 더욱 좋은 여건이었다.

곧이어 아무도 모르게 배가 떴다. 첫 목적지 울산을 향한 항해였다. 울산에서 어둔을 만나 그가 지원하는 물품들을 배에 싣고 울릉도를 거쳐 왜에 닿는 것이 최종 항해 계획이었다. 울릉도와 닿아있는 가장 단거리 육지라 울산은 자주 어부들의 거점이 되곤 하였다.

아무 탈 없이 울산 나루터에 도착한 용복 일행은 일사천리로 움직였다. 이제 막 동이 터오기 시작했다. 그래도 아직은 푸르스름한 새벽 그늘에 인영만 흐릿하게 비치는 정도였다. 그들은 마중 나온 어둔의 아들을 따라 그의 초가로 들었다. 성난 파도가 그들의 등 뒤에서 쫓아오는 듯했다. 용복은 따로 빠져 외가에 어머니를 모셔다 드렸다. 어머니는 서둘러 용복을 어둔네로

가라고 하면서도 눈물을 글썽이며 아들의 손을 선뜻 놓지 못하고 만지작거렸다. 이미 아들의 속내를 훤히 꿰뚫어 보고 있는 그의 어머니는 고여 드는 눈물을 애써 누르며 아리는 가슴을 쓸어내렸다. 용복은 그런 어미를 뒤로 하고 서둘러 발길을 돌려야 했다.

용복은 매일 밤 울산 앞마다를 면밀히 살폈다. 하늘과 바다를 번갈아 읽으며 출항 날짜를 계획하기 위함이었다. 그렇게 며칠이 지나고, 용복은 서둘러 선원들을 추슬렀다. 이제 정말 떠나는 날이었다.

"소우 요시쓰구가 죽었다고 하지 않았는교? 그란데 어찌 그 험한 길을 다시 떠난다고 하는 겁니꺼? 도대체 뭐해쌌는다고 거길 또 간단 말인교?"

조목조목 물어오는 어둔의 얼굴에 근심이 가득 묻어있었다. 용복은 그의 어깨에 다정히 손을 얹었다.

"우리 어무이가 전복을 억수로 좋아한다 아입니꺼."

무슨 뜻인지 알아듣지 못한 어둔이 용복을 똑바로 쳐다보았다. 어느새 용복의 시선은 칠흑 같은 검은 바다를 향해있었다.

"그 전복이 지천에 널린 울릉도에 가가 사는 게 내 소원 아입니꺼. 우리 어무이 모시고 도란도란 평온하게 살라카는데 그러자니 왜놈들이 걸린다 말입니더. 왜놈들을 다시는 발걸음도 못하게 해가 싹다 몰아내고 그래야 그 공으로 나랏님도 울릉도에 들어가 살도록 윤허해주실 게 아닙니꺼?"

용복이 부러 더욱 천진하게 웃었다. 그러나 그 미소 뒤에는 이미 단단하게 서있는 그의 의지가 엿보였다. 어둔도 그의 성격을 모르는 바 아니었다. 그는 한다 하면 하는 사내 중의 사내였다. 결국 어둔은 미리 준비해 두었던 식량과 식수 등을 내어 놓았다. 그는 이번 도왜에 나랏님이 개입되어 있다는 것을 알지 못했기에 용복의 두 번째 도왜에 회의감을 가지고 있었지만, 큰 뜻을 품고 제 목숨을 내거는 벗을 위해 그가 할 수 있는 최선의 배웅을 해주었다. 아무리 돈이 여유로운 어둔이라 하더라도 좀처럼 쉽지 않은 지원이었다. 그럼에도 그는 잠시의 망설임도 없이 용복을 위해 모든 것을 준비해주었다.

"안형, 목숨줄은 단디 지켜오소."

어둔이 돌아서는 용복의 손을 붙들고 말했다. 이에 용복이 비장한 표정으로 답했다.

"울릉도와 독도. 내사마 그기를 지켜올 것입니더."

캄캄한 새벽이었다. 보통이라면 배를 출항할 엄두도 내지 못할 어둠이었다. 그러나 용복은 어둠 속에 잔잔해진 파도를 믿었다. 항해는 육안으로 보는 것보다 파도를 몸으로 느끼는 것이 더 중요했다. 곧 동이 틀 것이다. 덩달아 용복의 마음도 다급해졌다. 그는 서둘러 낡은 면 옷을 벗어 던지고 숙종이 하사한 옷을 꿰어 입었다. 비단 옷감은 살에 닿는 촉감부터 달랐다. 때가 다가오고 있다는 생각에 용복의 가슴이 마구 두방망이질을 쳐댔다. 정말 이 옷을 입을 날이 기어이 왔다. 처음 입어본 당상관복이 생각보다 더 무겁게 느껴졌다.

서로 옷매무새를 보아주며 그들은 조용히 배에 올랐다. 선원들을 일일이 확인하느라 용복은 일행 중 가장 나중에 배에 올랐다. 11명의 선원과 한양에서 선발되어 온 20명의 선원들까지 모두 빠짐없이 제 역할에 맞는 옷을 입고 승선했다. 용복이 마지막으로 배에 오르면 항해가 시작이었다. 모두 목숨을 내던질 각오로 떠나는 길이다 보니 한 사람 한 사람의 얼굴마다 결연함이 감돌았다.

"안용복은 어명을 받들라!"

바로 그때 요란한 말 울음소리와 함께 쩌렁쩌렁한 목소리가 그의 발목을 잡았다. 깜짝 놀란 용복이 소리의 근원을 살폈다. 어명이라니, 너무나 갑작스러운 것이었다. 설마 도왜이 취소된 것인가 싶어 순식간에 그의 등에 식은땀이 배었다.

"안용복은 하선하여 전하께오서 내리신 교지를 받들라!"

용복은 긴장한 낯빛으로 선원들과 함께 서둘러 배에서 내려 바닥에 엎드렸다.

익숙한 목소리였다. 가까이서 들으니 더욱 확실했다. 용복은 반사적으로 고개를 들었다. 상선영감이었다. 놀란 용복이 눈을 둥그렇게 떴으나 상선은 근엄한 표정을 유지했다. 교지를 전달하는 만큼 숙종의 대리인이라는 사명감이 고스란히 느껴졌다. 상선도 숙종 못지않게 궁에서 보는 눈이 많은 인물이었다. 그런 그가 새벽같이 직접 이 먼 울산까지 왔다는 것은 그만한 이유가 있을 터였다. 그제야 용복도 몸을 낮추어 자세를 바로 잡았다. 어떤 내용의 교지일지 알 수 없는 용복은 식은땀으로 등이 흥건히 젖어들었다.

教旨
甲午生 安龍福 通政大夫 渡日將軍
康熙 三十五年 五月

"교지. 갑오생 안용복을 통정대부 도왜장군에 임한다. 강희 35년, 5월."

상선영감의 굵고 간결한 교지 낭독이 끝났다. 용복은 얼떨떨한 마음에 다시 그를 올려다보았다. 그제야 상선은 웃으며 용복의 손을 잡아주었다. 숙종이 직접 쓴 교지가 용복에게 전달되는 순간이었다. 그는 믿을 수 없다는 듯 거푸 교지를 읽어 내렸다. 임금께서 호패로도 모자라 친히 교지를 하사하신 것이다. 도왜장군이라니, 용복의 가슴이 더더욱 벅차올랐다.

"전하께옵서 이토록 그대들을 응원하고 계시오."

용복은 순간 가슴 속 저 깊은 곳에서부터 뜨거운 것이 울컥 솟구쳤다. 그러나 용복은 그것을 겉으로 토해내지 않았다. 결연한 얼굴로 교지를 거듭 읽을 따름이었다. 상선은 그런 용복을 잠시 내버려 두었다.

"다만 부스럼을 만들 수 있으니 증좌는 없애는 것이 좋겠소."

용복이 순순히 고개를 끄덕였다. 그리고 다시 한 번 부릅뜬 눈으로 임금의 교지를 바라보았다. 통정대부 도왜장군. 용복은 큰 소리를 내어 그것을 다시 읽고는 그 자리에서 교지를 불태웠다. 그러자 교지가 순식간에 불이 붙어 타다가, 까만 재로 변하여 허공으로 흩날리더니 금방 그들의 눈앞에서 사라졌다. 그것을 지켜보던 용복은 마음이 뻐근하게 차오르는 것을 느꼈다. 임금의 간절한 마음이 그대로 느껴진 때문이었다.

"부디 건강히 잘 다녀오시오."

"꼭 성공해가 돌아오겠습니다."

용복은 한양을 향해 엎드려 다시 큰절을 올렸다. 무릎에 닿는 부드러운 모래가 마치 숙종의 품인 듯 오히려 포근하게 느껴졌다.

상선의 배웅을 받으며 선원들이 다시 배에 올랐다. 임금의 교지 하나로 그들은 서로 알게 모르게 마음 한편에 자리하고 있던 불안함이 단번에 가시고, 더욱 단단한 용기가 굳건하게 자리하게 되었다. 구름 한 점 없는 아침이었다. 배는 아무런 탈 없이 나루터를 미끄러지듯이 벗어났다. 배가 시야에서 사라질 때까지 상선은 자리를 뜨지 않았다. 그는 부디 그들이 전하의 마음을 담아 이번 목표를 꼭 성공하고 돌아와 주기를 그 누구보다 간절히 바라는 마음으로 쉽게 발길을 돌리지 못하고 서있었다.

잔잔한 파도가 선체에 부딪쳐 하얗게 부서졌다가 밀려나곤 했다. 뱃머리에 서서 전방을 바라보고 서있는 용복의 표정은 그 어느 때보다도 비장해 보였다. 드디어 오래도록 준비해온 도왜의 서막이었다. 이번 도왜에서 원하는 것을 이뤄내지 못한다면 결코 살아서 돌아오지 않으리라. 그는 스스로 마음 깊이 결연한 다짐을 했다. 그만큼 이번 항해는 그 어느 때보다도 모든 것을 내 건 항해였다. 용복은 암흑의 동해 저편을 계속 뚫어져라 응시하고 있었다. 이 순간부터 자신은 더 이상 의협심만 있는 일개 개인이 아니었다. 그가 바로 조선이었으며 숙종이었다. 그는 묵직한 책임감에 휩싸여 가슴이 뻐근해져오자 크게 숨을 들이마셨다. 바다의 짠 기운이 그대로 그의 폐부로 한 움큼씩 쏟아져 들어왔다.

해가 중천에 떴을 무렵 배는 작은 나루터에 닿았다. 울릉도였다. 평소에 어업을 하면서 자주 드나들던 나루터이건만 오늘은 유독 감회가 새로웠다. 그들은 배를 나루터에 매어두고 발길을 뭍에 내딛었다. 오늘따라 을릉의 모래밭이 발길에 닿는 촉감부터가 남다르게 느껴졌다. 용복은 자신이 이토록 긴장하고 있다는 것이 새삼 우스워 절로 피식 웃음이 새었다.

여전히 울릉의 숲은 울창했다. 점점 따스해지는 초봄의 햇볕도 빽빽한 나뭇잎에 부딪쳐 바스라지곤 했다. 따스하면서도 개운한 울릉도 특유의 정취가 고스란히 느껴졌다. 그것이 바로 숱한 세월이 흘러도 변하지 않는 울릉의 맛이고 멋이었다. 다만 변한 것이라곤 용복이 품은 사명의 무게였다. 그렇게 얼마간 익숙한 숲을 응시하고 있노라니, 갑자기 인영이 빠르게 스쳐 지났다. 누군가 숲에 숨어든 모양이었다. 그는 갑자기 긴장이 된 나머지 목이 바짝 말라붙는 느낌이 들었다. 용복은 행여 잘 못 본 것인가 싶어 잠시간 같은 곳을 뚫어지게 바라보았다. 경솔하게 움직일 순 없었다. 그러자 다시 한 번 인영이 스쳤다. 그러나 이번엔 날쌔지 못한 작은 형체였다. 그 형체는 무언가에 걸려 넘어지더니 이내 아이의 울음소리로 번져들었다. 용복은 천천히 그곳으로 걸음을 옮겼다.

"빨리 일어나. 어서, 이리로 와!"

다급한 소년의 목소리였다. 용복은 걸음을 재촉하지 않고 천천히 그곳으로 다가갔다. 길에 늘어진 비단옷자락이 자꾸만 잡풀에 걸렸다. 넘어진 형체는 조그만 체구의 아이가 분명했다. 치마를 입은 걸로 보아 여아인 모양이었다. 여아는 나무뿌리와 돌들이 뒤엉킨 숲 가운데에 넘어진 채 겁에 질려 울고 있었다. 그 반대편 나무 틈에 숨은 소년은 다급한 목소리로 소녀를 불렀다. 용복이 다가갈수록 그 소리는 작아졌지만 연달아 소녀를 재촉하고 있었다.

용복이 소녀의 코앞에 다다르자, 기어이 숨었던 소년이 그의 앞으로 튀어나왔다. 그는 다급히 소녀를 들쳐 업고 도망치려 했다.

"어찌 도망가는기고?"

용복의 근엄한 목소리가 묵직하게 울렸다. 그 소리에 소년은 발길을 붙잡힌 듯 더 이상 걸음을 떼지 못하고 멈추었다. 미처 멀리 가지 못해 용복과의 거리가 너무나 가까워 손만 뻗으면 닿을 거리였다. 아무리 있는 힘껏 달음박질을 쳐봐야 소용이 없다고 여긴 탓인지도 몰랐다. 결국 소년은 업었던 소녀를 내려놓고 용복 앞에 엎드렸다. 아무것도 모르는 어린 소녀의 뒷머리까지 힘주어 눌러 그 앞에 조아리게 했다. 소년 소녀의 행동에 당황한 용복은 그제야 그들의 행동을 이해했다. 바람결에 나부끼는 용복의 옷자락은 누가 보아도 조정 대신의 그것이었다. 쇄환정책을 펼치고 있는 조선의 뜻을 어긴 채 울릉도에 숨어 살고 있는 어린 아이들이 놀라 도망할 만했다.

용복은 가만히 아이들의 행색을 살폈다. 척 봐도 그들의 생활을 읽을 수 있었다. 용복은 울릉도에 살고 있는 조선인들의 처지를 누구보다 잘 알고 있었다. 용복의 물음에 소년은 자신의 처지를 구구절절 늘어놓았다.

"아비가 죽고 병든 어미를 모시며 살고 있어요. 굶는 때가 허다하고 추위에 떨다 동상에 걸려 온 몸이 저렸어요. 그럼에도 죽은 아비 몫으로 군포를 내라하고 시도 때도 없이 세를 걷어가니 도저히 살아갈 방법이 없어 위법인 줄 알면서도 이리로 숨어들었어요. 부디 용서해주세요."

소년의 목소리가 가늘게 떨렸다. 그러나 정확한 발음으로 제 처지를 설명하는 모양이 꽤나 똘똘해 보였다. 놀랍지 않은 이야기였다. 나라의 명을 어기고 섬에 숨어사는 조선인들의 처지는 대개 비슷했다. 잘못된 기록임에도 부당하게 군역을 강요하거나 억지세금을 부과하는 경우가 허다했다. 그 외에도 주로 형편이 너무 어려워 세금을 감당하기 어려운 경우가 많았다. 더러는 죄를 지은 이들이 몰래 숨어든 때도 있었으나 그런 경우는 정말 손에 꼽을 정도였다. 조정에서도 이런 사실을 모르는 바 아니었으나 이미 작정하고 숨어든 이들을 모조리 잡아들이기에는 한계가 있었다. 몇 번 축출 시도를 하긴 했으나 한 때에 그쳤다. 모조리 몰아내도 이내 다시 숨어들고 마는 탓이었다. 나라의 울타리보다 탐관오리의 그늘이 두려운 백성이 너무나 많다는 반증이기도 했다.

"그래 여는 살만하드나?"

"매일 먹을 것을 찾아다녀야 하지만 세금이 없는 것만으로도 충분합니다요."

소년은 용복의 물음에 당차게 답하면서도 손으로는 소녀의 손을 꼭 붙들고 있었다. 비록 어린 가장이었지만 가족애와 책임감이 느껴지는 행동이었다. 용복은 여위고 작은 소년에게서 가장의 냄새를 물씬 느낄 수 있었다. 소년은 이미 아버지의 빈자리를 대신해 어미와 누이를 지켜내고 있었다.

"니 낚시 할 줄 아나?"

소년은 고개를 가로저었다. 병든 어미를 부양하려면 의원도 없는 이 섬에서 무엇보다 보양식이 필요할 텐데 안타까운 일이었다. 허한 몸을 다스리려면 보양식이 약보다 좋은 효험을 나타낼 때가 많았다. 숲이 울창하여 다양한 나물은 얻을 수 있을지라도 짐승을 사냥하기엔 불가능해 보였다. 어업을 하지 못하니 보양식을 마련할 힘이 있을 리도 없었다. 용복은 제 품을 뒤져 무언가를 꺼내어 소년에게 건네주었다. 나무 호패였다. 소년은 엉겁결에 호패를 받아들었다.

"아나, 아무것도 묻지 말고 받그래이. 만약 조선 어선이 당도하거든 그 패를 비주라. 그라믄 괴기를 얻을 수 있을까다. 괴기를 받으믄 병든 어매와 누이를 잘 맥이도록 허그래이. 그라고니 스스로도 잘 챙겨 묵고 알았제? 그래야 가족들을 오래도록 부양할 게 아이것나."

본디 용복이 갖고 있던 나무 호패였다. 필득을 비롯한 숱한 어부 동료들이라면 그 호패를 보고 그냥 넘기진 않을 것이었다. 더불어 울릉도 연안에서 고기를 잡는 이 치고 용복을 모르는 이는 없었다. 또한 1차 도왜 이전에는 용복에게 도움을 받지 않은 어부가 없었다. 따라서 용복의 호패를 본다면 다들 모른 체 할 리가 없었다. 흔한 잡어나 상품 가치가 없는 생선일지라도 먹을 만한 것을 소년에게 건넬 것이라는 생각 때문이었다. 어업을 전혀 할 줄 모르는 소년 가족에게는 그마저도 좋은 양식이 되어줄 것이다.

소년은 얼떨떨한 표정으로 호패를 품에 담았다. 그리곤 용복의 눈치를 보더니 소녀를 들쳐 업었다. 그는 그 상태로 허리를 숙여 꾸벅 인사를 하고는 순식간에 숲으로 사라져 버렸다. 바스락대며 풀 부딪치는 소리가 나는가 싶더니 이내 고요함이 찾아들었다. 마치 방금 그의 눈앞에 있던 소년이 꿈처럼 느껴졌다. 용복은 제 섶을 더듬어 호패를 찾았다. 숙종이 건넨 녹각 호패가 만져졌다. 본래의 신분을 증명하던 나무 호패는 간 곳이 없었다. 아까 본 소년이 꿈은 아닌 모양이었다.

그 길로 용복 일행은 배에서 내려 허름한 작은 움막으로 들었다. 본디 울릉도에 뿌리 내리고 살던 이들이 행여 불편할까 싶어 나루터 부근에 조촐하게 마련해둔 곳이었다. 그들은 식사를 해결하기 위해 곰치며 부지깽이 비름나물 삼나물 명이나물 등 각자의 독특한 맛이 진한 각종 나물을 뜯기도 하고 낚시를 하기도 했다. 그들은 그동안 어업을 하며 익힌 낚시법과 요리법으로 그럭저럭 지낼 만했다. 더불어 곳곳에 숨어든 조선인들과도 안면을 트고 소통을 시작하게 되었다.

용복은 유난히 그들의 안부에 신경을 썼다. 세상이 각박하여 도망한 이들의 마음을 십분 이해하는 탓이었다. 벼슬아치의 옷을 입고서 그들의 생활을 일일이 신경 써주는 것은 또 다른 의미로 그 효과가 컸다. 제 나라에 모든 기대를 잃고 떠나온 이들에게 심정적인 위안을 주는 점이 그러했다. 그들은 수토사 일행이 자신들을 신경 써 보살펴 주는 것에 깊이 감사했다. 용복은 그들에게 원래 살던 곳으로 돌아갈 것을 권하기 보다는 오히려 그들의 입장에서 한 마음으로 응원하고 독려를 해주었다.

그것이 용복이 할 수 있는 최선이라는 생각 때문이었다.

그는 첫날 만났던 어린 소년에게 더욱 마음을 썼다. 그는 소년에게 직접 낚시를 가르치고 고기 종류와 손질법을 알려주며 이런저런 이야기를 나누었다. 소년의 이름은 길상이었고, 길상이의 품엔 용복이 준 나무 호패가 소중히 들어있었다. 용복은 꽤 여러 날을 매일같이 길상과 함께 해주며 아들처럼 챙겼다. 길상 또한 어린 나이에 짊어진 가장의 무게를 용복에게 배우고 넓히며 잘 따랐다.

"장군! 왜놈들을 잡았십니더!"

쩌렁쩌렁한 소리에 놀란 용복이 고개를 돌렸다. 저 멀리 김순립이 손짓을 하고 있었다. 용복은 서두르지 않고 보폭을 크게 하여 그쪽으로 향했다. 그간 고생하여 연습한 품위 있는 모습이었다. 김순립이 이끈 곳으로 함께 가보니 과연 왜상투를 튼 왜놈들 서넛이 붙잡혀 있었다. 용복은 미간을 찌푸린 채 지그시 이를 깨물었다. 그토록 경고했음에도 이리도 끈질기게 조선을 넘본단 말인가. 분노가 치밀어 올랐다.

"웬놈들이냐!"

용복의 묵직한 목소리가 고공을 갈랐다. 포박된 왜인들은 잔뜩 겁을 먹은 채로 움찔대었다. 그중 한 자는 기어이 딸꾹질까지 하기 시작했다. 그 모습이 가히 우스꽝스러웠다. 누구 하나 곧바로 고하지 않고 떨고만 있자 김순립이 나서서 그들을 위협했다. 그제야 그 중 제일 급이 높아보이는 왜인이 입을 열었다.

"나무를 하러 왔소."

그들 곁에 놓인 커다란 도끼가 그것을 증명해주었다.

"뻔뻔하구나. 이곳이 어딘 줄 알고 함부로 발을 들였느냐! 무엄하다! 이곳은 엄연히 조선의 땅인데 그럼 네놈들은 조선인인가!"

"버려진 땅이라 들었소!"

용복의 윽박에 놀란 왜인이 반박을 해왔다. 기가 막힐 노릇이었다. 분개해 달려들려는 김순립을 막아선 용복은 왜인의 말을 더 들어보기로 했다. 어떤 궤변을 늘어놓을지 지켜보자는 것이었다. 혼쭐을 내주는 것은 그 후가 되어도 늦지 않을 것이었다.

"말만 거창했지 실제로는 조선에서 관심을 끊은 땅이라 들었소. 아무도 돌보지 않는 땅이라 들었단 말이요!"

"이놈이 그래도!"

김순립이 기어이 참지 못하고 허튼 변명을 주워대는 왜놈에게 달려들었다. 차분하게 뒤에 섰던 용복은 그대로 허리춤에서 칼을 빼 들었다. 곧게 뻗은 조선도가 햇빛을 받아 반짝였다. 그 바람에 도리어 놀란 김순립이 주춤대며 물러났다. 그 사이로 용복이 왜인의 목에 칼을 겨누었다.

"그렇다면 네놈 눈에는 우리가 무엇으로 보이느냐? 내가 누구라고 생각하느냐 말이다!"

큰 고함이 숲을 돌아 메아리쳤다. 그제야 똑바로 용복을 올려다 본 왜인들은 잔뜩 겁먹은 얼굴로 몸을 떨었다. 용복이 여세를 몰아 다그치듯 물었다.

"어디서 온 누군지 당장 밝혀라."

"우린 마쓰시마에 살고 있소."

용복의 눈썹이 씰룩였다. 그들이 말하는 마쓰시마는 송도松島, 즉 독도를 말했다. 당장 용복의 으름장을 벗어나기 위해 내놓은 대안이 독도라니. 한심하기 그지없었다. 용복이 대꾸가 없자 그들은 더욱 허리를 조아리며 눈치를 살폈다. 이에 용복이 큰소리로 외쳤다.

"내가 바로 조울양도감세관朝鬱兩島監稅官 안용복이다!"

조선의 울릉도 두 섬, 즉 울릉도와 독도를 모두 살피러 온 수토사라는 뜻이었다. 조선 조정에서 수토사를 보내지 않는다는 말은 모조리 뜬소문이라고, 자신이 바로 그 수토사라며 존재를 확인시킨 셈이었다.

"당연히 독도 또한 조선의 땅이거늘, 감히 독도에 살고 있다고 거짓을 고하다니! 너희가 조선인이라도 된다는 것이냐!"

서슬이 퍼런 그의 외침에 결국 왜인들이 바들바들 떨며 호키주에서 왔음을 실토했다. 울릉도에 건너오는 왜인들은 대부분 호키주 소속이었으니 놀라운 일도 아니었다.

용복은 겨누었던 칼을 거두었다. 퍼렇게 날 선 칼날의 울음이 선명하게 들렸다. 그가 칼을 거두었음에도 왜인들은 더욱 겁을 먹고 있는 것이 역력해보였다. 용복은 그런 그들에게 다시 한 번 분명하게 일침을 놓았다. 돌아가서도 분명히 수토사를 보았다는 것과 다시 한 번 눈에 띄면 그 자리에서 목을 벨 것이라는 엄포도 잊지 않았다.

"다시 한 번 조선 땅에 발을 붙이면 그날이 너희들의 제삿날이 될 것이다. 독도는 울릉의 아들과 같은 섬이니 당연히 조선의 땅이다. 절대 함부로 출입하지 말라."

용복의 말을 끝으로 김순립은 그들을 놓아주었다. 곧장 반대쪽으로 줄행랑 놓은 그들은 순식간에 그들의 시야에서 사라져버렸다. 용복은 그들이 멀어지는 것을 끝까지 지켜보고서도 마음이 놓이지 않는지 굳은 낯빛을 풀지 못했다.

"내일 동 트기 전에 우리캉 독도로 갈꾸마."

용복이 선원들에게 말했다. 어리둥절한 김순립이 물었다.

"암것도 없는 독도엔 뭐할라꼬 가신다는 것인매?"

"분명 아까 그 왜놈들이 거기 가가 있을끼다."

모두가 놀라 자세를 고쳐 앉았다. 이인성이 믿을 수 없다는 듯 입을 떼었다.

"방금 혼쭐을 내어 쫓지 않았습니까?"

용복이 무겁게 고개를 가로 저었다.

"그리 쉽게 떠날 놈들이 아닙니더. 물론, 물러갔다면 좋겠지만서도 아니라카믄 끝까지 내쫓아야 안돼겠십니꺼. 그 놈들에게 두 번의 기회를 줘선 안됩니더."

말을 마친 용복은 나루터 쪽으로 걸음을 옮겼다. 그리곤 밤이 늦도록 낚시에 열을 올렸다. 행여 벌어질지 모르는 전투 탓에 선원들은 각기 분주했다. 뇌헌은 별자리를 읽으며 바닷길을 점쳤다. 그러는 사이 용복 곁에 놓인 소쿠리는 온갖 잡어들로 가득 찼다.

선원들 모두 잠자리 채비를 마친 뒤에야 용복의 낚시는 끝이 났다. 그는 그대로 소쿠리를 들고 길상을 찾았다.

"길상아."

용복이 길상의 움막 앞에서 나직이 외쳤다. 익숙한 소리에 길상이 튕기듯 움막에서 뛰어나왔다. 뒤이어 소녀도 빼꼼이 고개를 내밀었다. 용복은 그들 앞에 소쿠리를 내밀었다. 큰 생선부터 잡어까지 한 가득이 들어있는 것을 본 길상이 큰 눈을 더욱 크게 떴다.

"큰 괴기는 고아서 곧장 묵고, 잡어들은 손질해 말려두그래이. 꽤 오래 저장하고 먹을 수 있을끼다."

길상은 용복의 갑작스런 큰 선물에 당황해하더니 이내 선물의 의미를 알아차리고는 금새 얼굴 가득 아쉬움이 번졌다.

"떠나시는 거예요?"

용복은 대답 대신 들고 있던 낚싯대를 건네주었다.

"지난번에 내캉 일러준 대로만 낚시를 해보래이. 인내심만 있으몬 그리 어렵진 않을끼다. 울릉 연안에는 생선이 많으니까네 어무이와 누이를 잘 돌보는 멋진 사나이가 될끼다."

용복이 손을 뻗어 길상의 머리를 쓰다듬어주었다. 소년은 금새 울 듯한 표정이 되었다. 용복도 코가 시큰해짐을 느꼈다. 가족을 잃은 이후 누구에게도 이만 한 정을 쏟아본 적 없는 그였다. 잠깐이었지만 그는 그들을 진정 피붙이처럼 아끼고 마음을 쓴 것이 사실이었다. 그런 그의 마음을 누구보다 잘 알고 있는 길상 또한 밀려드는 아쉬움에 기어이 닭똥 같은 눈물을 흘렸다. 용복은 어떤 말도 더하지 않고 그냥 돌아섰다. 어떤 말을 첨언한다 하여도 그의 마음을 다 표현할 순 없었다. 또한 그 어떤 말도 지금 이 상황에서는 미련이 될 뿐이었다. 용복은 그들을 위해서라도 울릉을 꼭 지켜 내야한다고 스스로에게 다짐하고 또 다짐을 했다.

아직 동이 트지 않은 이른 새벽. 어둠 속에서 선원들이 분주히 출항 채비를 마쳤다. 간밤에 중한 것들을 모두 챙겨놓고 잠든 덕에 척척 일이 진행되었다. 그들은 모두 일사분란하게 결연한 표정으로 배에 올랐다. 울산을 떠나던 날과 사뭇 다른 기분이었다. 뇌헌이 별자리를 읽은대로 바다는 잔잔했다. 구름 한 점 없이 휘영청 밝은 달이 그윽이 그들의 뱃길을 비춰주었다.

얼마 가지 않아 독도가 보였다. 새카만 돌로 이루어진 뾰족한 섬이 달빛을 받아 고고히 빛나고 있었다. 선원들은 더욱 숨을 죽인 채 조용히 노를 저었다. 가까이 다가가니 섬 한편에서 연기가 피어오르는 것이 보였다. 어렴풋이 불빛이 보였고 사람들도 더러 보였다. 그들이 더 가까이 다가가자 모든 것이 분명해졌다. 왜상투를 튼 왜인들이 당당하게 솥을 걸어두고 불을 피우고 있었다. 용복의 짐작이 맞아떨어진 셈이었다. 그는 주먹을 틀어쥐었다.

"조용히 뒤쪽으로 배를 바싹대고, 습격한데이."

그의 말이 떨어지기가 무섭게 배가 민첩하게 독도의 동쪽 섬 뒤쪽에 닿았다. 오래도록 훈련한 덕에 노젓는 소리조차 파도에 가려 들리지 않았다. 왜인들은 누구도 눈치채지 못한 것 같았다. 어업을 하거나 사람이 살기엔 너무도 척박하고 좁은 바위 섬이라 나루터도 변변치 않았다. 그럼에도 그들은 늘 오던 곳이라 능숙하게 배를 대고 독도에 발을 디뎠다.

각자의 손에는 무기를 들고 소리가 나는 쪽으로 낮은 포복으로 다가갔다. 왜놈들의 왁자한 웃음소리가 들렸다. 피어오르는 뿌연 수증기가 보이고 끓고 있는 음식 냄새도 풍겨왔다.

"이놈들!"

안용복의 외마디 외침과 함께 선원들이 일제히 왜인들 앞으로 들이닥쳤다. 혼비백산한 왜인들은 먹던 것들을 그대로 내동댕이치고 근처에 대어놓은 배가 있는 쪽으로 달음질을 쳤다. 일단 현장을 빠져나갈 속셈인 모양이었다. 언제든 도망할 수 있도록 면밀히 준비해둔 용의주도한 놈들이었다. 용복은 음식이 끓고 있던 솥을 발로 걷어차 버리고 포효했다.

"끝까지 쫓아! 절대 놓치면 안 된다!"

선원들도 일제히 배에 올랐다. 이제 그들이 어디로 가든 끝까지 쫓아가 붙들 요량이었다. 이렇게 안용복의 2차 도왜이 시작되었다. 왜에 닿는대로 숙종의 지엄하신 명을 따라 일을 진행하면 될 일이었다. 가는 길에 이 무뢰배 같은 월경죄인 왜놈들도 같이 넘겨버릴 생각이었다. 배가 거칠게 동해 바다를 가르며 나아갔다.

뱃길이 익숙한 듯 빠른 속도로 달아나는 왜인들을 따라잡기엔 만만치가 않아 보였다. 그러나 용복은 침착하게 배를 이끌었다. 그들이 나아간 방향으로 쫓다보면 모든 것이 시작될 것이다. 용복은 조바심을 내지 않고 그대로 파도와 맞섰다.

도망치는 배를 쫓아 사흘이 넘게 항해한 결과 뭍이 보였다. 김순립이 우렁찬 소리로 외쳤다.

"뭍이요!"

용복이 서둘러 주변을 살폈다. 달아난 왜인들이 타고 도착한 것으로 보이는 왜선이 아무렇게나 매어져 있었다. 그들이 포획한 강치들이 아직 뱃전에 그대로 널브러져 있었다. 미처 배를 감출 시간이 없었던 모양이었다. 왜인들은 이미 달아나고 보이지 않았다. 용복은 덤덤하게 배를 정박하고 뭍에 발을 디뎠다.

낯선 배의 등장에 멀리서 대관소 관리가 허겁지겁 그들을 향해 다가왔다.

"누구시오?"

당황한 그는 용복 일행을 이리저리 훑어보며 뱃전에 나부끼는 깃발을 살폈다. 선명한 글씨로 작성한 '조울양도감세장신안동지기朝鬱兩島監稅將臣安同知騎'란 깃발이 펄럭이고 있었다.

용복은 당당히 관리 앞으로 나섰다.

"여기가 오키도가 맞소?"

"그렇소만."

관리가 잔뜩 경계하는 눈빛으로 순순히 답을 했다. 용복의 깃발과 복색을 보아 함부로 대하긴 어려운 탓이었다. 용복은 더욱 근엄한 표정으로 목소리까지 묵직하게 깔았다. 드디어 작전이 시작되었다.

"이곳의 상부 관할인 호키주 태수에게 소송을 걸러 왔소. 안내하시오."

대관소 관리의 얼굴이 순간 파랗게 질렸다. 한낱 하급 관리가 이행하기에는 너무도 큰 사건이 터진 때문이었다. 용복은 더욱 큰 소리로 그를 꾸짖었다.

"어허! 그저 우리 땅에 갔을 뿐인 나를 납치해 왜로 데려와 놓고서, 조선에서 월경죄인 형벌을 받게 했으니 응당 죗값을 치러야 하지 않겠소!"

바닷가가 쩌렁쩌렁 울릴 정도의 용복의 큰소리에 관리가 납죽 그 자리에 엎드렸다. 용복의 넘치는 기개에 그는 벌써부터 기가 죽어 사지를 바들바들 떨고 있었다. 그 모습을 바라보며 용복 일행은 슬그머니 어깨를 더욱 당당하게 폈다. 첫 술이 잘 넘어가고 있었다.

용복 일행의 등장으로 오키도가 발칵 뒤집혔다. 그가 3년 전 오오야 가문에 납치되어 왔던 자라는 것은 아무도 상상하지 못했다. 그도 그럴 것이, 복색부터 신분까지 지난번 그 미천한 어부와는 판이하게 다른 모습에 전혀 생각할 수 없는 상황이었다. 오키도주는 곧장 호키주에 이 사실을 전하고 용복 일행을 극진히 모셨다. 조선의 통신사를 자칫 잘못 응대했다가 공연한 부스럼을 만들 수 있을 거라는 생각에 결코 그들을 소홀히 다룰 수는 없었다.

오키도주는 쩔쩔 매며 용복을 응대했다. 용복이 호키주 태수에게 소송을 걸러온 이유를 조목조목 설명하자 그가 용복의 말을 경청하며 고개를 주억거렸다. 용복은 그의 순순한 태도가 어딘지 찜찜했지만 준비해온 근거를 꼼꼼히 들어가며 그에게 설명을 이어나갔다. 용복은 그가 정확하게 이해하지 못할 것이 염려되어 소매 춤에서 준비한 지도를 꺼내 펼쳐들었다. 조선팔도지도 필사본이었다.

"보다시피, 조선에서 울릉도는 30리요. 울릉도와 독도, 그러니까 당신들이 말하는 다케시마와 마쓰시마는 서로 50리 상간이고. 이렇듯 명백하게 조선 지도에 버젓이 소개 되어 있소."

용복이 가져가 펼쳐 보이는 지도에 조선 팔도가 명확히 기재되어 있었고, 특히 강원도에는 울릉도와 독도가 속해 있다고 따로 표기가 되어 있었다. 오키도주는 서기관을 가까이 불러 그 사항을 자세히 옮겨 적도록 지시했다.

이 사건은 곧장 호키주 관할이 되었다. 그러나 호키주 입장에서도 용복을 어찌 다루어야할지 난감했다. 이런 일은 난생 처음 있는 일이었고, 용복의 말대로라면 이쪽에 과오가 있다고 주장하고 있기에 더욱 조심스러운 입장이었다. 자칫하면 국가 간에 큰 분쟁이 일어날 수도 있는 상황이기 때문이었다.

그러다보니 용복 일행이 오키도에서 머무는 날이 점점 늘어가고 있었다. 당장 호키주 태수를 만나 그들 일행이 온 목적을 전하여 막부까지 연통을 넣어야 하는 용복으로서는 별 하는 일 없이 하루하루 흘러가는 시간이 너무나 아깝다는 생각이 들었다. 용복은 그들이 답을 속히 주지 않는다고 해서 마냥 기다릴 수는 없는 노릇이었다.

"날도 더워지는데 언제까지 이러고 계실 겁니까?"

이인성이 용복에게 조심히 물었다. 6월이 막 끝나가는 때였다. 오키도에 도착한 지도 벌써 보름이 넘어가고 있었다.

"이대로는 안 되겠십니더."

그렇잖아도 조바심이 나있던 용복이 자리를 박차고 일어섰다.

"곧장 호키주로 가입시더. 직접 태수의 코앞까지 가야봐야 안 되겠십니꺼."

용복은 그대로 배를 몰아 호키주로 향했다. 누구도 그의 행보를 막을 수는 없었다. 지금껏 순종적으로 용복을 대하던 오키도주가 그의 뒤에서 이를 악 물었다. 울릉도와 독도를 얻는다면 가장 득을 볼 자가 바로 오키도주인 탓이었다. 그가 바로 이러한 이해관계를 갖고 있는 탓에 그는 쓰시마와 가장 가까운 사이로 지내오고 있었다. 오키도주가 조용히 중얼댔다.

"쓰시마에 연통을 간 이는 돌아올 때가 되었는데?"

"오늘 낼 돌아올 것입니다. 이미 쓰시마 도주님께는 소식이 들어갔을 것입니다."

멀어지는 배를 바라보던 오키도주가 야릇한 미소를 지으며 수염을 쓰다듬었다.

벌써 볕이 제법 뜨거워졌다. 초여름의 찌는 더위가 괜한 짜증을 불러일으키기 딱 좋았다. 그러나 쓰시마는 그럴 겨를도 없었다. 소우 요시미치가 정권을 잡은 지 얼마 되지 않은 때였다. 새 도주의 나이, 고작 9세였다. 아직 어머니 곁에서 재롱부리는 것이 더욱 즐거운 나이인 그가 정권을 쥐게 되자 쓰시마는 고요한 소란에 휩싸여가고 있었다. 소우 요시미치에게 도주 자리를 물려주고 일선에서 물러나있던 아버지 소우 요시자네는 작은 아들의 엉성한 정권을 그냥 두고 볼 이가 아니었다. 조선과의 마찰이 일어난 모든 야망의 원흉이기도 한 이였다. 그의 야망은 어린아이가 감당할 수 있는 그런 것이 아니었다. 당연히 그가 수렴청정을 시작했다. 어린 도주 요시미치는 아버지의 허수아비 노릇만으로도 하루하루가 버거웠다.

그런 그가 유일하게 숨통을 트일 수 있는 곳은 어머니 품이었다. 그러나 그의 아버지 요시자네는 어리지만 도주가 된 아들의 나약한 모습을 용납하지 않았다. 때문에 그는 마음 편히 어머니의 품으로 파고들 수도 없었다. 어머니는 아버지의 압력을 이겨낼 수 있는 존재가 아니었다.

"누님, 접니다."

소년의 목소리가 고요한 관아 복도에 조심스레 울렸다. 한껏 목청을 낮춘 것이 다른 이들의 눈을 피하기 위함인 듯했다. 이내 문이 열리고 누군가 고개를 내밀었다. 나오코였다. 남장을 하느라 왜상투를 틀었던 흔적은 간데없고 자못 짧긴 하나 여성스러운 머리를 한 그녀였다. 요시미치가 차선책으로 택한 안식처가 바로 나오코였다. 나오코는 익숙한 방문인 듯 화사한 미소로 그를 맞아주었다.

"얼굴에 근심이 가득하네요?"

나오코가 다정하게 물었다. 그녀가 내온 다기에서 향긋한 내음이 퍼졌다. 요시미치는 숨을 크게 들이쉬며 그윽한 표정으로 입 안 가득 차를 머금었다. 그는 이제야 좀 마음이 편안해져옴을 느꼈다. 집무실에 있을 때면 누군가 숨통을 누르고 있는 듯 답답하여 숨이 잘 쉬어지지 않을 때가 많았다. 사실 나오코도 같은 처지였다. 조선에서 안용복을 결정적으로 도왔음에도 그녀가 목숨을 부지할 수 있었던 것은 아버지와의 약조 덕분이었다. 아버지 소우 요시자네는 나오코가 관아에서 한 발짝도 벗어나지 않는다는 전제하에 그녀를 받아들였다. 굴욕적 처사였다. 그 자리에서 목숨을 끊어도 이상하지 않았으나 그녀는 생존을 택했다. 살아 있어야 차후 어떤 일이 생기더라도 목숨 값을 할 수 있으리라는 생각에서였다. 그녀는 용복이 결코 울릉을 지키겠다는 의지를 포기하지 않으리라는 것을 믿고 있었다.

그렇기에 그녀는 유일하게 자신에게 기대어오는 어린 도주를 극진히 보살피고 챙겨주었다. 요시미치 만은 자신처럼 튕겨나가지 않고 도주역할을 잘 해내주길 바랐다. 탐욕 없는 쓰시마를 만들기 위한 일종의 도움닫기와 같았다. 자신의 영향을 받으며 성장한 어린 도주는 아비의 비정한 탐욕 보다는 따뜻한 원칙을 지켜줄 것이라는 일말의 기대감 같은 것이었다.

나오코는 조용히 찻물을 우리며 그가 스스로 입을 열기를 기다려주었다. 그는 누이의 이런 배려가 좋았다. 때문에 자꾸만 짬을 내어 그녀를 찾는지도 몰랐다. 한동안 쓰시마에 머무르지 않아 멀게만 느껴지던 누이였다. 그랬던 그녀가 이제는 그에게 어머니보다 더욱 힘이 되는 존재가 되어 있었다.

"조선에서 조울양도감세장이란 자가 왔는데, 좀 소란을 일으킬 모양입니다."

잘 우러난 찻물을 찻잔에 따르던 나오코가 순간 동작을 멈추었다. 조선, 그 말만 들어도 나오코는 가슴이 먹먹해졌다. 용복이 늘 그녀의 가슴 한편에 자리하고 있던 때문이었다. 그에게 어떻게든 도움이 되어주고 싶었으나 한 번도 제대로 도운 적이 없어 마음의 짐이 한 가득이었던 나오코는 짐짓 아무렇지 않은 체 하며 찻물을 천천히 따랐다. 그리곤 차분히 물었다.

"소란이요?"

"소송을 걸겠다고 난리인 모양입니다. 자신을 월경죄인으로 만들었으니, 죗값을 치러야 한다나. 호키도주가 여간 곤란한 게 아닐 것입니다."

월경죄인. 나오코는 제 귀를 의심했다. 그녀는 그 말을 듣는 순간 문제의 인물이 용복이라는 것을 단번에 알 수 있었다. 그녀는 그 순간 손끝에 찌릿한 감각이 살아나고 가슴이 가쁘게 뛰어오르는 것을 느꼈다. 그녀는 용복의 신분을 잘 알고 있기에 감세장이라는 벼슬이 이상하게 느껴졌지만 그뿐이었다. 용복이라면 대범하게 어떤 일이든 해낼 수 있는 사람이라는 것을 잘 알고 있었다.

"도주. 어디서 그 이야길 전해 들으셨는지요?"

어린 도주가 찻잔을 만지작대며 조금의 의심도 없이 답을 했다.

"오키도에서 사람을 보내왔습니다. 곤란하긴 여기도 마찬가지 니까."

도주가 찻잔을 비우는 동안 나오코는 두방망이질을 치고 있는 가슴을 진정시키느라 가쁜 숨을 삼켰다. 걱정이었다. 용복의 판단이나 행동들을 충분히 믿을 수 있었으나 굳은 신념만으로 모든 일이 다 되는 것은 아니었다. 이곳은 왜이고, 오키도와 호키주, 그리고 쓰시마 간엔 용복이 넘지 못할 단단한 것들이 많았다. 오키도주가 이 사실을 급히 쓰시마에 알린 것부터 불안했다. 아버지인 소우 요시자네가 얼마나 간악한 수를 내놓을지 더럭 겁부터 났다.

호키주에선 들이닥친 용복 일행을 어쩌지 못하고 일단 근처 사찰에 모셨다. 모셨다는 표현이 옳을 만큼 극진한 대접이 이어졌다. 시간을 오래 끌지도 않았다. 이제 도망갈 구석이 없다고 생각했는지 태수는 며칠 내로 말과 사람을 보냈다. 선원 수에 맞춰 모두 서른마리였다.

용복은 그에 맞춰 예를 갖추었다. 입고 있던 당상관복을 벗고 철릭으로 갈아입었다. 말을 타고 이동하기에 걸맞은 무장의 복색이었다. 태수와의 만남에 임하는 그의 마음가짐을 고스란히 보여주는 것이기도 했다. 그에게 지금 이 만남은 칼만 들지 않았을 뿐 전쟁과 다를 바가 없었다.

드디어 용복이 호키주 태수 마쓰다이라 신타로松平新太郞와 마주하게 되었다. 용복은 태수와 단 둘이 가장 높은 상석에 자리했다. 그 아래로 선원들이 차례로 앉아 용복을 든든하게 보필했다. 태수는 연신 웃는 낯으로 겸손하게 예의를 다하는 자세를 취했다.

"3년 전 울릉도, 독도 일에 관련해 막부 관백에게서 서계를 받았소. 그런데 대마도주가 이를 탈취하고 중도 위조했고, 이를 빌미로 여러 차례 조선에 사절을 보내 울릉도를 불법 탈취하려 하였소."

태수는 죄인처럼 고개를 끄덕였다. 용복의 다그침이 이어졌다.

"뿐만 아니라! 조선에서 막부에 보내는 수많은 교역품들 또한 그 수량을 속여 빼돌리고 있으니 내 관백에게 직접 상소하여 대마도 도주의 죄상을 낱낱이 파헤칠 것이오!"

왜는 토질의 특성상 논농사가 어려웠다. 그에 비해 조선은 땅이 비옥하고 계절이 분명하여 쌀이 많이 나고 질 또한 좋았다. 그래서 왜는 정기적으로 조선에서 쌀을 수입해 갔다. 국내에서 생산하는 양으로는 충당이 안 된 탓이었다. 수입된 쌀은 모조리 쓰시마를 거쳐 본국으로 들어갔다. 이 과정에 쓰시마가 농간을 부린 것을 고발하겠다는 뜻이었다.

본래 조선에서 보내는 쌀은 15말이 한 섬이었다. 그러나 대마도에서는 7말을 한 섬이라 속여 나머지 8말을 몰래 취하였다. 그와 마찬가지로 베 또한 30자가 한 필인데 20자라 속이고, 종이 또한 1권을 잘라 3권이라 늘여 속였다. 1권을 받아 그 중 절반도 넘는 양을 날름 빼돌리는 수법이었다.

태수는 착잡한 표정으로 고개를 끄덕였다. 그것이 사실이라면 그대로 고발하는 것이 옳다며 동의를 표했다.

그때였다. 누군가 밖에서 기척을 하는가 싶더니

"태수님. 쓰시마에서 급한 전갈이 도착했습니다."

하는 묵직한 목소리가 들렸다. 갑작스런 소식에 용복 일행도 바짝 긴장했다. 태수는 용복 일행에게 양해를 구하고 집무실로 건너갔다. 무슨 일로 이 같은 상황에 하필이면 쓰시마에서 전갈을 보냈단 말인가. 직감적으로 용복 일행과 관련된 중요한 일이라는 것을 알 수 있었다.

태수는 집무실에 들어서기가 무섭게 서둘러 전갈을 뜯어보았다. 소우 요시자네가 직접 작성한 것이었다. 경황없이 날려 쓴 서체로 보아 얼마나 다급하게 작성한 것인지 알 것 같았다.

요지는 이러했다. 안용복이 소송을 걸도록 두어서는 안 된다. 울릉도를 얻어내지 못하면 가장 손해를 보는 것은 다름 아닌 호키주일 것이고, 가장 많이 월경하여 불법 어업을 하는 것 또한 호키주의 사람들이니 태수가 그 꾸중을 면하긴 어려울 것이다.

게다가 연초에 이 울릉도 쟁계와 관련한 사람들을 모아 관백께서 결론을 내리신 바 있으니 이를 거스른 것이 되어 필경 쓰시마는 물론이고 호키주까지 피바람이 불어 닥칠 것이라는 예상이었다.

서신을 다 읽은 태수의 손이 바르르 떨렸다. 하나부터 열까지 틀린 말이 없었다. 실로 연초에 관백께 인사를 올리러 전국의 다이묘들이 모두 모여들었다. 그 자리엔 호키주 태수도 있었고 이제 갓 도주가 된 소우 요시미치도 있었다. 관백은 부러 쓰시마 도주와 호키주 태수를 포함한 네 명의 관리들을 한데 모아 의견을 들었다.

그 자리에서 울릉도, 독도에 관한 수많은 얘기가 오갔고 사실과 이해관계에 대한 수두룩한 정보를 관백이 직접 묻고 들었다. 막부에서도 그 정보에만 의존한 것은 아니었다. 남아있는 왜의 고서들도 파헤쳐 관흥 원년 3월 7일조 기록을 발견하기도 하였다. 1004년에 고려의 변방섬인 울릉도 사람들이 표류해 왔기에 돌려보냈다는 내용이었다. 분명히 '고려의 변방섬 울릉도'라고 표기한 바 있었다.

여기에 실제 울릉도와 인접한 호키주 태수의 의견을 많이 참고했다. 감히 관백 앞에서 거짓을 고할 수 없었기에 호키주 태수는 모든 것을 순순히 고했고, 이는 울릉도와 독도가 조선의 땅이라는 좋은 증거가 되었다.

결국 관백이 스스로 울릉도 쟁계를 마무리하며 결론을 내었으니, 쓰시마 도주인 소우 요시미치에게 이와 같이 명했다. 울릉도는 호키로부터 거리가 약 160리이고, 조선으로부터는 40리 정도이니 조선에 가까워 조선의 영토로 보아야 한다. 앞으로는 그 섬에 왜인들의 도해를 금지하며, 대마도 도주의 명의로 사신을 파견해 조선 측에 이 사실을 알리라고 명했다.

그러나 이와 같은 사실을 조선 측에 알리고 싶지 않았던 쓰시마에서 사신 파견을 차일피일 미루었고, 그 사이에 용복이 왜에 당도한 것이었다.

분명 쟁계를 마무리 짓는 자리에 호키주 태수가 있었다. 그럼에도 호키주 사람이 울릉도에 건너갔다가 이를 쫓아 용복이 다시 왜에 왔으니, 이 같은 사실이 밝혀지면 호키주 태수로서도 중형을 면키 어려운 상황이었다. 어떻게든 묻을 수만 있다면 그리하는 편이 나았다.

전갈을 다 읽고 나니 뒷장이 바스락대었다. 한 장이 더 들어 있었다. 요시자네의 간결한 설명이 덧대어져 있었다. 안용복이 관리가 되었단 사실이 아무래도 석연치 않아 곧장 동래부를 통해 조선 측에 문의했더니 기이한 답변이 왔다.

未派遣 祖先通信使 以後康熙二十一年

조선은 강희 21년 이후로 왜에 통신사를 파견한 일이 없다.

틀림없이 조선 측에서 보내온 답신이 동봉되어 있었다. 호키주 태수의 안색이 미묘하게 변해갔다. 그는 가벼이 표현할 수 없는 복잡한 심정이 되었다. 지금 저 벽 너머에 모여 앉은 저들이 모두 사신단이 아니란 말인가.

태수는 머뭇댈 필요도 없이 큰 목소리로 하명했다.

"지금 당장 안용복 일당을 포박하라."

그의 말이 떨어지기가 무섭게 장정들이 달려들어 용복 일행을 포박했다. 영문도 모른 채 포승줄에 묶인 선원들은 저항 한번 하지 못하고 고스란히 관아 앞마당으로 끌려 나갔다. 그 와중에도 선원들 중 누구 하나 고개를 숙인 이가 없었다. 모두 꼿꼿이 허리를 펴고 고개를 치켜들고 있었다. 부끄러울 것이 하나도 없다는 의미였다. 이미 최악의 상황까지도 짚어두었던 상태였기에 놀랄 것도 없었다.

나오코는 수시로 아우 도주의 집무실 앞을 기웃대었다. 언제 용복에 대한 소식이 들어올지 알 수 없어서였다. 당장 그를 도울 길이 없다 하더라도 그들의 동태라도 파악해야 마음이 놓일 것 같았다. 그렇게 수일이 지난 어느 날, 도주의 집무실 안에서 요시자네의 너털웃음이 터져 나왔다. 바짝 긴장한 나오코가 몰래 집무실 문에 붙어 얘기를 엿들었다.

"아오시마에 가둬두었다고? 그것 참 기발하구만!"

진심으로 기쁘게 웃는 요시자네의 웃음소리에 그녀는 순간 오소소 온몸에 소름이 끼쳤다.

"그래, 가둔 지는 얼마나 되었다던가?"

"아마 이제 한 달 남짓 되었을 것입니다."

나오코는 저도 모르게 새어나온 비명에 입을 틀어막았다. 아찔한 기분이 들었다. 이미 그들 모두 굶어죽었을지도 모르는 상황이었다. 작은 습지와 작은 농경지가 전부인 그 섬에서 식량을 구할 수 있을 리 없었다. 그곳은 밀물 때와 썰물 때에 물 높낮이 차이가 커 큰 농경지를 만들기엔 무리가 있었다. 게다가 그 작은 섬에 그들을 가둬두었다고 하는 것으로 보아, 농부들을 몰아내고 그들을 고립시켜둔 것이 분명했다. 창살없는 감옥만도 못한 곳이었다.

집무실 안에선 긴 대화가 이어졌다. 호탕하게 웃어대며 들뜬 목소리의 요시자네가 궁금한 게 많은 모양이었다.

"막부에선 무어라 명이 떨어졌는가?"

"우선은 본국 영토에서 내보내라는 명이 떨어졌다고 합니다."

요시자네의 웃음소리가 연이어 복도를 울렸다. 돌려보내라는 명이 아니라 내보내라는 명이라면, 아직 송환명령은 떨어지지 않은 모양이었다. 아오시마는 언제 떨어질지 모르는 송환명령을 기다리다 굶어죽을지도 모를 척박한 섬이었다. 나오코는 급한 마음이 들어 서둘러 제 방으로 걸음을 옮겼다.

그녀는 주변에 아무도 없다는 것을 확인하고는 조용히 누군가를 불렀다. 지금이야말로 그녀가 다시 용복을 도울 기회였다. 얼마 지나지 않아 나오코의 근처에 있던 그림자 하나가 민첩한 움직임이었지만 조용하게 들어왔다. 호위무사였다. 조선에서 일이 있은 후 그는 나오코를 지키지 못했다는 사실에 스스로 떠나길 자처했었다. 그러나 나오코는 용복의 초가에 갈 때면 복잡한 일이 생길까 부러 그를 따라오지 못하게 하곤 했었다. 이에 전혀 그 일은 그를 탓할 것이 아니었으니 곁에 있으라고 명해 그는 다시 나오코의 호위무사로 복귀했다.

"당장 아오시마로 가거라. 가서 그곳에 갇힌 조선인들의 규모와 상태를 확인하고, 필요하다면 무엇이든 도와야한다."

자객은 짐짓 당황하였다.

"그럼 아가씨는 어떻게…."

"그까짓 잠 좀 며칠 못 잔다고 죽기야 하겠느냐. 조용히 아무도 모르게 진행해야 할 것이야."

자객이 고개를 숙여 명을 받들었다. 나오코는 그에게 묵직한 돈 꾸러미를 쥐어주었다. 그녀가 유일하게 믿는 자였으므로 가능한 일이었다. 그도 돈의 쓰임새를 잘 알기에 조용히 받아 허리춤에 단단히 매었다. 그 무게가 상당했다. 돈의 쓰임은 정해져 있었다. 몰래 그곳까지 잠입하는 동안 마주치는 다양한 장애물들의 입을 막는 용도였다.

"안용복의 생사를 꼭 확인하라."

나오코가 분명하게 말했다.

"그 뒤엔."

"살았다면 조선으로 갈 수 있도록 돕고, 죽었다면…. 아니. 살아계실 것이다."

"알겠습니다."

자객은 그녀의 눈빛에 담긴 무게를 분명히 읽어내었다. 그리곤 조용히 고개를 숙여 인사를 하고 소리 없이 방을 빠져나갔다. 발이 빠른 이였다. 나오코는 그가 서둘러 좋은 소식을 갖고 돌아와 주길 바랐다. 그리고 이번만큼은 용복에게 꼭 도움이 되어주고 싶었다. 그녀는 다시 그를 도울 수 있는 기회가 생긴 것이라 여겨지자 동시에 안도감이 들기도 하였다.

아오시마에 밤이 찾아왔다. 습지로 가득한 이 작은 섬은 밤만 되면 공기가 더욱 축축하게 늘어졌다. 을씨년스러운 분위기는 사람의 기운을 빼앗아 절로 무력하게 만들었다. 용복 일행은 울릉에서 출발했을 때보다 눈에 띄게 말라 있었지만 다행히 모두 목숨은 부지하고 있었다.

그들은 날이 어두워지자 섬 남쪽에 정박해둔 배 앞에 모여들었다. 배 곁엔 늘 무장한 사무라이들이 그들을 감시하고 있었다. 그들은 작은 모닥불을 피웠다. 용복 일행은 모두 무기력한 표정으로 나무 꼬치에 무언가를 길게 끼워 타는 불 속에 넣었다. 그러자 얼마 되지 않아 기름 튀는 소리가 타닥타닥 들려왔다. 그것이 구워지는 동안 그들 중 누구도 입을 열지 않았다. 입을 열어 대화를 나눌 힘조차 없는 모양이었다. 그렇게 얼마가 지나자 용복이 꼬치를 불 밖으로 꺼내었다. 기다랗게 구워진 고기의 정체는 바로 뱀이었다. 선원들이 몸을 들썩였다. 모두 허기를 이기지 못해 고기 냄새에 반응하는 것이었다. 용복은 그것을 능숙하게 나누어 똑같은 몫을 쥐어주었다. 그들은 눈 깜짝 할 새에 제 몫의 시커멓게 구워진 뱀을 먹어치웠다.

"그 많던 뱀도 이젠 잘 보이지 않습매."

김순립이 꺼져가는 목소리로 말했다. 그들은 착잡한 낯으로 꺼져가는 불씨를 응시하고 있었다.

"언제까지 여기에 갇혀 있어야 하는 겁니까?"

이인성이 물어왔다. 용복은 말없이 고개를 가로 저었다. 그로서도 알 수 없는 일이었다. 여기서 이렇게 근근이 뱀으로 연명하다 그 마저 씨가 말라버리면 그대로 아사하게 되는지도 몰랐다. 감히 탈출을 감행할 수도 없었다. 지금껏 몇 번의 탈출 시도가 있었지만 매번 잡혀 돌아왔다.

아오시마 근방 주민들에게 상금을 걸어둔 탓에 모두가 용복 일행을 붙잡으려 혈안이 되어 있었다. 그도 그럴 듯이, 그들 나름대로의 피해도 이만저만이 아니었다. 그 작은 섬에 용복 일행이 거주하기 시작하면서 섬에서 농사를 짓던 주민들을 모두 몰아낸 때문이었다. 게다가 뱀이 자꾸 사라지자 쥐의 숫자가 급격히 증가했다. 쥐는 온갖 어린 농작물을 파먹어 못쓰게 만들었다. 그러다보니 자연히 농사는 실패로 이어지게 되었다. 그들이 한 해를 연명하기 위해선 도주하는 용복 일행을 붙잡아 현상금을 얻는 것이 최선이었다. 딱히 개인적 원한이 있어 그런 것은 아니라는 것을 잘 아는 용복 일행은 그들을 원망할 수도 없는 처지였다.

그렇게 몇 번 붙잡혀 허무하게 돌아오고, 때마다 왜병들에게 몽둥이찜질을 당하고 나니 오히려 허기만 지고 골병만 심해졌다. 패기도 희망이 있을 때나 발현되는 것이었다. 그러나 선원들 중 누구 하나 포기하자는 말을 꺼내는 이는 없었다. 다만 서로의 낯빛으로 피차 서서히 마음이 심약해지고 무력해진다는 사실을 느끼고 있을 따름이었다. 오키 도주가 이들을 이곳에 가둔 이유 또한 그것일 터였다.

용복이 먼저 자리를 박차고 일어섰다. 밤이 깊고 허기가 심해질수록 빨리 잠드는 것이 상책이었다. 그들의 거처는 배였다. 습지가 많고 집을 지을 나무 또한 없는 환경이라 배 안에서 이슬을 피하는 수밖에 없었다. 용복이 먼저 승선하자 일행들도 모닥불을 끄고 배에 올랐다. 오늘도 얼마나 긴 밤이 될는지 착잡한 마음이 앞섰다.

배고픔에 뒤척이다 간신히 잠든 새벽이었다. 갑작스런 인기척에 용복이 소스라치게 놀라 반사적으로 자리에서 일어났다. 그는 다른 선원들 없이 홀로 선장실을 쓰고 있던 터라 더욱 겁이 나는 상황이었다. 그가 벌떡 일어나 보니 어둠 속에 복면을 쓰고 서있는 남자가 설핏 보였다. 용복은 마른 침을 삼키며 자리에서 일어섰다. 가까운 곳에 두었던 칼을 틀어쥐었음은 당연했다.

"누구냐."

"안용복인가."

용복의 물음에 답하지 않고 저쪽에서 오히려 되물어 왔다. 용복은 식은땀이 흐르는 것을 느꼈다.

"왠놈이냐 물었다."

"소우 나오코를 아는가."

자객이 익숙한 이름을 말했다. 용복이 당황하여 답이 없자 자객은 확신한 듯 복면을 벗었다. 그리곤 자세를 낮추어 정중하게 인사를 올렸다.

"아가씨가 보내어 귀공을 찾으러 왔습니다. 확인시에 무례했던 점 용서하십시오."

용복은 천천히 칼을 내려놓았다. 그럼에도 그를 향한 경계는 쉬이 풀지 않았다. 용복은 우선 잠자코 그의 말을 들었다.

"아가씨께서는 귀공 일행을 무척 염려하고 계십니다. 우선 생사를 확인하라 하셨고, 그 후엔 원하는 것이 있으면 최선을 다해 도와드리라고 명하셨습니다."

용복은 참으로 오랜만에 나오코를 떠올렸다. 도왜을 떠나오기 전까지만 해도 하루에도 몇 번씩 떠올랐던 얼굴이었다. 그러나 도왜이 시작되고 지금껏 나오코를 떠올릴 겨를도 없는 급박한 시간들의 연속이었다. 그런 그녀를 이렇게 다시 상기하게 될 줄이야. 늘 짐이 되었다며 죄책감을 감추지 못했던 그녀가 가져주는 관심과 호의만으로도 용복에겐 고마울 따름이었다. 그럼에도 그녀는 실질적인 도움을 주기 위해 무던히도 애를 써 주었었다. 다만 그녀의 환경과 여건이 그 마음을 뒷받침하지 못해 수많은 밤을 괴로워했었다는 것을 용복은 누구보다 잘 알고 있었다.

여러모로 의심은 어울리지 않는 상황이었다. 이런 황량한 왜에서 용복 일행을 돕겠다고 나설 자가 있을 수가 없었다. 그럼에도 이런 먼 길을 어렵게 찾아와 도움의 손길을 건넬 수 있는 이는 우선 재력으로나 권력으로나 힘이 있어야 했다. 나오코 말고는 없었다. 그는 모든 의심을 거두고 나오코의 진심을 받아들이기로 결정했다. 그래야 그녀도 마음의 짐을 덜 수 있으리라는 답을 얻은 때문이었다. 그는 호위무사를 향해 결연한 표정으로 말했다.

"빨리 이곳을 벗어나야 하오. 도울 것은 그것뿐이오."

호위무사는 짧은 목례를 끝으로 휑하니 사라졌다. 지체할 시간 없이 곧장 일을 진행할 모양이었다. 용복의 가슴이 빠르게 뛰기 시작했다. 이제야 다시 도왜을 한 목적 달성을 향해 달려갈 기회가 생기는 것이라는 생각이 들자 그는 벅차오르는 가슴을 주체하기 어려웠다. 용복이 깊은 숨을 들이마시며 심호흡을 했다. 그리고는 조용히 선실을 돌며 허기에 지쳐 간신히 잠들어있는 일행들을 하나둘씩 깨웠다.

한여름이라 밤이 짧았다. 밤을 틈타 도망하는 것이 최선인 용복으로서는 초조할 수밖에 없었다. 새벽을 지나 동이 터올 때가 다 된 탓이었다. 일단 어둠 속에서 아오시마만 벗어난다면 그 후로는 시간 따위는 상관이 없을 것 같았다. 그는 돕기로 한 이가 어서 돌아오기만을 애타게 기다리는 수밖에 없었다.

인시寅時가 막 지날 무렵, 호위무사는 다시 예의 그 빠른 걸음으로 되돌아왔다. 그는 눈짓으로 장애물들을 다 처리했음을 말해주었다. 용복은 두근대는 마음으로 일행들에게 지시했다. 누구 하나 입 밖으로 소리도 내지 않고 조용히 배를 움직였다. 근 60일만의 항해였다. 오래도록 내려져 있던 닻이 오르고 배가 서서히 물살을 갈랐다. 용복의 배가 지나는 길목에 위치한 모든 민가에서는 아무런 기척이 없었다. 모두 돈으로 입막음을 시켜둔 덕이었다. 현상금보다 많은 돈을 줘야 했으니 적잖은 지출이 있었을 터였다. 용복은 가슴 깊이 나오코에게 고마움을 전하는 심정이 되었다.

그들이 아오시마 인근을 완전히 벗어났을 즈음 저 멀리서 동이 터 오르고 있었다. 뇌헌이 용복의 곁으로 바짝 다가섰다. 그리곤 소리를 죽여 물었다.

"계획을 수정하는 것이오?"

용복은 대답대신 뇌헌을 돌아보았다. 그리고 그 뒤로 갑판에 올라선 일행들을 훑어보았다. 일행들의 몰골이 말이 아니었다. 그나마 세상을 등진 자가 없어 다행이었다. 결코 짧지 않은 시간이었다. 이미 에도와 쓰시마, 조선 모든 곳에 소식이 들어갔을 것이다. 그들이 도왜을 시작하던 때와는 이제 상황이 많이 달라져 있을 것이 뻔했다. 용복은 어슴푸레 밝아 오는 하늘을 보며 우렁차게 외쳤다.

"대마도로 가입시더!"

이미 소송은 불가했다. 막부에서 입국을 금지했고, 호키주는 대마도의 농간에 이미 넘어갔다. 막부로 직접 가지 않는 한 소장을 넣을 수도 없다. 그렇다고 막부로 갈 방도 또한 요원했다. 용복은 차라리 이럴 바에는 쓰시마 행이 낫다는 생각이 들었다. 직접 가서 담판을 짓고 원하는 바를 얻어내는 것 또한 나쁘지 않다는 생각에서였다.

배가 모처럼 시원하게 물살을 갈랐다. 마침 파도도 잔잔하고 모든 것이 순조로웠다. 맑은 여름 하늘의 뜨끈한 기운이 용복의 용기를 북돋아주는 듯하였다.

쓰시마의 하늘은 유난히도 짙은 구름이 많이 끼어 있었다. 당장이라도 장대비가 쏟아져 내릴 것만 같았다. 어린 대마도주 소우 요시미치는 그날따라 몸이 노곤했다. 해가 나지 않아 기운이 나지 않는 탓도 있었고, 전날 잠을 설친 탓도 있었다. 어머니와 함께 잠들지 않은 지 벌써 몇 달째였다. 그럼에도 그는 여

태껏 홀로 잠드는 것이 두려웠다. 암살의 위협 같은 것이 두려운 건 아니었다. 어린아이를 잡아가는 도깨비가 두려운 마음이 더 가까웠다. 아버지가 침실로 뛰어들어 자신을 붙들고 불호령을 내릴 것만 같았다. 왜 이것밖에 되지 않느냐고, 기대에 미치지 못하는 이유는 반항이냐고 따져 물을까봐 늘 겁이 났다. 요시미치가 목을 잔뜩 움츠린 채 부르르 떨고 있었다. 늘 무서운 아비를 생각하는 것만으로도 소름이 끼치곤 했다.

처리해야 할 일들이 늘 산더미 같이 쌓여 있었다. 형 요시쓰구가 몸이 많이 아프긴 했지만 그렇게 빨리 요절을 하리라는 예상은 아무도 하지 못했었다. 때문에 그는 제대로 된 승계 절차도 없이 뭐가 옳고 그른 것인지 판단할 수 없는 어린 나이에 엉겁결에 도주의 자리에 앉게 되었다. 모든 판단과 결정은 차양 뒤에 앉은 아버지의 몫이었다. 요시미치는 그저 앵무새처럼 말을 읊으면 되었다. 그리고 시키는 대로 도장을 찍었다. 그게 전부였다. 그는 알지도 못하는 업무를 감당하느라 자주 엉덩이가 저렸다. 집무실에 앉아 도장만 찍어대는 일은 지루하기만 했다. 아비가 시키는 대로만 하는데도 꾸중을 들어야 했다. 행복할 일이라곤 하나도 없는 나날의 연속이었다.

그는 답답한 마음이 들어 창밖을 내다보았다. 꾸물꾸물한 하늘 때문에 덩달아 기분이 울적해졌다. 바로 그때 번쩍 빛이 들

었다. 번개였다. 아마 곧 천지가 뒤흔들리는 천둥이 내리칠 것
이었다. 요시미치는 귀를 두 손으로 틀어막았다. 그는 천둥소
리가 가장 무섭고 싫었다. 금방이라도 하늘이 무너져 버릴까봐
겁이 나곤 했다. 빛이 두어번 번쩍이더니 한 차례 천둥이 지나
가고 연달아 빛이 또 두 번이나 번쩍였다. 결국 요시미치는 수
북한 일거리를 미뤄둔 채 집무실을 서둘러 벗어났다. 어서 따
뜻한 마음의 위안이 필요했다.

그는 천둥 번개로 번쩍이는 복도를 뛰다시피 걸었다. 긴 복도
의 끝엔 나오코의 방이 있었다. 그는 내리치는 천둥소리에 눈
을 질끈 감은 채 행여나 나오코가 없으면 어쩌나 걱정하며 그녀
의 방문을 두드렸다.

방에선 아무 기척도 돌아오지 않았다. 나오코가 잠시 자리를
비운 모양이었다. 천둥번개는 야속하게도 계속 이어지고 있었
다. 요시미치는 당장이라도 그 자리에서 오줌을 지릴 것만 같
았다. 그렇다고 어머니께 달려갈 수는 없었다. 어머니 곁엔 늘
아버지가 있기 때문이었다.

"*여기서 뭐하세요?*"

나오코의 목소리였다. 요시미치는 그대로 소리를 찾아 돌았
다. 나오코가 어느덧 그의 바로 뒤까지 다가와 있었다. 요시미
치가 그대로 나오코의 품으로 달려들었다. 앳된 얼굴이 나오코

의 배 언저리에 파묻혔다. 그는 흐느끼지만 않았지 거의 울먹이고 있었다. 나오코는 더 이상 묻지 않고 그의 머리를 가만히 쓰다듬어 주었다. 그에게 지금 필요한 것은 이런 따뜻한 손길이었다.

두 사람은 함께 방으로 들었다. 조금 더 포근한 자리가 필요했다. 여전히 밖에서는 묵직한 천둥소리가 연이어 들려왔다. 그때마다 요시미치가 소스라치게 놀라곤 했다. 나오코는 그런 그가 너무나 가엾게 여겨졌다. 어머니 품에서 한창 재롱을 부릴 어린 나이에 너무 큰 짐을 짊어지게 되었기 때문이었다. 그의 짐은 비단 쓰시마만이 아니었다. 쓰시마와 그 쓰시마를 만들어 온 아버지, 그리고 그 아비가 예전부터 탐을 내왔던 울릉도와 독도까지 어른이 감당하기에도 역부족인 엄청난 것들이 아직 왜소하기 그지없는 그의 어깨 위에 겹겹이 얹혀 있었다.

요시미치를 안쓰러운 눈빛으로 바라보던 나오코가 늘 그래왔듯이 차를 준비했다. 마음을 다스리기엔 차만 한 것이 없었다. 뜨끈하고 향긋한 찻물을 입 안 가득 머금으면 당장은 잡생각을 밀어낼 수 있어 좋았다. 차를 마시던 두 사람이 누가 먼저랄 것도 없이 창밖을 내다보았다. 어느덧 빗줄기가 한두 방울씩 떨어지기 시작했다. 빗방울 너머로 희뿌연 바다가 보였다. 섬이라 바다는 늘 가까이에 접할 수 있었다. 날이 흐린 탓에 바다가

덩달아 잔뜩 비를 머금고 있었다. 그 뿌연 시야에 어렴풋이 어떤 형상이 보였다. 나오코는 눈살을 찌푸린 채 그 형상에 집중했다. 그녀의 시선을 따라 요시미치도 창밖으로 시선을 던졌다. 순간 이내 두 사람의 표정이 하얗게 질렸다.

"배예요."

요시미치가 시선을 고정한 채 중얼댔다. 분명히 배였다. 배의 형태를 보아하니 조선의 것이었다. 나오코는 용복이 왔다는 것을 직감했다. 그녀의 등줄기가 오싹하더니 이내 식은땀이 흘러내렸다.

순식간에 관아가 분주해졌다. 요시미치도 서둘러 집무실로 돌아가 사람들을 불러 모았다. 물론 구체적인 명을 내리고 사람들을 배치하는 것은 아버지 요시자네였다. 요시자네는 이미 용복의 배라는 것을 직감했다. 그가 왜에 발을 들인 이상 최종 목적지는 이곳일 것이라는 것을 짐작했기 때문이었다. 아오시마에 갇혀있던 그가 너무 빨리 당도했다는 사실이 놀라울 따름이었다. 요시자네는 몇 번 요시미치의 입을 빌렸다. 그러나 이내 답답한지 차양을 걷고 밖으로 나와 직접 진두지휘에 나섰다.

"절대 상륙하지 못하게 해야 한다. 무력진압도 불사한다."

한쪽으로 밀려난 요시미치는 덜덜 떨며 구석으로 숨어들었다. 요시자네는 사람들을 모두 배치한 후 분주히 움직이고 있었다. 그러는 중에 차양 뒤에 숨어있는 요시미치를 발견했으나 꾸짖지 않았다. 그럴 겨를이 없었다. 그는 냉랭한 표정으로 모든 꾸짖음을 대신했다. 요시미치는 그런 아비의 눈빛을 읽고는 두 눈을 꾹 감아버렸다.

그러는 사이 배는 쓰시마 연안에 와 닿았다. 그 앞엔 사무라이들이 배치되어 있었다. 결코 상륙을 허가하지 않겠다는 결연한 뜻이 고스란히 드러나는 상황이었다. 용복은 짧게 심호흡을 했다. 물론 쉬이 자신들의 의견을 들어줄 거라고 예상한 것도 아니었다. 허리춤에 찬 칼집에 손을 대어 보았다. 무사히 잘 매어져 있었다. 이미 목숨까지 내놓을 각오로 떠나온 항해였다. 모든 것을 소진하고 떠난다 한들 아쉬울 것이 없다는 생각뿐이었다.

용복이 당당하게 갑판위로 모습을 드러냈다. 그의 곁으로 선원들이 함께 활을 들고 그를 호위하고 나섰다. 사무라이들과 군사들이 빼곡하게 배 앞을 가로 막고 있었다. 팽팽하게 용복을 향해 당겨진 활시위는 당장이라도 그에게 활을 날려 꽂을 듯이 팽팽하게 당겨져 있었다. 그러나 용복은 조금도 두려울 것이 없었다. 그것이 바로 그가 지금 여기 서있는 이유였고 당당하기 만한 그의 기개는 상대가 누구이든 주눅이 들게 만들었다. 실로 선뜻 갑판에 당당히 버티고 서있는 그의 용기에 누구도 섣불리 활을 쏘지 못했다.

"대마도주와 대화를 하고 싶다! 배를 정박하고 잠시 들어가게 해 달라."

그러나 대적하고 있는 왜인들 중 누구도 움직이지 않았다. 용 복의 요구를 들어줄 마음이 없다는 무언의 표시였다. 그들의 활시위만 점점 더 팽팽해질 따름이었다. 그때 왜인들 틈에서 누군가가 걸어 나왔다. 다치바나 마사시게, 대마도사정관 귤진 중이었다. 용복은 이제부터가 진짜라는 생각이 들었다. 바짝 긴장한 탓에 마른침이 목구멍을 타고 넘어갔다.

"안용복! 예가 어디라고 이렇게 함부로 쳐들어오는가! 과연 신 분만큼 무례하기 짝이 없군!"

도발적인 외침이었다. 그러자 이번에는 선원들의 활시위가 더욱 팽팽해졌다. 그러나 용복은 조금도 당황함이 없이 손짓으 로 그들을 차분히 진정시켰다. 작은 거슬림으로 대의를 그르칠 생각이 전혀 없기 때문이었다.

"나는 당당히 요구할 것을 말하러 왔을 뿐이다. 이는 사절단과 다 르지 않으니, 너희는 내 요구를 마땅히 들어주어야만 할 것이다."

용복은 조금도 지지 않고 당당하게 말했다. 이에 다치바나가 콧방귀를 뀌었다. 용복 역시 기분이 언짢았지만 치밀어 오르는 화를 지그시 눌렀다.

"지난번 만남 때 대마도주는 막부에서 내게 써준 서계를 빼앗았다. *이 얼마나 무례하고 어이없는 일인가! 막부는 왜의 심장인데 대마도는 어찌하여 그 명을 무시하는가 말이다. 정녕 막부는 이 사실을 알고 있는 것인가? 지금이라도 대마도주는 그 서계를 조선에 돌려 달라. 그것이 내 요구이다.*"

용복이 목청껏 자신의 목적을 분명하게 내질렀다. 그렇게 하지 않았다가는 운도 떼지 못하고 당할 가능성이 있기 때문이었다. 그러나 다치바나는 여전히 용복을 무시하는 태도를 거두지 않았다.

"*대의명분이 중요한 막부도 나중엔 이 쓰시마의 공을 인정할 것이다. 너야말로 어찌 아직도 이곳에 체류하는가? 막부는 너희의 상륙을 허락하지 않았다.*"

그때 용복의 눈에 누군가가 들어왔다. 바로 나오코였다. 그녀는 걱정 어린 얼굴로 용복을 바라보고 있었다. 참으로 오랜만에 마주하는 얼굴이었다. 용복은 반가운 마음에 돌연 가슴이 뭉클해짐을 느꼈다. 그녀가 건강하게 살아있다는 것만으로도 그의 마음이 뻐근하게 벅차올랐다. 나오코는 사람들을 헤집고 다치바나에게 다가갔다. 그리곤 무언가 말을 주고받는 것이 보였다. 다치바나는 잠시 고개를 갸웃했다. 그러나 나오코는 멈추지 않고 그를 설득했다. 그러자 그가 그녀의 말에 못 이겨 고개를 주억였다.

그러자 나오코가 팽팽하게 대치한 용복과 왜인들 사이를 가로질러 용복이 탄 배 쪽으로 걸어왔다. 그녀의 걸음엔 조금도 주저함이 없었다. 뇌헌은 용복의 눈치를 한 번 살피고는 천천히 나오코에게 활을 겨누었다. 현재로선 나오코를 온전히 믿을 수 없기 때문이었다. 그녀는 쓰시마의 사람이었다. 때문에 용복도 뇌헌을 말리지 않았다. 나오코도 그 사실을 너무나 잘 알고 있었기에 군말 없이 천천히 배에 올랐다. 그녀의 더딘 걸음마다 그간 서로 나누지 못한 수많은 말들이 느껴졌다.

여전히 차양 뒤에 숨어 홀로 떨고 있던 요시미치의 눈에 나오코가 배 위로 오르는 모습이 정확히 보였다. 순간 그는 머리가 하얘지는 기분이 들었다. 나오코가 왜 저기에 가 있는 것인지 어린 그로서는 논리적으로 이해할 수가 없었다. 조금 전까지만 해도 자신을 어머니 대신 따뜻하게 안아주며 차를 우려 주던 누이였다. 그런 그녀가 가장 위험한 곳의 정점에 서있다니, 요시미치로서는 아무리 생각해봐도 선뜻 이해가 되지 않았다. 그는 겁에 질린 채로 차양을 밀치고 앞으로 나아갔다. 당장 배로 가서 나오코를 구해야 한다는 생각뿐이었다.

배 갑판 위에 오른 나오코가 뇌헌을 스쳐 지나 용복에게 다가서고 있었다. 뇌헌은 스치는 찰나를 놓치지 않고 읊조렸다.

"허튼 수작 부리면 그대로 끝이다. 더 이상 기회는 없어."

뇌헌의 싸늘한 목소리에 나오코는 대꾸하지 않았다. 그녀는 이번만큼은 어떤 형태로든 용복에게 짐이 되지 않을 작정이었다. 용복은 여전히 다치바나를 똑바로 응시하고 있었다. 마음 같아선 나오코에게 묻고 싶은 것이 많았다. 왜 그렇게 말도 없이 떠난 것인지, 그동안 어떻게 지내온 것인지, 겁도 없이 그렇게 자신을 도와도 되는 것인지. 다치바나 역시 용복과 나오코를 똑바로 응시하고 있었다. 그렇기에 용복 또한 그런 복잡한 생각들을 하는 중에도 잠시도 긴장을 늦출 수가 없었다.

그때 요시미치가 급히 달려 나왔다. 다치바나는 요시미치를 향해 짧게 경의를 표했다. 그러나 마음에서 우러나온 것은 아니었다. 위계를 중시하는 요시자네가 지켜보고 있을 것이라고 예상한 데서 나온 행동이었다. 요시미치는 그의 인사를 받아줄 겨를도 없이 나오코에게 시선을 꽂은 채 서있었다. 그녀가 용복에게 한 발짝씩 다가갈수록 요시미치는 불안한 마음을 감출 수가 없었다.

요시미치에게는 용복은 악인이었다. 아버지 요시자네와 형 요시쓰구가 평생을 바쳐 염원해온 사업에 감히 도전장을 던진 사람이기 때문이었다. 조선의 사활을 걸고 활동할 만한 고위 관리도 아닌 미천한 어부라는 점이 더욱 참을 수가 없었다. 그의 생각으로는 용복이 어릴 적부터 집안의 염원으로 인지되어

온 일을 방해하는 훼방꾼 일 뿐이었다. 그런 그가 이제는 직접 눈앞에 무작정 쳐들어온 것이다. 요시미치로서는 더는 생각할 여지가 없었다. 그는 안정적인 쓰시마를 위협하는 도깨비 같은 조선인이었다. 그런 그에게 어머니와 다름없는 나오코가 지금 다가가 있었다. 어찌 된 상황인지 알 수 없었다. 그러나 긴박한 지금, 상황 파악을 하기에 앞서 그녀를 속히 구해오는 것이 급선무라는 생각뿐이었다.

그때 요시자네의 목소리가 들렸다. 도주 자리에서 물러난 이상 표면적으로 나오려 하지 않는다지만 늘 실세 자리를 꿰차고 있는 그였다. 어린 요시미치는 늘 그의 감시를 받고 있었다. 뿐만 아니라 늘 그의 꼭두각시로 살아야 했다.

"뭐하는 거야! 당장 떠나지 않는다면 모두 사살해버려!"

다치바나의 당황한 목소리가 이어졌다.

"나오코 아가씨께서 배에…."

"천덕꾸러기 계집 하나 때문에 대의를 그르칠 것인가!"

거침없는 요시자네의 불호령이 떨어졌다. 요시미치의 귀에 그의 날카로운 목소리가 이명이 되어 윙윙 울려댔다. 그는 이미 이성을 차리기엔 늦었다. 요시자네의 불호령이 그에게 어떤 계시 같았던 것일까. 비척비척 사람들을 헤치고 나선 그는 맨앞에 꿇어앉은 군사의 손에서 활을 빼앗아 들었다. 그리곤 얇고 유약한 팔을 들어 있는 힘껏 용복을 향해 활을 겨누었다. 시위가 제법 팽팽하게 당겨졌다. 걸음마를 떼면서부터 늘 활 연습을 해왔던 그였다. 그러나 연습할 때마다 단 한 번도 이만큼 시위를 당겨본 적이 없었다. 그의 활시위를 당기는 힘은 늘 신통치가 않아 적이 도발하기라도 한다면 그 어떠한 것도 얻지 못한다고 배웠건만 연습을 할 때마다 늘상 신통치가 않았다. 그러나 지금은 그 어느 때보다도 절박한 심정으로 나오코를 지켜야한다는 마음을 담아 그는 있는 힘껏 시위를 당겼다. 어디에서 그런 힘이 솟아났는지 견갑골이 찢어질 듯 힘을 주어 시위가 당장 끊어져 버릴 듯이 팽팽해졌다.

순식간에 그의 활이 시위를 벗어났다. 그것은 물결모양을 그리며 정확히 갑판 위로 날아갔다. 그것을 목격한 용복의 일행들도 거의 동시에 활을 쏘아대기 시작했다. 이에 질세라 왜인들도 일제히 화살을 날려대기 시작했다. 이 모든 상황의 도화선이 된 화살이 곧게 날아가 용복의 가슴을 향해 꽂히려는 순간 갑자기 나타난 인영이 용복과 화살 사이로 끼어들어 막아섰고, 화살은 둔탁한 소리와 함께 그 인영의 등에 깊숙이 박혔다. 그 인영은 다름 아닌 나오코였다. 순간 나오코의 입에서 선혈이 왈칵 쏟아졌고 너무 놀라 어찌할 바를 모르는 용복의 품에 퍽하고 쓰러졌다.

그 광경을 목격한 왜인들은 더욱 흥분하여 계속 화살을 당겼다. 오가는 화살 속에 용복의 일행들과 왜인들이 더 쓰러졌지만 요시미치의 눈은 화살을 맞은 나오코에게 고정되었다. 믿을 수 없었다. 용복에게 곧게 날아드는 화살을 보고 나오코가 몸을 던진 것이다. 화살이 꽂힌 그녀의 등이 붉게 물들어갔고 입에서 선혈이 계속 콸콸 쏟아지고 있었다. 용복은 쓰러진 나오코를 부둥켜안은 채 소릴 질렀다.

"나오코! 정신 차리시오, 나오코!"

"해, 해드릴 것이 없어 쿨럭! 느, 늘 안타까웠습니다. 부디 가, 강녕하세요."

그것과는 상관없다는 듯 화살 비가 수도 없이 계속 쏟아지고 있었다. 수가 적은 용복 쪽이 당연히 열세로 밀리기 시작했다. 나오코를 이끌고 갑판 뒤쪽으로 이동한 용복은 어찌할 바를 몰라 허둥대었다. 그는 그 순간 갑자기 아내를 잃었던 그 날이 떠올랐다. 그가 마주했을 때 아내는 이미 차디찬 주검이 된 후였다. 그러나 나오코는 아직 따뜻했다. 이대로 또 사랑하는 여인을 잃어야한단 말인가.

요시미치는 그대로 자리에 주저앉았다. 요시미치를 구하기 위해 사무라이들이 그를 에워쌌다. 그는 자신이 무슨 짓을 했는지 인정하고 싶지 않은 듯 계속 몸을 떨고 있었다.

"도주! 일어나세요! 도주!"

요시자네의 목소리가 아스라이 들려왔다. 요시미치는 모든 것을 체념한 듯 두 눈을 감았다. 그리곤 그 자리에 벌렁 누워버렸다. 장대비처럼 쏟아지고 있는 화살을 그대로 맞아도 좋다는 생각에서였다. 그는 죽음에 대해서 심각하게 생각해 본 적이 없었다. 형 요시쓰구가 세상을 떠났을 때 죽음이라는 것은 영영 만날 수 없다는 것이라고 인지했을 따름이었다.

"멈추시오!"

요란한 말발굽 소리가 울렸다. 스무 명 남짓한 행렬이 이어졌다. 요시자네가 사무라이들을 향해 활을 거두라 손짓했다. 왜인들이 화살을 늦추자 이쪽도 활시위를 풀었다. 가뜩이나 수적 열세인데다 화살이 부족하니 공격이 없을 때 공연히 화살을 낭비할 필요가 없었다. 화살들이 멎고 요시자네가 사무라이들 틈에 끼어 섰다. 묵직한 해풍을 따라 비릿한 피 냄새가 쓰시마를 에워쌌다.

"에도에서 온 명이오."

고급 하오리를 입은 왜의 벼슬아치가 말에서 내려 종이를 꺼냈다. 두루마리에 말린 고급스러운 종이에 막부의 전통 문양이 찍혀 있었다. 모두가 숨죽여 그의 말을 기다렸다. 피를 흘리며 고통스러워하는 사람들의 신음이 여기저기에서 들렸다. 갑판

위의 영률과 김순립도 검붉은 피를 흘리고 있었다.

"지난 해 이미 막부는 자국민의 울릉도 도해를 금지했다. 이는 울릉도와 독도가 조선 영토라고 이미 인정하였기에 나온 결정이다. 그러나 부득이한 사정으로 조선 조정에 아직 이와 같은 사실이 전해지지 않은 바, 반성하며 조용히 귀국해줄 것을 부탁한다."

벼슬아치가 담담하고 진중한 목소리로 서신을 읽었다. 용복으로선 혼란스러운 내용이었다. 이미 조선 영토라고 인정을 했다니. 전혀 알지 못했던 사실이었다. 아마 알았더라면 이와 같이 무모한 여정을 시작하지도 않았을 것이 아닌가. 그러나 허망하진 않았다. 결국 울릉도와 독도는 온전한 조선의 영토라고 인정을 받은 것이기 때문이었다. 그는 하루 빨리 이 사실을 숙종께 알려드려야한다는 생각뿐이었다.

이인성이 다가와 용복에게 조심히 물었다.

"어찌 하실 겁니까?"

"돌아가는 것이 맞지 않겠는고."

용복의 답에 김순립이 괴로움을 삼키며 물었다.

"저 말을 믿슴둥? 저놈도 왜놈 아임둥!"

분통을 터뜨리며 괴로워하는 김순립에게 이인성이 바짝 다가앉았다. 그리곤 눈으로 용복에게 대답을 요했다.

"아니. 막부는 그런 졸렬한 거짓으로 조선과의 우호를 잃고 싶지 않을 것이다."

용복이 왜인들을 향해 외쳤다.

"지금 읊은 내용이 적힌 그 서계를 내게 주시오! 그러면 우리는 군말 없이 돌아갈 것이오!"

막부의 관리는 망설임 없이 사람을 시켜 용복에게 서계를 건넸다. 직접 눈으로 확인하니 과연 그런 내용이었다. 용복은 그 순간 가슴이 마구 두방망이질을 쳐댔다. 스스로 해냈다는 뿌듯함은 뒷전이었다. 조선인으로서 조선의 영토를 온전히 인정받았다는 것에 눈물겹도록 가슴이 벅차왔다.

그때 그의 곁에 쓰러져있는 나오코가 눈에 들어왔다. 그녀가 없었더라면 이 사실을 아직도 몰랐을 것이다. 용복은 몸을 숙여 나오코의 뺨을 어루만졌다. 그녀의 살결이 이미 차갑게 식어있었다.

"고마웠소."

용복이 그녀와 마지막 인사를 나누는 동안 쓰시마인 몇이 배에 올랐다. 그들은 차갑게 식은 나오코를 떠메고 배에서 내렸다. 힘없이 흔들리는 그녀의 팔을 바라보는 용복의 눈이 벌겋게 충혈 되어 있었다.

그러나 감상에 젖을 시간이 없었다. 서둘러 조정에 이 세계를 전해야 했다. 용복은 목에 잔뜩 힘을 준 채 뱃전에서 소리를 질렀다.

"출항!"

골칫덩이였던 용복의 배가 앞바다에서 서서히 떠나가자 요시자네가 어금니를 지그시 깨물었다. 이참에 완전히 죽여 버렸어야 후환을 막는 것인데, 그러지 못한 것이 한스럽기만 했다.

"도주를 데려와라!"

용복을 돌려보낸 후 냉랭한 눈빛의 막부의 관리가 매섭게 소리쳤다. 요시미치가 간신히 몸을 움직여 그 앞에 섰다. 어린 그는 공포에 휩싸여 금방 오줌이라도 지릴 듯이 겁을 먹은 얼굴로 떨고 있었다. 요시자네는 나약하기 만한 어린 아들의 모습을 바라보기가 괴로워 눈을 질끈 감아버렸다. 관리의 벼락같은 추궁이 이어졌다.

"어찌 아직도 이 사실을 인지하지 못했단 말인가! 관백 전하의 명이 그리도 우습던가?"

"아닙니다. 아닙니다."

어린 도주가 순식간에 무너져 내리며 머리를 조아렸다. 요시자네가 그 앞으로 나서며 애원했다.

"본디 양국 간의 서신은 국가별 상황에 맞추어 시기를 미루기도 하고 앞당기기도 하는 법입니다. 때문에 조선 측 동태를 살피느라 미처 관백 전하의 명을 전하지 못하였습니다. 하오나 곧장 사신단을 꾸려 조선 측에 정중히 전달토록 하겠나이다."

요시자네의 외침이 어두운 하늘에 길게 퍼져나갔다. 막부 관리가 그런 요시자네를 못마땅한 눈빛으로 내려다보았다. 어차피 어린 도주 대신 그가 모든 걸 결정하고 진행했다는 사실을 너무나 잘 알고 있었다.

"다시 이런 일이 일어난다면, 그리하여 막부의 이름에 먹칠을 한다면, 소우 가의 명은 다할 줄 알라!!"

요시자네와 요시미치 부자가 그의 발아래 나란히 엎드린 채 고개를 읍조렸다.

6

독
도
수
호
신

용복 일행의 목적지는 강원도 양양이었다. 뱃길로 최대한 빠르게 달려 서둘러 한양에 이 소식을 전하는 것이 목적이었다. 그들은 서로의 부상을 보살피고 다독이며 한껏 들떠 있었다. 모두 함께 큰일을 해냈다는 기쁨은 그간의 모든 고통을 깨끗이 씻어주기에 충분했다.

그들은 심한 비바람을 만나지 않은 덕에 순탄한 항해로 어렵지 않게 양양 나루터에 닿을 수 있었다. 실로 오랜만에 밟는 조선 땅이었다. 선원들은 감격스러운 마음에 한동안 자리에서 일어나지도 못했다. 어색하게 느껴지기까지 하는 조선의 흙바닥 위에 그대로 굴러 먼지투성이가 되어도 좋았다. 그것이 조국이고, 죽음을 각오하고 어려움을 함께한 동지애였다.

뇌헌을 필두로 승려들이 앞장을 섰다. 당장 몸을 풀 거처가 필요했다. 그들은 가장 가까운 사찰을 찾아 들었다. 다행히 산이 깊지 않은 곳에 조그마한 암자가 있었다. 많은 걸음을 옮길 기력이 없던 그들은 간신히 사찰 앞마당에 당도하여 몸을 부렸다. 인심 좋은 시골 암자 주지 스님은 선선히 용복 일행을 거두어 주었다. 인간사 모두에게는 나름의 이유가 있는 것이라며 딱히 절로 찾아든 이유와 앞으로의 계획에 대해서도 일절 묻지 않았다.

그들은 하루 이틀 지나는 동안 공양을 나누어준 암자 식구들 덕분에 허해진 속을 보할 수 있었고, 다양한 약재들로 다친 곳을 정성껏 치료를 받고 나니 빠른 속도로 기력을 회복하고 있었다. 왜나라 어느 곳에서도 느낄 수 없었던 따뜻한 보살핌이었다.

다들 어느 정도 거동을 할 수 있게 되었을 무렵, 용복 또한 원래의 기력을 되찾아가고 있었다. 나오코와의 인연이 깊은 상처가 되어 시도 때도 없이 그의 가슴을 후벼 파곤 했지만, 흐르는 세월이 해결해 주리라 믿으며 애써 그녀의 기억을 털어내곤 했다. 용복은 모두가 잠든 틈을 타 홀로 사찰을 나서기 위해 주섬주섬 자리를 떴다. 그는 암자생활을 하는 동안 혼자 궁리를 해온 끝에 내린 결론이었다. 비록 이번 원정에서 왜로부터 좋은 소식을 들고 오긴 했지만 용복의 도왜을 모른 체할 수밖에 없는 조정 입장에선 그들 모두가 무척 곤란한 존재일 뿐이었다. 그러다 보니 분명 벌을 면하기 어려울 것이고, 죽을 고생을 하고 온 선원들에게 그런 시련을 다시 나누고 싶지 않았다. 그는 모든 벌을 혼자서 감당할 각오가 확고히 서 있었다.

용복이 가만히 마당을 가로질러 걸어 나오다가 마침 새벽 일찍 마당을 쓸고 있던 주지스님과 마주쳤다. 그러나 그는 이번에도 어쩐 일인지 용복에게 아무것도 묻지 않았다. 한참을 걸어 내려가던 용복은 그런 그의 사려 깊은 행동에 감복하여 가던 걸음을 멈추고 사찰을 향해 큰절을 올렸다.

그는 아직 완쾌되지 않은 몸 도처가 쑤셨다. 얼마를 걷다보니 어느덧 동이 트기 시작했고 푸른 새벽이 그를 에워쌌다. 저 멀리 첫 닭의 울음소리가 그의 걸음을 재촉해주었다. 지금쯤이면 선원들 중 누군가가 잠에서 깼을 것이다. 아마 아침잠이 적은 뇌헌이 일찌감치 눈을 떴으리라. 그러나 아직 용복이 사라졌다는 것은 눈치 채지 못하고 잠시 뒷간에 갔을 것이라고 생각할 수 있는 시간이었다. 용복은 더욱 걸음을 재촉했다. 자신이 사라졌다는 것을 아는 것은 이제 시간문제였다.

이르게 밭일을 시작한 사람들이 보였다. 용복은 그들에게 길을 물어 관아로 가는 방향을 잡았다. 다행히 영 다른 길로 접어들진 않은 모양이었다. 그리 멀지 않은 곳에 관아가 있었다. 용복이 지나는 길목에 뽀얀 흙먼지가 일었다. 해가 떠오르자 후끈한 더위가 밀려들었다. 용복의 옷섶이 땀으로 흠씬 젖어들었다.

"누구냐!"

관아 앞에 선 포졸이 물었다. 용복은 도리어 당당하게 나섰다. 곧 우렁찬 용복의 목소리가 양양 관아를 떠들썩하게 울렸다.

"왜에 다녀온 조선인 안용복입니더!"

그의 말에 포졸들의 얼굴이 하얗게 질렸다. 해금정책이 강력하게 시행되던 때였다. 왜구의 노략질을 막고자 섬을 비워두는 공도정책을 시행하면서 동시에 발현된 법이었다. 조선인이 먼 바다로 나가지 못하게 막는 법이었다. 그로 인한 자잘한 분쟁과 피해 등을 막기 위한 방편인 셈이었다. 때문에 배를 타고 타국에 다녀올 수 있는 것은 통신사 밖에 없다고 해도 과언이 아니었다.

그런데 누가 봐도 허름한 행색에다 벼슬아치도 아닌 것이 자명한 자가 등장해 왜에 직접 다녀왔다고 하니 놀랄 수밖에 없었다. 포졸들은 황급히 용복을 잡아 포박했다. 용복은 예상을 했다는 듯 아무런 저항도 하지 않고 순순히 응했다. 제 발로 이곳을 찾은 목적이 이뤄진 셈이었다. 용복은 포졸들에게 끌려 관아 안으로 내팽개쳐졌다.

그늘막 하나 없는 관아 앞마당 뙤약볕 아래 용복이 꿇어앉았다. 심각한 표정으로 사또와 아전들이 둘러서서 용복을 지켜보았다. 말도 안 되는 흉포한 죄인을 보는 양 다들 구겨진 낯빛이었다. 당장이라도 포승줄을 끊고 사또에게 달려들어 위해를 가할 수 있는 흉악범으로 보는 듯도 하였다. 그러나 용복은 아랑곳하지 않았다. 그는 오히려 고개를 뻣뻣이 들고 가슴을 넓게 폈다. 그는 분명 죄인이 아닌 장군의 모습이었다. 용복의 기개에 관아의 사람들이 외려 긴장했다.

"왜에 다녀왔다는 것이 사실이렸다!"

사또의 목소리가 터져 나왔다. 이에 용복이 차분한 목소리로 답했다.

"그렇십니다. 내 하도 당치 않은 소리를 씨부리는 왜놈들한테 가가 다신 그러지 못하도록 직접 한 마디 해주고 왔십니다."

"월경죄에 해당한다는 것을 모르느냐?"

"왜놈들이 울릉도와 독도에 멋대로 드나드는 것부터가 월경에 해당하지 않겠십니꺼?"

용복이 기다렸다는 듯 받아쳤다. 사또가 당당하게 맞받아치는 용복에게 선뜻 답을 하지 못하고 입을 다물었다. 잠시 궁리를 하던 사또가 아전들과 이런저런 얘기를 주고받더니 아전 하나가 서둘러 관아를 빠져나갔다. 사또는 귀찮은 듯한 표정을 짓고 있었다. 골치 아픈 놈이 들어왔기 때문이었다.

그때 용복이 앞섶에서 입으로 서계 하나를 간신히 꺼냈다. 긴장한 사또가 그 서계를 가져다 읽더니 단번에 눈이 휘둥그레 해졌다. 막부에서 쓴 서계가 틀림없었다. 동래부사를 통하지 않고 막부의 서계를 받을 일이 없었으니 사또는 형용할 수 없는 긴장감에 마른침을 삼켰다.

"그 서계를 속히 전하께 올려주이소."

용복이 다 이루었다는 듯이 당당한 말투로 담대하게 말했다. 당황한 사또가 버벅대며 공연히 큰소리를 내었다.

"서계 사실 여하를 떠나, 네 놈이 월경죄인임에는 틀림이 없으렸다. 조만간 강원 감사께서 직접 너를 문초할 터이니 그때까지 옥에 갇혀서 본인의 잘못을 반성하거라!"

사또가 작게 고갯짓을 하자 포졸들이 다시 용복을 함부로 일으켜 세웠다. 바짝 묶인 포승줄이 땀에 젖은 그의 맨 살을 죄어왔다. 이미 손목과 팔뚝 여기저기에 크고 작은 상처들이 생겨 있었다. 용복은 포졸들이 이끄는 대로 옥사로 순순히 걸어 들어갔다. 이제는 옥살이도 덤덤했다. 벌써 조선과 왜를 오가며 수많은 풍파를 겪은 용복이었다.

짚이 깔린 옥사에 들어가 갇히니 도리어 마음이 편해지는 듯하였다. 더구나 이곳은 내 나라 조선의 옥사가 아닌가. 용복은 구석에 앉아 가만히 생각에 잠겼다. 앞으로의 거취가 벌써 눈앞에 선명히 그려졌다. 해금정책을 어기고 월경죄를 저지른 죄인을 강원 감사 혼자서 처분할 수 있을 리가 없었다. 당연히 한양으로 압송될 것이고, 그렇다면 숙종을 만날 수 있을지도 몰랐다.

허나 그는 임금을 알현하지 못한다 해도 상관없는 일이라고 생각했다. 그저 전하께 그 서계를 전할 수만 있다면, 쓰시마가 정식으로 울릉도와 독도를 넘보지 않겠다고 확언한 것을 지켜주기만 한다면, 용복은 그것으로 본인이 할 일을 다 한 것이니 족할 따름이었다.

이른 아침부터 융복전이 바삐 움직였다. 누구 하나 떠드는 소리가 없어 고요하였으나 나인들의 발걸음이 분주히 왕래하는 것이 그것을 말하고 있었다. 모처럼 숙종이 평소와 같이 숙빈의 처소에 들지 않고 홀로 침소에 잠든 다음날이었다. 부러 보는 눈들을 생각해서 늘 후궁의 처소를 찾던 그였다. 그러나 간밤엔 도저히 마음이 소란하여 그럴 수가 없었다. 그것은 바로 용복 탓이었다.

곱게 다린 곤룡포가 숙종의 어깨를 덮었다. 나인들이 분주히 옷매무새를 고쳐대었고 숙종은 가만히 그 소란이 끝나기를 기다렸다. 그러는 동안에도 그의 머릿속엔 온갖 생각들이 서로 다투고 있었다. 간밤에 급히 강원도에서 날아든 소식 때문이었다. 강원 감사로 재직 중인 심평이 급히 보낸 전갈이었는데 월경죄인 안용복을 한양으로 보내겠다는 내용이었다.

소식을 접한 직후 숙종은 저도 모르게 안도의 숨을 내쉬었다. 막부에서 추방당했다는 소식이 당도한 지 수 일이 지난 후였다. 그럼에도 조선 팔도 어디에서도 용복의 소식은 들려오지 않았다. 숙종으로서는 신경이 쓰여 하루도 마음 편히 잠들 수 있는 날이 없었다. 그러던 차에 용복이 제 발로 관아를 찾았다는 소식이 온 것이다. 일단은 명줄을 붙들고 온 셈이니 숙종은 그것만으로도 반가운 마음이 일었다.

나인들이 한걸음 물러서 일제히 머리를 조아리고는 뒷걸음으로 용복전을 벗어났다. 홀로 남은 숙종은 가만히 자리에 앉았다. 아직 상참常參까지는 시간이 조금 남아 있었다.

"전하, 소신 남구만이옵니다."

"어서 들라."

상참 전에 미리 짬을 내어 들른 남구만이었다. 그 또한 용복의 소식을 들은 모양이었다. 남구만은 곧장 숙종의 낯빛부터 살폈다. 푸석해진 피부 결에서 간밤의 고민을 엿볼 수 있었다.

"한양으로 오고 있다고 하옵니다."

숙종이 작게 고개를 끄덕였다. 용복이 살아 돌아온 것은 기쁜 일이나 앞으로의 일이 막막했다. 가뜩이나 왜에서 당도한 서신 때문에 조정이 벌집 쑤신 듯 시끄러운 상태였다. 막부에서 용복의 진짜 신분을 알게 된 것이다.

월경죄인의 처벌 문제와 신분을 속인 대역 죄인을 처단해야 한다는 건이 조정을 떠들썩하게 달굴 것이 자명했다. 그 앞에서 숙종이 임금이라고 해서 무조건 용복을 감싸고 돌 수는 없었다. 그렇다고 용복이 극단적인 벌을 받도록 내버려 둘 수도 없었다. 숙종은 그 어느 때보다도 가슴이 답답해져 옴을 느꼈다.

"전하, 너무 심려치 마시옵소서. 이미 그에게는 뒤를 보장할 수 없다고 미리 말씀하시지 않으셨나이까."

"그러나 그는 나의 충직한 백성이다. 목숨을 바쳐 먼 길을 마다않고 다녀온 그를 모른 척해서야 되겠는가? 충직한 백성을 지켜주는 것이 진정한 왕의 도리가 아니겠는가?"

남구만은 선뜻 답을 할 수 없었다. 숙종의 고민도 충분히 이해가 되었다. 이미 매정하게 경고를 한 바가 있었다. 그러나 숙종은 백성의 노고를 모른 체할 수 있는 냉혈한이 아니었다. 중전 하나만을 사랑한 아버지 효종 덕에 외아들이었던 그는 왕자의 난을 겪을 필요가 없었고 모나지 않게 성장할 수 있었다. 하지만 왕위에 오른 이후 극심한 붕당정치 속에 충신 하나 마음 깊이 믿지 못한 그였다. 그런 그에게 충직한 백성인 용복이 나타났고, 군말 없이 모든 것을 감내하며 자신의 계획을 실행에 옮겨 준 이였기에 더욱 지켜주고 싶었다.

조선에서 파견한 통신사가 아니라는 것을 들켜 모든 계획을 실행에 옮기지 못했다 하더라도 괜찮았다. 이러한 사건을 일으켜 왜를 긴장하게 만든 것만으로도 성과는 매우 큰 것이었다. 이번 건은 막부의 귀에 들어가지 않을 수 없는 큰 사건일 것이고, 그렇다면 쓰시마는 눈치를 보며 몸을 웅크릴 터였다. 그것만으로도 전에 없던 큰 성공인 셈이었다. 그 모든 것은 바로 용복의 덕이었다. 숙종의 지지와 지원이 있었기에 가능한 것이었으나 용복이 없었다면 애당초 시작조차 불가능한 것이었다.

상참시간이 다가왔다. 남구만이 먼저 몸을 일으켰다. 그는 따로 융복전에 드나드는 사실을 들키면 시끄러워질 틈을 주는 것이기에 먼저 숭정전에 가 있어야 했다. 여전히 숙종은 깊은 고민에 빠져있었다. 따로 인사를 받을 여유도 없는 듯 보였다. 이에 남구만은 조용히 나가려 사뿐히 걸음을 옮겼다.

"대감. 그대는 조선을 위해 붕당을 버릴 수 있겠는가?"

숙종의 물음이었다. 남구만이 가던 걸음을 멈추고 잠시 머뭇거리더니 몸을 돌려 숙종에게 다시 한 번 고개를 읊조렸다. 숙종이 진중한 눈으로 그를 응시했다. 절실함이 느껴지는 시선이었다. 긴 설명이 없이도 그 의미를 서로 충분히 알 수 있었다. 잠시 정적이 감돌았다. 이어 남구만이 다시 허리를 굽혀 절을 올렸다.

"전하의 지엄하신 명 받들겠나이다."

남구만이 다시 몸을 일으켜 뒷걸음질로 융복전을 빠져나갔다. 다시 홀로 남은 숙종은 긴 심호흡을 하였다. 곧 상참 시간이었다. 용복의 훗날을 결정할 중요한 자리이기도 했다. 숙종이 몸을 일으켰다. 그는 한걸음 한걸음을 숭정전 쪽으로 옮길 때마다 걸음이 추를 단 양 무겁게 느껴지고, 등줄기에 식은땀이 흐르는 듯하였다. 남구만의 역할에 용복의 앞날이 달려있었다.

소란한 숭정전에 대신들이 모여 저마다 입방아를 찧고 있었다. 주로 월경죄인 안용복에 대한 이야기였다. 초범도 아닌 재범이라는 것에 대신들의 이야기가 집중되었다. 용복을 향해 선처의 마음을 가진 대신은 없어 보였다. 영중추부사 남구만이 숭정전에 들어서자 소론에 몸담은 이들이 다가와 말을 붙였다. 서인이 세력을 잡은 때라 삼정승이 모두 소론에 속해 있었다.

"지난번 월경죄로 호되게 당한 안용복이란 작자가 또 왜에 다녀와 말썽이란 소문을 들으시었소?"

우의정 서문중이었다. 그 또한 남구만보다 나이가 다섯 적은 노신老臣이었다. 소론에서는 제법 큰 역량을 가진 이이기도 했다. 남구만은 얼른 대꾸를 하지 않고 조용히 제 자리를 찾아 앉았다. 서문중은 그의 곁에 다가와 답답하다는 듯 계속 말을 붙였다. 요지는 결국 안용복을 향한 비난이었다. 남구만은 그저 고개를 끄덕일 뿐 아무런 대꾸도 하지 않았다.

"주상전하 납시오!"

우렁찬 상선영감의 목소리가 대전을 울렸다. 대신들이 일사분란하게 움직여 제 자리에 섰다. 이윽고 문이 열리고 빛을 등진 숙종이 대전에 들어섰다. 그의 정갈한 옷차림에서 어디에서도 볼 수 없는 기품이 뿜어져 나왔다.

숙종이 용상에 앉음과 동시에 상참이 시작되었다. 종래의 식순대로 대신들이 숙종에게 이런저런 안부를 묻기도 하고 조언을 하기도 했다. 숙종은 고개를 끄덕이며 그들의 의견들을 잘 들어주었다. 뒤이어 자연스레 시사視事가 진행되었다. 자잘한 건들이 다뤄지고 차분히 해결되었다. 드디어 용복의 건이 다뤄져야 할 차례가 되었다. 그러나 누구도 선뜻 먼저 입을 떼지 못하고 눈치만 보고 있었다. 참다못한 숙종이 먼저 운을 떼었다.

"지난번 큰 문초를 치른 바 있는 동래 출신 안용복이 또다시 월경죄를 저질렀다는 이야기를 들었소."

그러자 올 것이 왔다는 듯 대신들이 술렁이기 시작했다. 숙종은 차분히 그들의 의견을 기다렸다. 서로의 눈치를 살피던 대신들 중 먼저 목청을 돋우는 이가 있었다. 서문중이었다.

"전하! 안용복은 전하의 지엄하신 해금정책을 어기고 왜에 다녀온 자입니다. 울릉우산양도감세관이라 자신의 신분을 속인 바, 심지어 이번이 처음도 아니고 두 번째이니 그 죄질이 가히 무겁다 사료되옵니다. 참형으로 다스림이 맞는줄 아뢰옵니다."

예상한 대로 용복의 죄목이 속속들이 거론되었다. 서문중의 말을 시작으로 다른 대신들도 용복의 죄목을 짚으며 나섰다. 그중에는 왜란을 염려하는 소리도 있었고, 백성들에게 본보기를 보여야 한다는 소리도 있었다. 상습범인 용복을 선처해 주었다가는 괜한 풍토를 조장할 수 있다는 말이었다. 뒷이야기를 알 턱이 없는 대신들의 의견이니 틀린 말은 하나도 없었다. 용복에 대한 대신들의 부정적인 의견들을 듣고 있던 숙종은 가슴이 까맣게 타들어 갔다.

"전하, 영중추부사 남구만 아뢰옵니다."

남구만이 소론들 틈에서 일어섰다. 모든 이들의 시선이 그에게 쏠렸다. 남구만은 담담한 표정으로 말을 이어갔다.

"대마도는 우리 조선의 영토인 울릉도, 독도를 끊임없이 월경하였사옵니다. 이에 수차례 국가적 경고를 하였으나 듣지 않았고 이는 이 나라 조선의 큰 골칫거리가 된 지 오래이옵니다. 그런 와중에 안용복이란 자는 두 번이나 왜로 월경하여 대마도를 찾았사옵니다. 이는 울릉도와 독도를 조선의 영토라 못 박기 위한 용기 있는 행동이라 사료되옵니다."

그의 말이 끝나기가 무섭게 대신들이 다시 술렁이기 시작하였다. 소론의 영수인 남구만이 소론의 전반적인 의견과 정반대

되는 말을 쏟아내고 있는 탓이었다. 모두가 어안이 벙벙하여 그에게서 시선을 떼지 못하였다. 남구만은 계속 말을 이었다.

"물론 그의 월경죄와 감세관을 사칭한 죄는 벌을 받아 마땅하오나 이리 공과 죄가 분명하오니 참형만은 면케 하시고 귀양을 보내어 오랜 세월 반성케 하시는 것이 옳을 것으로 사료되옵니다."

그의 말이 끝나기가 무섭게 순식간에 삼정승의 얼굴이 붉으락푸르락해졌다. 다른 사람도 아니고 남구만이 자신들의 의견에 반기를 들다니, 생각지도 못했던 크나큰 배신감 때문이었다. 그러나 남구만은 아랑곳하지 않고 다시 제 자리에 앉았다. 그의 표정은 여전히 담담하여 어떤 감정도 엿보이지 않았다.

뒤이어 윤지완이 남구만의 의견을 옹호하고 나섰다. 그 또한 14년 전 조선 통신사로 왜에 파견된 적이 있던 소론의 주요 인물이었다. 그도 남구만과 뜻을 같이하여 용복의 유배를 주장했다. 그러자 누구보다 숙종은 한결 마음이 편해짐을 느꼈다. 남구만을 시켜 옹호 세력을 만든다 한들 혼자만의 주장이라면 지지를 얻기 어려울 것이기 때문이었다. 그러나 적어도 두 명 이상이 옹호해준다면 얘기는 달라질 수 있었다. 숙종이 그들의 의견을 택한다 한들 전혀 이상할 것이 없었다.

그러나 대신들의 반발이 만만치가 않았다. 그들은 여전히 강경하게 용복의 참형을 주장하고 나섰다. 이에 남구만과 윤지완도 그들에게 지지 않고 용복의 목숨을 살려야 한다고 주장했다. 숙종은 잠자코 이들의 논쟁을 지켜보았다.

얼마간의 시간이 흐른 후, 숙종이 문득 자리를 털고 일어섰다. 저마다의 소리로 소란하던 대전이 삽시간에 고요해졌다. 이에 숙종이 근엄한 소리로 말했다.

"오늘 상참은 이만하지. 월경 죄인에 관한 건은 과인이 내일 상참에서 정하도록 하겠소."

숙종이 서둘러 대전을 벗어났다. 대신들이 머리를 조아려 배웅을 대신했다. 왕이 사라진 자리에 남은 것은 대신들뿐이었다. 모두의 시선이 일제히 남구만에게 쏠렸다. 해명을 바라는 눈초리였다. 그도 그럴 듯이 그간 남구만의 행보와는 많이 다른 의견인 탓이었다. 물론 자신만의 확고한 신념으로 늘 의견을 내왔던 그였다. 그러나 구태여 소론 영수의 자리에 반하는 주장은 하지 않았다. 이번 건은 참으로 낯선 경우였다. 남구만도 서둘러 자리를 털었다. 더 이상 그 자리에 앉아있어 봐야 더 없을 말도 없었다. 그는 그 나름대로의 애국을 행할 따름이었다.

해가 서산을 넘었을 무렵, 월경죄인 안용복이 서궐에 도착했다는 소식이 짜하게 퍼졌다. 시간이 늦었기에 용복은 그대로 옥에 갇혔다. 그는 오랜 시간동안 쉼 없이 걸어온 탓에 두 발이 부르트고 찢기어 엉망이 되어있었다. 그러나 그는 치료해주길 바랄 수도 없는 대역죄인 신세였다. 용복은 그대로 다시 투옥되었다. 그러나 가까이에 숙종이 계시다는 생각만으로도 수척해진 그의 얼굴에 환한 미소가 번졌다. 그리운 전하의 용안이 그의 눈앞에 아른대었다.

저녁 식사로 차게 식은 주먹밥 하나가 옥사로 던져졌다. 마지막 곡기가 언제였는지 가물가물했다. 아마 선원들을 놓고 나오던 날 저녁 식사가 끝이었던가. 차게 식은 밥덩이를 보고도 뱃속에서 아무런 신호가 돌아오지 않았다. 허기조차 느끼지 못하는 지경이었다. 그는 손을 뻗어 주먹밥을 움켜쥘 힘조차 남아있지 않았다. 멋대로 입안을 굴러다닐 낱알을 씹을 자신도 없다는 생각이 들자 그는 식사를 포기하고 벽에 기대어 앉았다. 몸의 움직임을 최소화하는 것이 차라리 나을 것 같았다.

"똑바로 안 서?"

앙칼진 목소리가 옥사를 쩌렁쩌렁하게 울렸다. 어수선한 발소리가 분란하게 들렸다. 아마 이번엔 떼로 사람들을 가두는 모양이었다. 용복이 힘없이 눈꺼풀을 들어 올렸다. 그것은 단지 소리를 향한 반사작용에 지나지 않았다. 그러나 용복은 눈앞에 보이는 모습에 벌떡 일어설 수밖에 없었다. 뇌헌이었다.

뇌헌을 필두로 선원들이 줄지어 옥사로 들어서고 있었다. 눈앞의 광경을 믿을 수 없는 용복이 벌떡 일어나 난간에 붙어 섰다. 지친 낯빛으로 터덜터덜 걷던 뇌헌이 슬쩍 옥사를 쳐다보았다. 그 또한 그제야 용복을 발견하고는 금세 눈에 그렁그렁 눈물이 고여 들었다.

"안형!"

"스님!"

두 사람의 애절한 목소리가 나직하게 옥사에 퍼졌다. 그들의 소란에 다른 죄수들도 관심을 보이며 웅성댔다. 이에 포졸들이 투덜대며 뇌헌의 등을 내리쳤다. 그러자 그가 억 소리를 내며 그 자리에 힘없이 고꾸라졌다. 용복이 손을 뻗어보았지만 닿지 않는 거리였다. 용복은 안타까운 마음에 가슴을 칼로 에는 듯하였다. 포졸이 그런 뇌헌을 거칠게 잡아당겼다. 얼른 일어나 옥사에 들어가라는 뜻이었다. 뇌헌이 비척대며 간신히 무릎을 세웠다. 그런 그를 보며 용복이 재촉하여 물었다.

"우찌된기고? 우짤라고 이기 온 것입니꺼?"

"한 번 믿음으로 내맡긴 목숨, 어찌 안형 혼자 모든 짐을 지게 한단 말이오."

짧은 답을 끝으로 뇌헌은 다른 옥사로 끌려가 투옥되었다. 뇌헌과 같은 옥에 우르르 선원들이 함께 투옥되었다. 그들의 앓는 소리와 포졸들이 호통을 치는 소리가 연이어 들려왔다. 용복의 눈에서 뜨거운 눈물이 흘러내리고 있었다.

설마 했건만 기어이 그들이 수소문하여 따라온 것이었다. 뇌헌은 이미 용복이 사라졌다는 것을 알아챈 순간 그의 동선을 고스란히 떠올렸던 것이다. 그만큼 서로를 믿고 의지해온 마음의 깊이가 깊었다. 그들은 서로 말하지 않아도 알 수 있고, 묻지 않아도 답할 수 있는 사이였다. 용복이 나지막한 한숨을 길게 내쉬었다. 자신의 불찰이었다. 어떤 방도를 써서라도 미리 뇌헌을 설득해두는 것이 옳았다. 그랬더라면 뇌헌이 다른 선원들을 이끌고 다른 방도를 택했을 수도 있었을 것이라는 생각이 들자 그는 더욱 아쉬운 마음이 일었다.

용복이 목울대를 밀고 터져 나오려는 울음을 삼키느라 주먹을 틀어쥐고 제 가슴을 계속 쳤다. 퍽, 퍽, 하는 소리가 고요한 옥사에 그윽이 울렸다. 뇌헌과 선원들은 그 소리가 무슨 소리인지 곧장 알아들었다. 선원들은 너나 할 것 없이 울음을 삼키느라 애를 썼지만 흐르는 눈물을 참을 수는 없었다. 간혹 끅끅대는 소리가 입술을 비집고 새어나왔다. 그야말로 생사고락을 함께 겪은 그들은 비록 얼굴을 마주하며 서로 말을 주고받지는 못하지만 서로의 마음을 알고도 남았다. 그러나 그들은 그 누구보다 용복이 가장 힘겨울 것이라는 것을 모르지 않았다. 그가 혼자 모든 짐을 떠안고 고통받게 내버려 둘 수는 없었다. 그래서 그들도 용복의 뒤를 밟아 여기까지 오게 된 것이다. 그들 중 한 사람도 여기까지 온 고통의 여정을 후회하지 않았다. 이 미 죽음을 각오하고 함께 해온 목숨이었다.

밤이 늦도록 용복전에서는 불빛이 꺼지지 않았다. 숙종이 침 소에 들지 않은 탓이었다.

"전하, 이만 침소에 드시는 것이 어떠하오신지요?"

상선영감이 걱정스레 말을 건넸다. 그러나 숙종은 아랑곳하 지 않고 낡은 종이들을 열심히 넘기고 있었다. 그의 곁에는 수 많은 고서들이 켜켜이 쌓여 있었다. 그는 밤새 그것들을 하나 도 빼놓지 않고 샅샅이 읽어내겠다는 듯 집중하고 있었다. 그 는 쉬지 않고 책장을 넘겨가며 면밀히 이것저것 살피고 또 살 피느라 여념이 없었다. 조선의 지도에 표기된 울릉도와 독도를 찾는 작업이었다.

매 지도마다 울릉과 독도가 표기되어 있지는 않았다. 울릉도 만 표기된 경우가 많았고 독도는 아예 그려져 있지 않거나 애매 한 곳에 그려진 경우도 더러 있었다. 그러나 다른 지도들과 비 교하였을 때 정황상 그 외딴 섬은 모두 독도가 맞았다. 울릉도 의 아들 섬, 자산도子山島 독도였다.

"우리의 땅이라면 우리의 지도에 표기되어야 마땅한 것인데.

어떤 곳에는 그려져 있고, 어떤 곳에는 빠져있다면 논란거리가 되기 십상이지."

숙종은 혼잣말처럼 중얼대었다. 그러더니 이내 확신을 가진 듯 보던 책들을 덮어 한쪽으로 밀어두었다. 그리곤 그가 갑자기 자리를 털고 일어섰다. 이미 밤이 늦은 시간이었다.

옥에선 시간이 어떻게 가는지 가늠키 어려웠다. 볕이 잘 들지 않는 외진 곳에 자리한 옥에 있다 보면 언제 해가 뜨고 지는지조차 알아챌 수가 없었다. 때문에 밤이 얼마나 깊었는지도 몰랐다. 어슴푸레한 달빛이 밤이라는 것을 증명할 따름이었다.

선원들의 울음소리도 용복의 흐느끼는 소리도 이젠 더 이상 들리지 않았다. 모두가 지쳐 잠든 깊은 밤이었다. 잠깐 눈을 감았던 용복이 힘겹게 눈을 떴다. 왜소한 들쥐 한 마리가 용복 몫으로 던져졌던 주먹밥을 먹고 있었다. 용복은 그 모습을 망연히 바라보았다. 한낱 미물도 살겠다고 필사적으로 주린 배를 채우고 있었다.

용복은 자신의 꼴을 내려다보았다. 살아보겠다는 의지가 이미 사라진지 오래였다. 모든 일이 끝나버렸다는 허무함으로 절여있었다. 더 이상 자신이 할 일이 남지 않은 느낌이 드는 것 또한 그 때문이었다. 잠시라도 전하를 뵙게 되길 바라는 마음뿐이었다. 어떤 벌이든 달게 받을 것이고 그 과정에서 목숨을 부지할 수 있으리라는 기대 또한 없었다. 그저 하루빨리 벌을 받고 편히 세상을 하직하게 된다면 더 바랄 것이 없다는 생각뿐이었다.

"고생이 많았구나."

갑작스런 기척이었다. 용복이 힘없이 눈을 떴다. 옥 앞에 두 사람이 서 있었다. 선뜻 얼굴이 보이지 않아 한동안 바라보던 용복은 황급히 일어나 몸을 숙였다. 숙종이었다. 그의 곁에 선 이는 남구만이었다. 용복은 그 어떤 말도 더하지 못하고 그대로 웅크린 채 고개를 바닥에 처박았다. 숙종은 그런 그의 모습을 보며 더욱 마음이 아려왔다.

"고개를 들거라."

용복이 천천히 고개를 들었다. 용복은 그토록 기다려왔던 만남 앞에서 참을 수 없는 감정이 북받쳐 올랐다. 수염이 북슬북슬하게 자란 그의 얼굴엔 어느덧 눈물이 끝도 없이 흘러내리고 있었다. 말로 표현할 수 없는 안도감이 뒤엉킨 눈물이었다. 숙종은 몸을 낮추어 용복과 시선을 마주해 주었다. 용복이 몸 둘 바를 모르고 남구만도 당황하였지만 정작 숙종은 아무렇지도 않게 그 앞에 무릎을 굽혔다.

"잘 돌아왔다. 그대의 충심이 이 나라 조선을 구했구나."

"망극하옵니다 전하. 소인이 아니었더라도 이미 막부 내에서 결론이 난 사안이었십니더. 서계에 적힌 대로 이미 그들은 조선의 영토를 인정하고 있었섭니다."

숙종이 아프게 웃으며 고개를 가로 저었다.

"아닐세. 그대가 아니었다면 저들의 서신이 언제 조선에 닿았을지 모를일이다. 대마도에서 수년을 미루다 또 어떤 간계를 썼을지도 알 수 없는 일이지."

"망극⋯."

용복은 말을 하다말고 목이 메어와 더 이상 말을 이을 수가 없었다. 숙종은 수척해진 그를 바라보며 손을 뻗어 그의 어깨를 짚어주고 싶었지만 굵은 나무 창살이 그들을 가로막고 있었다. 숙종은 갖은 고초를 겪고 돌아온 그를 어떻게 위로해줘야 할지 가슴이 더욱 무거워졌다. 용복이 간신히 고개를 들었을 때에야 숙종은 다시 말을 건넬 수 있었다.

"나는 그대를 잃지 않을 것이다."

용복이 숙종을 올려다보았다. 눈물이 어룽져 용안이 그의 눈에 흐리게 번져 들었다. 흐릿해져 뿌옇게 보이는 용안이 인자한 미소를 머금고 있었다.

"조선이 그대의 조국으로 있는 한, 그대는 눈을 감을 수 없다."

"그 말씀은⋯."

"잠시 조용한 곳에서 일을 해주게. 요양할 시간을 주지 못해 미안하네만, 그대의 임무는 아직 끝난 것이 아니라네."

용복이 거푸 바닥에 머리를 조아렸다. 성은이 망극하여 터져 나오는 오열을 간신히 억누르며 흐느끼는 그의 목소리가 잠든 옥사를 깨울 지경이었다. 용복이 이토록 망극한 이유는 비단 목숨을 부지했기 때문만은 아니었다. 아직도 나라를 위해 할 일이 남았다는 것, 그것을 전하께서 직접 용복에게 다시 맡기고 싶어 한다는 것이 감개무량할 따름이었다.

숙종은 용복에게 의미심장한 말을 남기고 옥사를 빠져나왔다. 깊은 생각에 잠긴 채 걸음을 옮기던 숙종은 융복전 앞에 다다랐을 때에야 낮은 목소리로 간신히 입을 열었다. 곁에 섰던 남구만이 바짝 긴장하여 그의 말을 경청하였다.

"안용복의 유배지로 떠나는 날, 아무도 나와 보는 이가 없어야 할 것이오."

그 의미를 선뜻 이해하지 못한 남구만이 의아한 표정을 지었다. 숙종은 그를 인자한 낯으로 돌아보았다. 그러더니 그의 손을 꾹 그러쥐어 주었다. 갑작스런 상황에 남구만이 서둘러 고개를 조아렸다.

"내 앞으로 남은 시간 동안 그와 같은 충신을 다시 만날 수 있으리라는 보장이 없소. 하여 그에게 더욱 중요한 일을 맡기려하오. 그렇기에 그의 유배는 유배가 아닐 것이오. 다만 그 사실을 세간이 알아서는 아니 되겠지."

그제야 남구만은 그 말의 의미를 알아차렸다. 유배가 아닌 유배. 그것이 숙종이 계획한 안용복의 유배였다. 숙종은 그날 밤 아예 잠을 물리고 남구만을 융복전에 들게 했다. 그리고 그들은 완전히 동이 터오를 때까지 긴 얘기를 나누었다. 숙종의 뜻을 남구만이 안용복에게 상세히 전하게 하려 함이었다. 남구만은 숙종의 말을 단 하나도 빠트리지 않기 위해 작은 서첩에 일일이 적어가며 숙종의 말을 새겨들었다.

그 날 이후 도성에는 괴소문이 떠돌기 시작했다. 멋대로 월경을 저지를 정도로 배포가 큰 악인이 괴물의 형상을 하고 있다는 소리였다. 도깨비에 가까운 모습으로 묘사된 그는 보는 이의 눈을 멀게 하고, 아이의 간을 빼먹는 등 극악무도한 행동을 일삼는다는 것이었다. 게다가 전국 각지에 그 괴물의 아들들이 퍼져 있었는데, 이번 참에 모조리 의금부에서 잡아들였다는 소식이었다. 잡는 과정에서 많은 포졸들이 목숨을 잃었으며, 더 큰 피해를 막기 위해 괴물들의 얼굴을 천으로 꽁꽁 싸매기까지 했다고 했다. 그럼에도 언제 다시 그 포악한 본성을 드러낼지 모르니 마주치지 않는 것이 상책이라는 아주 구체적인 소문이었다.

순진한 백성들은 그 소문을 듣고 나자 너나없이 두려움에 떨었다. 상식을 벗어난 비현실적인 설명이었으나 그들이 몇 번이나 월경을 감행했다는 대목에서 소문은 더욱 부풀려져 번졌다.

목숨을 잃지 않고 먼 항해를 한다는 것은 범인들에겐 녹록치 않은 일이었기에 더욱 그랬다. 이에 그들이 괴물이고, 범인 이상의 힘과 능력을 가졌기에 가능하다는 속설이 힘을 얻었다. 허무맹랑한 소문에 잔뜩 겁을 먹은 백성들은 늦은 밤에는 거리로 나서는 것조차 꺼렸다.

소문의 꽁지엔 정확한 날짜가 기재되었다. 바로 음력 3월 17일이었다. 바로 안용복이 귀양길에 오르는 날이었다. 뜨거운 여름에 양양 땅을 밟았는데 벌써 세월이 흘러 겨울을 난 뒤였다.

큰 죄를 저지른 대역죄인이었지만 간신히 참형을 면하고 지방으로 유배를 떠나는 날이었다. 그런 날 용복이 어떤 대우를 받으며 어디로 갔는지 세간에 알려진다면 앞으로 곤란한 일이 분명 생길 수 있었다. 겉으로는 용복을 죄인 취급을 해야 했지만 실제로는 영웅으로 인정해 주고픈 숙종의 깊은 마음이 만든 일종의 장치였다.

유배당일, 서귈 전체가 잠든 듯 고요하였다. 아직 아침 바람이 찬 3월이었다. 특히 사람들이 여럿 모여 있는 옥사가 쥐죽은 듯 조용했다. 옥사 앞엔 말 두 마리가 준비되어 있었다. 그 곁엔 말을 다루는 시종들도 각각 한 명씩 자리하고 있었다. 죄인들을 말에 태워 유배지로 보내려는 것이었다. 주로 양반들이 유배를 갈 적에 사용하는 방법이었다. 아무리 죄인이라도 제 시간에 유배지에 당도하지 않을 것을 우려한 탓이었다. 이에 소 달구지에 매달린 함거檻車 대신 용복 일행은 말을 타게 되었다. 출신이나 죄질을 따지면 마땅히 함거에 태워 보내야 했으나 숙종은 그들을 그렇게 보내고 싶지 않았다. 임금으로서 용복에게 할 수 있는 마지막 배려였다.

용복과 이인성이 결박된 채 비척비척 걸어 나왔다. 모든 사건을 계획하고 이끈 용복과 왜에서 직접 상소문을 작성한 이인성에게만 죄를 묻기로 결정된 것이다. 다른 선원들은 무사히 옥에서 풀려났다. 용복과 이인성은 눈빛으로 서로의 마음을 교환했다. 그들 중 누구도 입을 열진 않았다. 목구멍이 바싹 말라 목젖까지 아주 들러붙은 듯한 기분이었다. 아마 입을 열었다 해도 소리가 쩍쩍 갈라져 목소리가 나오지 않았을지도 몰랐다.

그때 남구만이 그들 앞에 나타났다. 용복은 그에게 작은 고갯짓으로 인사를 건넸다. 그가 누군지 알지 못하는 이인성은 어림잡아 상황을 짐작하고는 덩달아 고개를 숙였다.

남구만은 잠시 포졸에게 용복을 풀어주라고 명했다. 그리곤 그를 따로 불러 조용히 말을 건네었다.

"전하께오서 자네 걱정을 참으로 많이 하고 계시네."

"지는 그저 몸 둘 바를 모르것심더. 너무나도 잘 알고 있기에 이리도 망극하옵니다."

남구만은 품에서 둘둘 말린 종이를 꺼내 용복에게 건넸다. 영문도 모른 채 종이를 받아든 용복은 천천히 종이를 펼쳐 보았다. 외딴 고을의 도처가 면밀히 기재된 지도였다.

"최근 조정에서는 이런 일을 하고 있다네. 고을마다 사또와 양반들이 합작하여 고을 지리지를 편찬하는 것일세. 사람을 동원하여 실제로 측량하고 그것을 그림꾼들이 그려내는 방식이지."

"그란데 그기를 어찌 지한테…."

"바로 그것이 자네가 앞으로 해야 할 일일세."

용복은 당황한 나머지 자꾸만 지도와 남구만을 번갈아 보며 놀란 기색을 감추지 못했다. 용복은 도왜 때 지도를 필사해 가져갔을 정도로 지도가 얼마나 중요한 존재인지 잘 알고 있었다. 그런데 그것이 앞으로 해야 할 일이라니, 무슨 영문인지 단번에 감이 오지 않았다.

"저보고 우짜라고 그라시는교. 저는 측량을 해본 적도 엄꼬 그림 또한 그려본 적 엄따 아인교?"

"현재 우리 조선에 자네만큼 울릉도와 독도, 그리고 그 주변을 둘러싼 바다에 대해 잘 아는 이가 있겠는가?"

용복이 마른 침을 삼켰다. 남구만의 말이 틀린 것은 아니었다. 실로 용복만큼 바다를 건너본 이도 없을 것이고, 용복만큼 울릉도와 독도에 남다른 애착을 가진 이 또한 없을 것이다. 남구만은 혼란스러운 용복의 얼굴을 보며 계속 말을 이었다.

"조선의 땅이라면 마땅히 조선의 지도에 드러나야 할 걸세. 그러나 현재로선 자세히 알 방도가 부족하여 울릉도와 독도가 누락된 경우가 많았네. 이걸 자네가 바로 잡아야 한다고 하시었네."

남구만은 뒤이어 용복이 어떤 일에 애를 써 줘야 하는지 자세히 설명했다. 용복은 강원도 삼척 북단, 가장 울릉도와 가까운 지점으로 유배가 결정되었다.

"자네가 처음 왜를 오간 일이 있었지 않은가. 그 이후로 전하께서는 직접 수토사를 파견하셨네. 장한상이라는 유능한 자인데, 삼척 영장이지. 그자가 울릉에 다녀온 일을 꼼꼼히 기록하여 남겼다네."

용복과 눈이 마주친 남구만이 따뜻한 응원의 미소를 지어 주었다.

"그 중엔 울릉도에서 독도가 보였다는 대목도 있더군. 많은 수토사들이 꽤 멀어서 안 보인다고 했었는데 분명히 보았다고 소상히 기록을 했더군. 추호도 거짓이 없었어."

용복이 고개를 끄덕였다. 그도 진작 울릉도에서 독도를 본 적이 더러 있었다. 날씨가 기적처럼 좋은 날이어야만 가능했으나 아주 없는 일도 아니었다. 당연한 것이어서 따로 말하지 않았을 뿐이었다.

"울릉도와 독도에 애착이 많은 자네이니 이런 얘기도 하는 것이라네. 이미 알고 있겠지만 말일세."

그간 숱한 고생을 겪어 얼굴이 파리해진 용복이 결연한 미소로 화답을 했다. 그 어떤 말보다 강한 긍정의 의미였다. 오직 나라를 위해 전하의 명을 털끝만큼의 주저함도 없이 받들기로 작정하는 용복의 마음을 읽은 남구만은 그런 용복 앞에서 도리어 부끄러운 마음이 들었다. 눈앞에 선 이 비천한 백성마저 이토록 조국을 위해 힘쓰는데, 조정에 앉은 자신을 포함한 숱한 가신들의 미미한 역할이 참으로 수치스럽다고까지 느껴졌다. 그에 힘입어 용복의 순수한 용기와 열정은 더욱더 빛나 보였다.

남구만은 씁쓸한 마음을 감추며 용복의 어깨를 힘주어 잡아주었다. 그가 지금 이 상황에서 유일하게 용복에게 해줄 수 있는 유일한 행동이었다. 그에게 이렇게라도 마음을 다해 힘을 실어주고 싶은, 인생 선배의 연륜이 묻어나는 묵직한 응원이었다.

"내가 강릉에 유배를 갔던 적이 있는데, 경치 좋고 물 맑고 그보다 좋은 곳이 없다네. 삼척도 지척이니 마찬가지일게야. 가서 신선놀음하며 자네가 그토록 좋아하고 아끼는 울릉도랑 독도를 실컷 다녀오게나. 그 김에 지도 편찬도 좀 도울 수 있다면 이게 바로 금상첨화가 아니겠는가."

그의 말에 용복의 마음이 다시금 뜨끈하게 벅차올랐다. 그는 더없이 고마운 마음에 남구만에게 절을 올리려 몸을 낮추자 깜짝 놀란 그가 용복을 잡아 세웠다. 그리고는 멀리 융복전을 가리켰다. 자신의 뜻이 아닌 전하의 뜻이라는 의미였다. 용복은 곧장 그의 말을 알아듣고는 융복전을 향해 절을 올렸다. 차가운 흙바닥에 그의 무릎이 닿았다. 이마가 흙에 닿도록 바닥에 납죽 엎드린 용복은 한참을 일어나지 못했다. 그저 가슴 깊은 곳으로부터 뜨끈한 무언가가 차고 올라와 눈물이 주르륵 쏟아져 내렸다.

다시 유배 행렬이 시작되었다. 용복과 이인성을 태운 말이 각각 걸음을 떼었다. 말발굽 소리 외엔 아무것도 들리지 않았다. 서궐을 나섰는데도 거리엔 사람 한 명 보이지 않았다. 간혹 누군가 지나가려다가 황급히 도망치기까지 하였다. 과연 괴소문의 여파가 컸다. 숙종의 명에 따라 남구만이 사람들을 시켜 낸 결과물이었다.

도성을 벗어나자 양 갈래 갈림길이 펼쳐졌다. 앞서가던 용복의 말이 좌측으로 꺾어졌다.

"장군님! 안녕히 가십시오!"

이인성의 외침이었다. 다시는 만나지 못할 것이라는 안타까움이 묻어있었다. 용복은 이미 예견한 이별이건만 그의 울음

섞인 외침에 콧잔등이 시큰해졌다. 그는 먹먹해진 가슴이 갑갑하게 조여 오는 듯했다.

그러나 말을 끄는 시종들은 그들의 슬픔을 기다려주지 않았다. 유배지로 가는 죄인들일 따름이었다. 두 사람이 이별의 감정을 나누는 시간 또한 그들에겐 아무런 상관이 없다는 듯 가던 길을 재촉했다. 용복의 말을 이끈 시종이 먼저 걸음을 떼고 그를 태운 말이 점점 도성에서 멀어지고 있었다. 이인성의 말도 방향을 잡아 점점 멀어져갔다. 이에 용복이 마지막으로 목청을 돋우었다.

"우리 다시 꼭 보드라고! 조선을 위해 꼭 다시 일하드라고!"

대꾸는 돌아오지 않았다. 용복의 갈라진 쉰 목소리가 그에게 닿았는지 알 수도 없었다. 그러나 용복은 굳게 믿었다. 그가 이미 자신의 마음을 읽었을 것이라고. 그렇기에 그는 더는 눈물을 보이지 않았다.

한나절이 넘어가자 한양 땅에서 이젠 제법 멀어졌다. 말이 걸음을 내딛을 때마다 그 거리는 점점 더해졌다. 그러나 용복은 한양과 멀어지면 질수록 더욱 숙종과 가까워지는 느낌이 들었다. 걸음을 뗄수록 한양과 멀어지는 것이 아닌, 조선 땅 울릉도, 독도와 가까워지는 때문이라는 것을 용복은 잘 알고 있었다. 나라의 최동단最東端을 지키러 떠나는 길. 비단 이 생에 국한된 것이 아닌, 앞으로의 조선을 위한 여정이었다.

용복은 조용히 말을 이끄는 시종에게 물었다.

"독도라고 들어보셨십니꺼?"

"잘 모르겠습니다."

"아름다운 조선 땅, 푸른심장의 섬 울릉도 곁을 지키는 아들 같은 쪼매난 섬이라예."

영문을 알지 못하는 시종은 답이 없었다. 그러나 용복은 미소를 머금고 독백처럼 말을 이었다.

"척박한 검은 돌로 이뤄진 뾰족한 섬이지마는. 그야말로 아부지의 마음을 모르는 아들과 같지 않십니까?"

"그렇기도 하구먼요."

"그러나 조선은 그 섬들을 모조리 품고 있십니다. 한 번도 버린 적이 없단 말입니다. 눈에서 멀어졌다케도 사랑하는 아들을 버릴 수가 있겠십니꺼? 풍요롭긴 하나 떨어져 있는 아들, 그리고 그 아들의 아들. 척박해 보이는 독도를 오가는 어부들의 쉼터가 되어주는 마음이 넓은 녀석입니더."

차갑던 바람이 떠오르는 해와 함께 따뜻하게 데워졌다. 초봄의 따뜻한 바람이 용복의 거칠어진 뺨을 스치고 지나갔다. 그는 부드러운 바람결을 느끼며 입가에 미소가 번졌다.

"조선은 울릉과 독도를 결코 잃지 않을 것입니다."

봄바람이 나뭇가지를 마구 흔들었다. 바람에 스치는 나뭇잎들이 개운한 소리를 내며 몸을 털었다. 용복은 가슴을 펴고 큰 호흡으로 다가오는 바람을 맞아들였다. 개운하고 따스한 봄바람이 고스란히 그의 가슴 속으로 한가득 몰려들어왔다. 모든 것이 새로이 시작되는 순간이었다.

그가 눈을 지그시 감는 순간 당장 눈앞에 있는 듯 선명히 울릉과 독도가 그려졌다. 푸르른 동해 바다, 하늘을 나는 수많은 갈매기, 울창한 대나무, 괴상한 소리를 내는 매끈한 강치, 아 소중한 우리의 땅 울릉도, 그리고 독도. 용복은 갑자기 또다시 주체할 수 없는 눈물이 주르륵 흘러내렸다.

소설 독도

| 초판 1쇄 인쇄일 | | 2020년 10월 20일 |
| 초판 1쇄 발행일 | | 2020년 10월 24일 |

지은이		황인경
펴낸이		한선희
편집/디자인		우정민 우민지
마케팅		정찬용 김보선
영업관리		한선희 정구형
책임편집		우민지
인쇄처		신도인쇄
펴낸곳		국학자료원 새미(주)
		등록일 2005 03 15 제251002005000008호
		경기도 고양시 일산동구 중앙로 1261번길 하이베라스 405호
		Tel 4424623 Fax 64993082
		www.kookhak.co.kr
		kookhak2001@hanmail.net

| ISBN | | 979-11-90988-79-7 *03800 |
| 가격 | | 14,000원 |

* 저자와의 협의하에 인지는 생략합니다.
  잘못된 책은 구입하신 곳에서 교환하여 드립니다.
  국학자료원 · 새미 · 북치는마을 · LIE는 국학자료원 새미(주)의 브랜드입니다.
* 이 도서의 국립중앙도서관 출판예정도서목록CIP은 서지정보유통지원시스템 홈페이지http://
  seoji.nl.go.kr와 국가자료공동목록시스템http://www.nl.go.kr/kolisnet에서 이용하실 수 있습니다.